遺跡発掘師は笑わない

九頭竜のさかずき

桑原水菜

角川文庫
22677

遺跡発掘師は笑わない

九頭竜のさかずき

The goblet of Kuzuryu

主な登場人物

西原無量　天才的な「宝物発掘師《トレジャー・ディガー》」。亀石発掘派遣事務所に所属。

相良忍　亀石発掘派遣事務所で働く、無量の幼なじみ。元文化庁の職員。

永倉萌絵　忍の同僚。特技は中国語とカンフー。

黒鉄栄介　福井の恐竜博物館で働く学者。無量とは旧知の仲。

藤ヶ谷恒　補償コンサルタント。高速道路建設のため、鹿殿集落へ説得に訪れる。

能年照雄　化石コレクターの元僧侶《そうりょ》。娘の真子と一緒に鹿殿集落に移住してきた。

後藤隆文　鹿殿集落のリーダー的存在。道路建設の土地買収を頑《かたく》なに拒んでいる。

織田憲子　無量の師匠・鍛冶の一番弟子。高身長できびきびした女性。

序　章

「お断りします」

西原無量《さいばらむりょう》は即答した。

亀石弘毅《かめいしひろき》は意表をつかれた。

「えっ、うそだろ。おまえの大好きな恐竜化石の仕事だぞ」

亀石発掘派遣事務所（通称カメケン）の業務は、埋蔵文化財の遺跡発掘調査に関わる人材派遣である。

だが、例外として古生物化石の発掘調査を請け負うこともある。

カメケンきってのエース発掘員《ディガー》である無量は、遺跡だけでなく化石発掘の専門家でもあった。カメケンは「二足のわらじ」を履く無量への依頼窓口を担《にな》っている。

無量は十五歳で遺跡発掘調査の派遣作業員になったが、元々は、化石発掘少年としてその才能を発揮していた。祖父が起こしたある事件が原因で、化石発掘からは数年離れていたため、ブランクこそあったが、今は、念願の恐竜化石の発掘も始めて、海外でも活動していた。

「もちろん発掘の依頼なら喜んで受けますよ。でもそれ、講演会じゃないすか」

亀石が持ちかけてきたのは「日本恐竜サミット」というイベントで開催される講演会への登壇依頼だったのだ。

お題は「西原無量、コロラドでの恐竜発掘体験を語る」。

「語るだけでこのギャラだぞ？　発掘よりなんぼも楽じゃないか」

「だから……。喋《しゃべ》る仕事だけは受けないでくれって何度も言ってるのに」

人前で話すのが大の苦手なのだ。

発掘なら二つ返事で引き受けるが、話すのだけは駄目だ。無量はそれなりに実績があるため、たまに講演やトークイベントに呼ばれるのだが、ずっと避けて通ってきた。

「なーに大丈夫だ。適当に面白おかしく喋りゃいいだけだから」

「それができないから言ってるんでしょ」

「実はさ、手違いで、もう告知んとこに名前出ちゃってるらしいんだよ」

「俺のせいじゃないし」

「そこをなんとか。人助けと思って」

「いやです」

「牛丼回数券つけるから」

「いやですったら」

「わかった。カレー回数券もつける」

心が一瞬、揺らいだが、はねのけた。

「なら、これでどうだ。ジョジョ苑《えん》の焼肉食べ放題二時間分！」

無量は揺れまくったが、どうにか耐えた。

「お断りします」

これで無量の登壇は、なくなった。

……はずなのだが。

*

「おお、『西原無量先生の化石発掘体験教室』！」

日本恐竜サミットは大盛況だった。

巨大な恐竜化石の標本前には大勢のひとだかりができている。大型スクリーンに映し出される恐竜ＣＧは迫力満点で、最新の研究成果に老若男女が見入っている。

会場を訪れたカメケン所員の永倉《ながくら》萌《も》絵《え》は、入口に大きく掲げられた看板を見て、いたく興奮してしまった。

「あの西原くんが〝先生〟って……〝先生〟って書いてありますよ、相良《さがら》さん」

「まあ確かに教える立場だからまちがってはいないけど」

いっしょに会場入りした同僚の相良忍《しのぶ》も、感動を隠せない。

「あの引っ込み思案だった無量が化石発掘教室の先生、か……。成長したな」

「野外テントの下でやってるみたいですよ。あっちです。行ってみましょう」

恐竜サミットには様々な催しが企画されており、研究者によるシンポジウムや講演会も行われる。無量はそこに登壇する前提で、告知に名前が載ってしまっていた。もちろん主催側の確認ミスなので無量に責任はないのだが、このままではまずい、と急遽《きゅうきょ》、発掘体験教室の指導役に就く運びとなったのだ。

――まあ、指導なら……。

と無量は渋々引き受けた。

発掘体験場は家族連れでにぎわっている。

化石包含層がある福井の道路工事現場から運ばれてきた岩石が、六つのエリアに分かれて置かれている。岩石は砕かれていて、大きいものでも四、五十センチほど。それを参加者が各々の手で砕いて、中に潜んでいる化石を発掘するという趣向だ。

九十分入れ替え制だが、もうすでにどの回も完売だった。

忍たちはイベント主催者に挨拶《あいさつ》した。

「大好評ですね。化石発掘体験」

「はい、おかげさまで。東京ではなかなかできない体験ですからね」

そう答えたのは国立科学博物館の花田《はなだ》学芸員だ。著名な古生物学者で海外での発掘経験もある。無量とはタクラマカン砂漠で一緒に発掘した仲だった。

「恐竜化石も見つかっている地層の岩石です。ちょうど道路工事でたっぷり出てきたので」

「わざわざトラックで運んできたんですね。あの中には恐竜化石も？」

「はは。植物や貝が多いけど、出たら大当たりだね」

丸太で仕切られた体験エリアの中では、そこここに家族連れや若者グループがしゃがみこみ、タガネを握って石に向かっている。叩《たた》く音が響いている。

ゴーグルをつけた子供たちも、おっかなびっくりハンマーを振るっている。

「ふふ、なつかしいなあ。無量の小さい頃を思い出すよ」

「五歳の頃から化石発掘してたんですっけ。たしか」

うん、と忍も目を細めた。

「小さな手でタガネを握って……。夢中で石に向かってた。あの子たちみたいに」

体験中の子供たちは砕いた石を観察して、化石らしきものが見つかると、無量のもとに持ってくる。無量が見て、これは何の化石だとか、化石じゃないとか、ジャッジする。

「アレは慣れないとなかなか見分けが付かないんですよ。むずかしいですよ」

「いいなあ。私もやってみたいけど……完売か」

そうくると思って、と忍がスマホを取りだした。

「実はもう予約してある」

「相良さんグッジョブ！」

予約時間まで間があったので、ふたりは展示会場を見て回ることにした。国内で発見された恐竜化石の骨格標本が一堂に会している光景は圧巻だ。

「知らなかった。日本にもこんなにたくさん恐竜がいたんですね……」

「恐竜がいた頃の日本列島は大陸と地続きで、ここもユーラシア大陸の端っこだったわけだから、むしろ、いないと考えるほうが不自然だろうな」

中国ではたくさんの恐竜化石が見つかっている。その地続きで太平洋《たいへいよう》に面している日本周辺は、当時のユーラシア大陸の海岸線にあたる。

「日本国内で初めて恐竜の化石が確認されたのが、ほんの四十年前くらいだと聞くから……、日本の恐竜研究は成長著しい分野ってところかな」

「というか、それまで全然見つからなかったのが不思議です」

「専門家も『日本に恐竜？　ないない』なんて思い込んでいたのかもね」

そうかあ、と萌絵もそのスケール感に想いを馳《は》せた。

「恐竜の時代は約一億年前。縄文《じょうもん》時代は古くてもせいぜい一万年くらい前。恐竜化石に比べれば、縄文土器なんて昭和《しょうわ》のレトロ雑貨みたいなもんですよね」

人間はおろか類人猿すらおらず、ほ乳類と呼べる生き物もいたにはいたが、その姿は今いる生き物たちからは程遠い。生き物の種類から植生から大陸の形まで、あらゆるものが違っていただろう。

「恐竜は鳥類の先祖だというし。……時間軸のスケールがちがいすぎて、気が遠くなるね」

「……あ、でも私、ティラノサウルスの〝図体《ずうたい》に比べて小っちゃすぎる前足〟が好きですよ。チンチラみたいで」

「チンチラ……」

「実はもっと長毛でモフモフだったかもしれませんよ。巨大なチンチラみたいな」

「巨大なチンチラ……」

見学後、ふたりは再び発掘体験コーナーに戻ってきた。

参加者の列に萌絵たちの姿を見つけて、指導員の無量は目が点になった。

「なんでいんの！」

「発掘体験希望です」

「うそでしょ」

あからさまに迷惑そうな顔をされたが、萌絵はめげない。

「初心者ですので、ご指導のほどよろしく」

勘弁してよ、とうなだれる無量は、ゴーグルをカチューシャのように頭の上にあげていて、おでこが丸出しになっていた。

「忍はガキの頃やったことあるでしょ。永倉に教えてやって。俺、忙しいんで」

「つれないなあ」

体験教室が始まった。説明は無量の役目だ。初めに十五分ほどの簡単なレクチャーがある。さぞ緊張してたどたどしいかと思いきや、驚くほど流ちょうで萌絵は驚いた。

「全然上手じゃないですか。あれなら講演会もできるのに」

「子供の頃のまんまだな。化石のことになると立て板に水なんだよ」

語る無量はまるで水を得た魚だ。別人のように堂々としている。

さっそく発掘タイムとなった。

軍手をはめ、ゴーグルをつけて、いざ発掘エリアに入る。ごろごろと大小の石が転がっていて、まるで河原だ。忍と萌絵は控えめに端のほうに陣取って手頃な石を手にとった。

「昔、少しだけ無量につきあって発掘したことがあるけど——」

忍は石を上下左右に転がしながら観察する。石はよく見ると一定方向に層ができていて、それを「石の目（石目）」と言い、うまくタガネを入れると、さほど苦もなくきれいに割れるという。

「思い出した。無量は昔から『石の目』を見るのがずば抜けてたんだ」

「そっか。腕力もない五歳児が化石発掘できたのはその目のおかげだったんですね」

忍はタガネを石の層の筋にそってあてがい、ハンマーを振るった。

「あっ。割れた」

石の断面に、うっすらと黒い筋が見える。

「これは化石かなあ。鉱物みたいでもあるけど」

通り掛かった男性学芸員が気づいて、声をかけてくれた。

「なんか出ましたか？」

発掘体験コーナーには無量の他にも数人、学芸員がついている。四十代くらいの学芸員は小太りで、メガネの奥の目が優しい。

「この黒い筋は化石でしょうか」

「ああ。これはシダ植物の茎ですね」

隣にいた萌絵が「もう見つけたんですか！」と顔をあげた。

「このあたりの石からは白亜紀《はくあき》の植物化石が出てきますよ。葉や枝や茎が黒っぽく見えるので、よーく見れば見分けられます」

化石は一にも二にも「見る」こと。とにかくしつこく「見る」のが原則だ。

「わかりました。観察観察」

表面は黄土色だが、割ってみると断面は灰色で、ところどころ黒い筋状のものが混じっている。それが化石なのだそうだ。萌絵もハンマーを振るった。当たり前だが、石は重いし、なかなか割れないし、手応《てごた》えがびんびん骨に伝わる。

「西原くん、幼稚園にいた頃からずっとこんなふうに石割ってたの？」

同じ「発掘」の名がつくものでも、化石発掘と遺跡発掘はまるでちがう。

石を割るのが化石発掘、土を掘るのが遺跡発掘。石材業と土木業くらいちがう。

化石発掘では母岩と呼ばれるものから化石が含まれている部分だけを切り出す。この作業は重機などで行われることもある。そうして出た石をハンマーで叩いて適度な大きさまで絞り込む。

化石発掘で独特なのは、その後、屋内で行われる「クリーニング」という作業だ。

歯医者で使われるような「削る機械」で、化石を包む岩石を削っていく。根気も集中力もいる。時間もかかる緻密《ちみつ》な作業だ。

全身骨格が残る恐竜化石の場合は、骨の部位をひとつひとつ、岩の中から削り出していく。これを組み合わせて標本をくみ上げる。巨大な恐竜の骨は、扱うのも一苦労だ。

ここで体験できるのは、その初歩も初歩。まずは石の中に化石を見つけることを体験する。

ぱかっと石が割れた。

「わ。気持ちいい」

萌絵も楽しくなってきた。が、どの断面を見ても、忍が発見したような化石らしい黒い部分がない。

「場所替えします」

向かったのは古生代《こせいだい》エリアだ。運が良ければレアな化石が出るという。石の色が他と違って白っぽいのが気になったが、萌絵は果敢にハンマーを振るった。

「なにこれ、かった！　硬すぎて全然タガネが入らないんですけど」

「おお、さすが永倉」

無量がやってきた。

「それ石灰岩《せっかいがん》。めっちゃ難易度高いやつ」

「でも運が良ければ、一発大当たり狙えるんだよね」

「三葉虫《さんようちゅう》とか出たらすごいけど、その石、死ぬほど硬いよ」

むきになって叩《たた》いて何度かタガネではなく手を打ってしまう（幸い、誤打防止のゴムがついているから大きな怪我にはならない）。

だんだん化石を見つけるのが目的か、石を割るのが目的かわからなくなってきた。

「っしゃ、割れたあ！」

ガッツポーズを決めたと同時に終了時間となった。

萌絵は成果なしだ。

無量の目が冷たい。

「……空手チョップのほうが割れたかもよ」

「虚《むな》しい」

見つけた化石は持って帰れる。忍は一応経験者だけあって、白亜紀のソテツやシダの葉らしき化石を何個か見つけられたが、萌絵はみやげなしだ。無量は呆《あき》れて、

「ったく。はいこれ」

「貝の化石？　いいの？」

「金魚すくいでも必ず一匹はもらえるでしょ。お情け」

「よかったね、永倉さん」

「はあ……」

片付けをしていると先ほどの男性学芸員がやってきた。

「ガッツ溢《あふ》れる叩き方してる人がいると思ったら、西原くんのお友達だったのか」

無量が間に入って両者を紹介した。

「こちら、福井県立恐竜博物館の学芸員、地質学者で古生物学者の黒鉄《くろがね》栄介《えいすけ》さん。俺がこの仕事始めて最初に恐竜発掘した時に世話になった……」

「おお、君が幼なじみの『忍ちゃん』か」

「はい。無量からお噂はかねがね」

このイベントに無量が参加を決めたのも黒鉄から説得されたのが理由のひとつだった。

「日本の恐竜発掘すごいんですね。展示を見て、びっくりしました」

「そうなんですよ。恐竜がいたとわかった途端、次から次へと面白いように見つかるようになりました」

新種もどんどん見つかっている。

日本の恐竜研究はニューフィールドだ。未踏の荒野が拡がる開拓期のようなものだから、研究成果も日進月歩だ。中でも福井県はホットな現場のひとつと言えた。

「いま僕が手がけている北谷《きただに》などは、掘れば見つかる入れ食い状態ですから、西原くんのような人にこそ国内でもっと掘ってもらいたいんですよ」

「ですよね。最近は遺跡ばっかりだから」

「なんてもったいない！　早く目を覚まして戻ってきてくれよ。西原くん」

黒鉄に泣きつかれる無量を見て、忍と萌絵も苦笑いだ。

「よかったら、黒鉄さん。終わった後、みんなで軽く飲みにでもいきませんか」

「いいのかい？　ぜひ」

そこへテントの向こうから花田学芸員が数名の外国人を連れてやってきた。中国で無量と一緒に発掘プロジェクトに携わったメンバーだという。無量たちは再会を喜んで英語でやりとりを始めてしまう。

こうなると萌絵たちは蚊帳《かや》の外だ。

「そっか……。西原くんの本分は化石発掘だったんだっけ」

遺跡発掘はあくまで仕事だから手がけてはいるが「一番やりたいこと」ではない。

幼い頃、祖父から手を焼かれて化石発掘ができなくなった代わりに、亀石から薦められて始めたのが遺跡発掘だ。

師匠の鍛冶《かじ》大作《だいさく》のもとでスキルを学び、職業として遺跡の発掘調査をするようになり、トラウマを乗り越えてようやく数年前、化石発掘もできるようになったのだ。

萌絵は時々忘れてしまいそうになるが、無量の本当のフィールドは、古生物だ。

ホモ・サピエンスが出現するよりも遥《はる》か昔、何億年も前の地層を掘ることなのだ。

実際、少し前まではコロラドで恐竜化石を掘っていた。ここ二年ほどは国内遺跡ばかり手がけているが、大きなプロジェクトの話が舞い込めば、すぐにでも海外へ飛び出していってしまうにちがいない。

「どうかした？　永倉さん」

「あ、いえ……。私、遺跡についてはそこそこ勉強してきたつもりなんですけど、思えば、古生物のことは全然。実は西原くんのフィールドの半分にも関わってなかったんだなあって」

遺跡発掘コーディネーターを目指して必死で考古学を勉強し、多少は無量と同じ場所に立てた気になっていたが。

肩を落とす萌絵を、忍は真顔で見つめている。

「……確かに、無量ももう二十四だからな」

学生なら大学を卒業しているような年頃だ。古生物学と考古学、二足のわらじを履いている無量は、だいぶ特殊な立ち位置にいる。研究者ではなく、ただの作業員のままでいい、と口では言うが。

「あれだけ物を見る目があるんだ。知識と経験を積んでいくごとに欲も出てくるだろう。自然と自分が掘り当てたものの正体を突き詰めたくなる」

そうなったら二足のわらじを履いてはいられない。

いずれかの道を選ぶ時が来る。

「西原くんにはいつもどこか、自分の意地のために遺跡発掘をしているようなところがあると思うんです。あの右手が、その……呪縛《じゅばく》みたいになってるのかなって。遺跡に向かう時の気持ちは、化石を掘る時の純粋な情熱とも違う気がする。どちらかといえば、執念みたいな。呪縛が解かれたら、西原くんはもう遺跡発掘はしなくなってしまうかも」

「……。永倉さんはそれを望んでいるのかな」

萌絵は考え込んでしまった。

「西原くんには解き放たれて欲しいけど……。遺跡から離れてしまうのは少し淋《さび》しい。なんて完全に私のエゴですよね」

海外の恐竜研究者たちと談笑している無量を見て、萌絵は自分がいつも見ている無量の顔は半面に過ぎないことを思い知らされた。無量の世界は萌絵が知るよりずっと広くて、その広さに気後れしてしまう。

忍にも思うところがあるのだろう。

「確かに、人はいつまでも同じじゃいられない。経験を重ねれば感じ方も考え方も変わる。見えるものが違ってくれば、同じ場所に居続けるのも難しくなる。それは本人以外の人間に、どうにかできるものでもない」

その目には何が映っているのか。

シビアなことを口にしながらも、忍の目はどこか遠いところを見ている。

彼の思いを摑《つか》まえようとして、萌絵がじっと見つめていると、忍はふと我に返り、微笑み返してきた。

「……だからこそ、一緒にいられる今この瞬間が大事なのかもしれないね」

「相良さん」

「先のことを気に病んでも仕方ない。いつだって無量が目の前の仕事に全力投球できるよう支えるのが、僕らの仕事だ。そうだよね？　永倉さん」

忍の誠実な言葉の裏には、萌絵にもまだ摑めない彼だけの想いが潜んでいるような気がしたが、いまは詮索《せんさく》せず、励ましを素直に受け止めた。

「そうですね。それが私たちの仕事です」

　会場を見渡せば、ここには、萌絵たちが馴染《なじ》んだ埋蔵文化財の世界とはひと味違う興奮と、どこか屈託のない明るさが満ちている。アミューズメントパークにでもいるような子供たちのはしゃいだ笑顔が眩《まぶ》しい。

　きらきらした瞳《ひとみ》で化石を探した子供たちの中には、今日の無量に憧《あこが》れ、彼を目指そうと思った子もいるかもしれない。そう思うと少し複雑で、反面、誇らしい。

*

　夜は焼肉屋で「お疲れ様会」と相成った。約束通り、黒鉄《くろがね》学芸員も合流して賑《にぎ》やかな宴《うたげ》になった。イベントには後ろ向きだった無量も、久しぶりに仲間たちと会ってテンションがあがっている。

「へえ。むかわで今、そんな発掘やってるんすね」

「ああ。北大《ほくだい》の小《こ》森《もり》さんが関わってるから、なにかすごいのが出るんじゃないかな」

萌絵が「えーっ」と目を輝かせた。

「北大の小森さんって、ミスターダイナソーの小森慎司《しんじ》さんですか。よくテレビにも出てる！」

「ミスターダイナソー、元気っすか」

黒鉄との思い出話の中で、無量が発掘屋になってから初めて恐竜化石発掘に参加した時のエピソードも飛び出した。

「西原くんがまだ十八か九の頃だ。化石発掘少年はそこそこいるけど、こいつはまず化石を見つけ出す目が違った。ベテランにも判別できないものも見分けたんで、ただもんじゃないと思ったよ」

最初の発掘では、無量はハンマーを持たず、その目だけで参加したという。

当時はまだ右手のヤケドのトラウマが残っていて、ハンマーを握ると手が震えてしまったからだ。

「最初出たのは獣脚類《じゅうきゃくるい》の頸椎《けいつい》が入ったノジュールだったんだ。その中味をたったふたつ見ただけで、埋まってる向きまで瞬時に読んじまった。なんだこいつと思ったね」

「ガキの頃、首長竜《くびながりゅう》をちょっとかじったから」

「恐竜の発掘は『一に見る、二に見る、三四も見て五にも見る』だからな。こいつの目に知識と経験が蓄積されたら空恐ろしいことになると思った。とてつもない恐竜化石のエキスパートになれるやつだって」

現場の話で盛り上がるうちに、無量も里心がついてきたのだろう。

荒涼とした大地で岩石と向き合った日々、厳しくも広大な山河、乾いた谷の赤い風を思い出して、いつになく饒舌《じょうぜつ》になっていった。

恐竜発掘は年単位で行われる。発見したがまだ掘り出せない骨化石にはジャケットと呼ばれるものをかぶせておくのだが、それらを狙う盗掘屋もいて、攻防になることもある。そういう不届き者が出てくるから、発見しても発表するまでは情報は何年にもわたって厳重に守られなければならない。独特の世界だ。

酔いがまわってくると、とうとう黒鉄《くろがね》は無量にくだを巻き始めた。

なんで遺跡なんか掘ってるんだ。そんな暇あったら海外の現場にどんどん行ってこい。あの第一人者の小森さんだって、若い頃から現場をいくつも渡り歩いて経験を積んだんだぞ。いくら天才的な目を持ってても、一回一回の経験を研究につなげていけなければ意味がない。その目で見た化石の情報、埋まっていた場所の情報、それらをつなぐ膨大な知識……。脳内に蓄積された経験で自分だけのアーカイブを築き、照合しながら「見る」からこそ発見につながるんだ。このままじゃ宝の持ち腐れだ。

「でも俺は研究者とかそういう、たいそうなもんは目指してないし、一作業員として掘っていられれば、それで」

　ばかいうな！　と黒鉄はテーブルを叩《たた》いた。

「君はすでに半分以上研究者だ。自分の中にあるアーカイブがどれだけ貴重か全くわかってない。君は何もかも中途半端じゃないか！　化石も遺跡も両方なめてる。宝探しの快感？　ばかいうな。見つけたものの正体がわかって初めて発掘は意味をなすんだ。君の発見は本当の発見じゃない。ひとからその正体を教えてもらって、やっと喜べる化石発掘なんて、体験場の子供と一緒じゃないか。ちがうか！」

　その言葉は無量には効いた。

　ガツンときた。

「君は努力もしないで楽な道を歩いていたいだけだろう。おいしいとこだけむさぼって自分を甘やかしてるだけだ。恐竜発掘は二足のわらじなんか履いて究められるほど簡単な分野じゃないぞ。研究者ってやつは肩書きなんかなくても真実を追い求めているうちにいつのまにかなってるもんなんだ。そういうもんだ。君はどっちが知りたいんだ。人間のいなかった世界か、それとも人間がいた世界か。どっちだ！」

　突きつけられた無量は答えられない。

　その後も酔いに任せた説教は続いた。しまいには深酔いしてしまった黒鉄を、忍たちがどうにかなだめて、ホテルまで送り届けるはめになった。

　帰り道、無量の顔つきは一変してしまっている。

「黒鉄さん、あんなに熱い人だったとは……」

萌絵もちょっとびっくりだ。

「ベロベロだったし、西原くん、あんまり気にしないほうが……」

無量は怖い顔で黙り込んでいる。

痛いところを突かれたせいだ、と萌絵にもわかる。

忍は、何も言わない。

黒鉄《くろがね》の言葉に横っ面を張られた無量は、その日から考え込むようになってしまった。

*

イベントが終わった後も、無量はずっとどこか上の空で、口数が少ない。

仕事中も塞《ふさ》ぎ込んでいて、時折深い溜息《ためいき》をついたりする。発掘現場でのケアレスミスが目立つので「注意力散漫」と現場監督の柳生篤志《やぎゅうあつし》から叱られてしまう始末だ。

「無量のやつ、一体何があったんだ？」

柳生に問われて萌絵も困った。どう説明したものか。

黒鉄の指摘は、無量自身ずっと考えていたことでもあった。いつか萌絵に心の内を漏らしたことがある。考古学と古生物学。自分は結局、どちらがしたいのかと。

その迷いに対して、萌絵はこう答えた覚えがある。

――掘るだけじゃ駄目なのかな。宝探しをするのが好きなんでしょ。見つけるのが快感だから、やめられないんだよね？　発掘のエキスパートでいいんじゃないかな。

萌絵の励ましも、黒鉄には全否定されてしまったわけだ。おかげでこっちまでダメージ大だ。あの場で何も言い返せなかったのも悔しい。

「研究者にならなきゃ一人前じゃないなんて……そんなこと絶対ないのに」

無量なりに答えを探して、この二年、遺跡をひたすら掘っていたように見える。

だがそれを「中途半端」と言われてしまっては、無量だって立つ瀬がないだろう。

突きつけられて、思い詰めてしまった無量の横顔は、岩のように険しい。

「おかえり、無量。出汁《だし》巻き玉子の残り、冷蔵庫に入ってるからチンして食べて」

帰宅してからも、無量の塞ぎっぷりは変わらなかった。

先に帰宅していた忍が、自室から顔を出して声をかけるが、無量は生返事を返すだけだ。なにを食べてもうまいと感じられないのか、食事を残す日が多くなった。食器を片付けると日課のゲームもせずに部屋へと籠《こ》もってしまう。

忍もどう声をかけていいのか、わからない。

「……風呂沸いてるから、ちゃんと肩まで浸かるんだぞ」

忍はそれだけ伝えると、自室に戻ってパソコンを開いた。

ＧＲＭ社から支給されたパソコンだ。

「……。今日もメールはなしか」

JKからの連絡が途絶えて、もう一ヶ月になる。

GRM本社は、無量の新しい監視役として降旗拓実《ふるはたたくみ》を送り込んできたようだが、今のところ無量に対して何かを働きかけてくる気配はない。

GRMの大株主でもある投資会社JBスタンフォードのウォール会長と親交があった忍は、大いにこれを利用して根回ししまくったおかげで、どうにかエージェントとしての契約を切られずに済んでいるが、JKは愛想を尽かしたかすっかり沈黙してしまった。彼が推す新任監視者・降旗拓実も「ゲーム開始」などと言い切った割に、その後、無量と接触した痕跡《こんせき》はない。彼らの静けさがかえって不気味だった。

「いきなり拉致《らち》するとかは、やめてくれよな……」

どんな手を打ってくるのか予想できないので緊張が解けない。

しかし今はそれより無量だ。

無量自身、発掘屋という職業に誇りはあっても、心のどこかで研究者に対する気後れがあったのだろう。「二足のわらじ」にどうにか折り合いをつけ始めた矢先に、黒鉄《くろがね》からずばっと言い当てられて、迷いが溢《あふ》れてしまったにちがいない。

確かに、と忍も思う。いっそ恐竜研究の道一本に絞ってくれたほうが無量にとっても平和なのだ。子供の頃からそうしていたように化石を淡々と掘っていれば、その道の名人として名をあげることはあっても、右手による「不自然な発掘」に注目が集まることはない。化石は古生物だ。人間の歴史を揺るがす「遺物発見」はやはり社会への影響が大きすぎるのだ。出土した遺物が国境線を書き換えることもある。少なくとも化石が国境線を書き換えることはない。遺跡から手を引いて「不自然な発掘」がなくなり、「能力消失」とみなされてターゲットから外されれば、それが一番平和な解決方法だ。

化石発掘の道を勧めて、遺跡から手を引け、と無量に提案してみようか。

だが、萌絵が言う通り、無量には意地がある。

遺物捏造《ねつぞう》をして道を踏み外した祖父と、そのせいで家族を切り捨てた父親。

無量が遺跡から離れられないのは「自分は傷つけられるだけの存在ではない」ことを誰よりも自分自身に証明したいからに他ならない。

——息子は猟犬の道を選んだ。せいぜい有能な猟犬になることを祈るばかりだよ。

「……これもあなたのせいだとしたら、罪深いですよ。藤枝《ふじえだ》さん」

迷う無量を揺さぶるように、奇妙な仕事が舞い込んできたのは——。

梅の花が見頃を迎えた二月の終わりのことだった。

第一章　化石の国の無量

それは一通の相談メールから始まった。

「〝北陸《ほくりく》開発エンジニヤリング〟……補償コンサルタント？」

聞き慣れない社名に、亀石《かめいし》は首をひねった。

はい、と答えたのは相良忍《さがらしのぶ》だ。

「公共事業の用地取得をサポートするコンサルティング会社とのことです」

道路や河川などの公共事業では、国土交通省に事業が認定されると、用地取得のための交渉が始まる。地権者から土地を得るかわりに事業者からその分の補償がなされるわけだが、そのための調査や交渉を、事業者のかわりに請け負う会社のことだ。コンサルティングに携わる者は「補償業務管理士」という資格を持ち、用地補償業務を行う。

「なんで補償コンサルタントなんぞがうちに仕事の依頼を？」

「緊急発掘の依頼……とかでしょうか」

萌絵《もえ》が言った。公共事業では、あらかじめ遺跡とみなされている土地であれば、着工前に発掘調査を行うことが法律で定められている。

「その手の案件なら自治体の埋蔵文化財センターに直接行くはずだ。うちに相談したいこととはなんだろう。なにか書いてないか」

「相談内容は直接会ってからお話ししたい、とあります。どうしますか」

亀石は怪訝《けげん》そうにしていたが、

「とにかく、聞くだけ聞いてみよう。話はそれからだ」

数日後、カメケンにやってきたのはスーツ姿の、精悍《せいかん》な顔立ちをした中年男性だった。

名刺には「藤ヶ谷《ふじがや》恒《わたる》」とある。

きちっと整髪して、身だしなみに隙が無いところは、いかにも用地取得のコンサルタントだ。地権者との交渉が仕事なので、見た目第一、信用のおける雰囲気を醸さなければならない。

挨拶《あいさつ》もそこそこに、補償コンサルタントの藤ヶ谷は相談内容について話し始めた。

「高速道路の建築予定地にある集落の調査……ですか？」

亀石が訊《き》き返すと、藤ヶ谷は低く落ち着いた声で「はい」と答えた。

「福井県大野《おおの》市で建設予定の中部縦貫自動車道大野油坂《あぶらさか》道路です。その用地取得のための地権者交渉を行っております」

全線がつながれば、福井県福井市から長野県松本《まつもと》市までを結ぶ、全長約一六〇キロに及ぶ自動車専用道路になる。すでにそのほとんどが完成もしくは着工済みで、残る区間がその大野油坂道路なのだという。

地図を広げて、藤ヶ谷は説明した。

「このとおり、福井県と岐阜県の県境、九頭竜湖《くずりゅうこ》の北岸を通るルートになります。この区間は国道一五八号線が通っているのですが、豪雪地帯でもあり、冬期はたびたび通行止めになって両県の往き来を難しくさせていました」

「その道路ができれば、だいぶ便利になるということでしょうか」

「はい。東海《とうかい》北陸自動車道とも直結して、福井から名古屋《なごや》方面へのアクセスも抜群によくなります。東海圏からの往き来がしやすくなり経済活動も活発に」

道路がつながれば、物流が変わる。

今まで福井といえば近畿《きんき》圏とのつながりが太かったが、これからは東海地域、さらには関東方面ともつながりやすくなるわけだ。

「その最後の仕上げの区間が、大野油坂道路です。事業主は国交省近畿地方整備局で、用地取得業務を請け負っているのが、我々、北陸開発エンジニヤリングになります」

「なるほど。しかし、どういうわけでこちらに」

「実は九頭竜湖近くのインターチェンジ建設予定地に昔ながらの古い集落があるのですが、地権者が交渉に応じてくれず」

藤ヶ谷は硬い表情になった。

「いえ。地権者が応じないのは日常茶飯事で、そこから交渉を重ねていくのが我々の仕事なのですが、その集落には何か特殊な事情があるようで」

「特殊な事情？」

「墓地があるようなのです」

墓地？　と亀石は訊き返し、忍と顔を見合わせた。

「そのような場合、墓地移転ということになるのでは」

「墓地というより……、墳墓、とでも申しますか」

藤ヶ谷はたくましい顎《あご》を撫《な》でながら、言葉を選んだ。

「山深い場所にある未確認の遺構のようで。しかもだいぶ古いものらしいのです」

「その墳墓があるために地権者は交渉に応じないと？」

「それがどんな由来のものなのか。集落の方に聞いても皆、固く口を閉ざすばかりで。地元で資料にもあたったのですが、全く記録に残っておらず」

墳墓らしきものの正体がわからず、住民が拒む根拠もわからないため、交渉の手がかりが得られないまま膠着《こうちゃく》状態に陥っているという。

「つまり、その遺構について知りたい、と……。我々に遺構調査のための人材コーディネートをしてほしい、ということでしょうか」

忍から問われ、藤ヶ谷は「はい」と答えた。

「本来ならば、そのような地籍調査も私どもの仕事なのですが、集落の方々の協力が得られない上に、何か信仰上の理由もあるようで」

「立ち入れないような場所なのでしょうか」

「禁域とでもいいますか。住民の警戒心が非常に強いのです。私はすでに面が割れているため、その場所はおろか、集落に近づくこともできなくなってしまいました」

建設予定地では通常、事前に測量を行った上で補償交渉に入るのだが、それにも猛烈な反発をくらったという。

「先日も地権者さんに斧《おの》を振りまわされて、追い払われてしまいました」

「命がけですね」

「はい……。どうしてもだめなら強制収用という手段に持ち込むことになりますが、それは最悪の場合です。できるだけ地権者さんが納得した上で用地取得を進めたく。もし、その墳墓らしきものがなんらかの遺跡ならば、発掘調査をした上で移転なり何なり代案が出せるのですが」

「おおむね理解しました」

亀石はすでに頭の中の人材バンクに検索をかけている。

「……その地域に詳しい郷土史家、もしくは地元の学校、在野の研究者にもあたったほうがいいかもしれないな。墳墓の可能性があるなら、できれば見立てができる発掘経験者を」

「あの……こちらに西原無量《さいばらむりょう》さんと仰《おっしゃ》る方がいると聞いたのですが」

亀石と忍はきょとんとした。

「はい。おりますが、無量に何か」

「その方を現場によこしてもらうことはできませんか」

奇妙なことを言い出した。

「なぜ無量のことを知っているんです？」

「あるツテから紹介していただきました。ぜひ西原さんに現場を見ていただきたいのです。お願いできませんでしょうか」

藤ヶ谷は体を深く折り曲げて、頭を下げる。

それを聞いて亀石と忍は、なぜ藤ヶ谷がわざわざ遠方からカメケンを頼ってきたのか、理由を理解した。はじめから無量を指名したかったのだ。しかしなぜ無量なのか。

その場では判断がつかず、一旦《いったん》、本人の意向とスケジュールを確認してから、また連絡をすることになった。

*

それから二週間ほど経った、三月半ばのことだった。

無量と忍と萌絵の三人が降り立ったのは、北陸本線にあるJR福井駅だった。

「ここが越前《えちぜん》ガニとソースカツ丼のふるさとですか」

萌絵は福井を訪れるのは初めてだ。ホームで名物のソースカツ弁当を目にした時からテンションがあがっていた。

「永倉《ながくら》さん。福井はカニもソースカツも鯖寿司《さばずし》も美味《おい》しいけど、ひそかに焼き鳥がうまいんだ」

「焼き鳥ですか？」

「福井県は焼き鳥の消費量が全国トップクラスでもあるんだよ」

忍のうんちくに萌絵は目を輝かせた。

「焼き鳥も好物です」

「ねえあんた、なにしにきたの。事務所の金でグルメツアーにでもきたわけ？」

マウンテンパーカーを着た無量はいつにもまして辛辣《しんらつ》な物言いだ。

「人聞きの悪いことを。れっきとした仕事です」

「忍はともかく、あんたまで同行する必要ある？」

「私は別の案件。西原くんたちとたまたまスケジュールが重なっただけ」

「なにその別の案件って」

「一乗谷朝倉《いちじょうだにあさくら》氏遺跡。復原計画にうちも一枚噛《か》んでるんだ」

かわりに忍が説明してくれた。無量は目を丸くして、

「一乗谷って……あの一乗谷？」

戦国時代の城下町が丸ごとそっくり埋まっていたことで有名な遺跡だ。戦国大名朝倉氏の「都」ともいうべき町で、一万人が住んでいたとも言う。将軍の御所を真似た居館や武家屋敷、庶民の住む町並みまでもが田んぼの下で破壊もされず、約

四百年間、埋まっていた。昭和四十年代から始まった中心部の発掘調査はほぼ終わり、現在は町並みなどの復原が進んでいる。

カメケンも協力しており、萌絵はその進捗《しんちょく》を確かめにきたというわけだ。

ただ、わざわざ日程を合わせたのは亀石の指示でもある。補償コンサルティング会社からの依頼は前例がないので、気にかかっているとみえる。

「おお、恐竜いますね！　さすが福井、恐竜王国」

駅前広場では恐竜モニュメントが出迎える。太古、福井にいたという地元恐竜たちだ。

「写真とろうか、西原くん」

とスマホを取りだした萌絵は、不穏な空気を読んで、はしゃぐのをやめた。

無量は険しい顔をしている。

恐竜サミットの後、無量はどうも元気がない。

二足のわらじを批難した黒鉄《くろがね》の言葉が、ずっと尾を引いているのだ。

よりにもよってこのタイミングで福井に来ることになるとは。

恐竜をみれば嫌でも黒鉄の言葉を思い出す。恐竜化石がたくさん発見されている福井は、観光面でも「恐竜王国」として売り出し中だ。恐竜ファンの聖地だけあって、駅前にも恐竜が溢《あふ》れている。いまの無量には応《こた》える場所だ。

「ああ、ほら西原くん！　藤ヶ谷さんが迎えにきたよ」

話をそらすように指をさすと、ロータリーの端に大きなＳＵＶ車が停まっていて、中で中年男性が手を振っている。

北陸開発エンジニヤリングの藤ヶ谷だ。

今日はスーツではなく車に合わせたようなアウトドア風の出《い》で立ちだった。

「おはようございます。ゴツイ四駆ですね。社用車ですか？」

「いえいえ、自前です。……昔、大雪の交差点で立ち往生して、大渋滞を引き起こして以来、車は四駆と決めてます」

「足回りもすごいですね。そのタイヤ、雪山ラリーできるやつじゃないですか……」

「海外から取り寄せたこだわりの逸品です。山のほうにいくと本当にヤバイ道があるからね」

無事、藤ヶ谷と落ち合ったのを見届けて、萌絵は時計を見た。

「じゃあ私、先に行くから。西原くん、相良さん。がんばって」

「乗ってかないの？」

「直行バスが出てるの。そっちで行けるから」

すると、親切な藤ヶ谷は「一乗谷は通り道だから」と気を利かせてくれた。さすがに道路予定地には行き慣れているようで、今では庭のようなものだという。

ならお言葉に甘えて、と三人は豪雪地仕様のＳＵＶに乗り込んだ。

車は国道一五八号線をひたすら東へ走る。

市街地を抜けるとまもなく田園地帯となり、足羽川《あすわがわ》という河川沿いの道となる。

「この一帯は国道が、東西に長い楕円《だえん》の環状線のようになっているんです」

のようですね、と助手席の忍も地図を見ながら、

「山手線《やまのてせん》にたとえるなら、福井市街が新宿《しんじゅく》あたりで一乗谷は恵比寿《えびす》あたり」

「大阪環状線にたとえたら？」

「福井市街は西九条《にしくじょう》、一乗谷は新今宮《しんいまみや》かな」

「まじめに答えるなあ」

正確には、北側の「一五八」は中部縦貫自動車道を指し、下道は「勝山《かつやま》街道」と呼ばれる国道四一六号線が通っている。いずれも九頭竜川に沿っている。最近開通した自動車道に「一五八」とついたので環状にみえるのだ。環《わ》の内側には、あの有名な永平寺《えいへいじ》があるという。

「曹洞宗《そうとうしゅう》の大本山ですね。うちも母方が曹洞宗です」

と萌絵が言った。

「お葬式でお坊さんがシンバルみたいなのをジャンジャン鳴らしたり、大きな筆みたいなの振ったり線香で円を描いたりするんですよね」

「あのシンバルもどきは一説には、死者の未練を断ちきるために鳴らす、とも言います。鳴り物をジャンジャン鳴らして旅立ちを促すんでしょうね。筆みたいな法具は払子《ほっす》といい、邪気を払います。それと松明《たいまつ》を模した法炬《ひんこ》」

藤ヶ谷はコンサルタントをするだけあって、なかなかの博識だ。

「法炬のかわりに火がついた線香を用いたりもするんですが、故事に沿った動作とも結界を張る動作ともお棺《かん》に火をつける動作だともいいます」

「お棺に？」

「もともと荼毘《だび》にふすときの儀式だったとか。昔はお坊さんが火をつけたそうです」

「へえ。知らなかった」

「曹洞宗のお葬式は、故人を仏門に入らせ、釈迦《しゃか》の弟子と成すためのものだそうです。故人に授戒して僧と成し、儀式の間に悟りを開かせ、超特急で仏の世界に送り出すんです。本来なら生きてるうちに一生懸命修行するところですが」

曹洞宗といえば、禅宗だ。

坐禅《ざぜん》を組んで悟りを開く、というイメージがある。

「永平寺は大きなお寺なので観光地でもありますけれど、若い雲水《うんすい》がたくさんいて、禅の道場独特のストイックな空気がありますよ。行くなら夕方。閉門前がおすすめです」

だが今回は立ち寄る予定はない。

これから向かうのは、九頭竜湖の近くだ。

「なるほど。地図をみてもカーブが多くて山深そうな道だ」

「はい。あのへんは古くから『美濃《みの》街道』と呼ばれた歴史ある道です。勾配《こうばい》の大きい山間区間で、冬期には豪雪でしばしば通行止めになります。スノーシェードもそこここに設置してますが、走りづらい道です」

「それで山をぶちぬいて自動車道をつくろうと」

問題の集落はその区間にある。

「大野市和泉《いずみ》地区。少し前までは大野郡和泉村と言いました。九頭竜ダムがあることで知られています」

「一五八の環状区間を抜けた先だから……総武《そうぶ》線の錦糸町《きんしちょう》あたり？」

「新小岩《しんこいわ》あたりかもよ？」

無量と萌絵のどうでもいいやりとりを、藤ヶ谷はスルーして、

「鹿殿《かどの》地区と言いまして、九頭竜川の源流のひとつ、石徹白川《いとしろがわ》の小さな谷に、五軒ほど古い家があります。昔はもっとたくさん住んでおられたようですが」

そのうちの一軒、後藤《ごとう》家が持つ山にインターチェンジを造るという。

「そこに例の墳墓が？」

「はい。お手元のファイルに集落の資料があります。近くには縄文土器が出た遺跡もあるようです」

資料写真を見た忍は山の斜面のところどころに岩肌が覗《のぞ》いていることに気づいた。

「岩か……。磐座《いわくら》的なものがある可能性もありますね」

「手前に有刺鉄線が張ってあって、誰もその目で確認できていないんです」

車の行く手に「一乗谷朝倉氏遺跡」と書かれた標識が見えてきた。

足羽川にかかる橋を渡り、一乗谷朝倉氏遺跡資料館の前で萌絵は車を降りた。

「ありがとうございました。じゃあ西原くん、相良さん。くれぐれも気をつけて」

萌絵と別れて、車は一路、現場の集落に向けて走り出した。

＊

鹿殿集落は九頭竜川の上流にあたる。

山間区間に入ると、国道は川に沿って溯《さかのぼ》るように並走し、やがて九頭竜峡という渓谷に至る。徐々にカーブが増えてきて本格的な峠道を三十分ほどあがっていくと、ＪＲ越《えつ》美《み》北線《ほくせん》の終着駅・九頭竜湖駅につく。

山には靄《もや》がたなびいて仙人でも住んでいそうな雰囲気だ。

豪雪地帯で知られている。山の北側斜面はまだまだ残雪で白く、道路こそ乾いているが、田んぼには一面、積雪が残っていて、眩《まぶ》しいくらいに真っ白だ。雪解けの季節を迎えた山間の町では、スキーを積んだ車と何台もすれ違った。

問題の集落の手前で、無量と忍は車を下ろされた。

「この先の林道を過ぎたところが鹿殿地区です。近くまで送っていきたいのですが、住民の方に見られるとまずいので……。私は他の地区を回っていますので、終わったら連絡をください。道の駅で落ち合いましょう」

それとこれ、と言い、藤ヶ谷がふたりに渡したのはヘルメットと大きな巾着《きんちゃく》だ。中を覗き込むと、ハンマーが入っている。

「これは？」

「持っていってください。じきに理由がわかります」

ふたりは青くなった。……まさか斧《おの》で追いかけられた時の備えではあるまいか。

無量と忍はリュックを背負って車を降りた。藤ヶ谷の車が走り去るのを見送って、ふたりは川沿いの道を歩き出した。

今年は雪が少なかったというが、ふたりの目には充分な積雪量だ。陽差しがあるので日なたでは解けていたが、念のためスノーシューズを履いてきて正解だ。川は雪解けで水量が多い。春の荒々しさに満ちている。

なだらかな山の稜線《りょうせん》が幾重にも重なり、奥のほうは靄がかかっている。細い川の対岸は崖《がけ》だ。剝《む》き出しになった赤茶色の地層を、無量は興味深そうに見つめている。

「なるほどね。やっぱりそうか」

「なにが〝そう〟なんだ？」

無量は河原に降りると岩伝いに対岸へと渡り、ポケットからクリノメーターを取りだした。地層の傾斜角をはかっている。

「中生代《ちゅうせいだい》の手取層《てとりそう》。露頭も多くて化石採集にはもってこいだな」

「えっ。じゃあ藤ヶ谷さんがおまえを指名したのは」

無量はうなずいた。

「俺が化石の発掘屋なのも知ってたんだろ。このへんは化石発掘しにくるやつも多いだろうから、うろうろしてても言い訳がつくし」

今度は河原にある石を丹念に見始めた。転石を見るのは化石採集の基本だ。上流にどんな岩の層があるか、わかるからだ。忍も納得し、

「なるほど。ヘルメットは落石よけか。てっきり住民から石でも投げられるのかと」

「それもあるかもね」

にぎやかだな、と無量は山を眺めた。

山里の春は雪解け水が一気に降りてきて、川だけでなく集落の側溝や水路にも激しく流れていくから、どこにいても騒々しい。だが無量が感じる「にぎやかさ」とはそれとも少しちがう。無量には聞こえるのだ。化石の声が。

無量は子供の頃、化石発掘をしていたところを祖父に見つかり、右手を焼かれた。

祖父は高名な考古学者だった。だが遺跡発掘で研究室がらみの捏造《ねつぞう》事件を起こし、学界から追放された。心を病んだ祖父は「発掘」と名のつくもの全てを恐れ、呪ってしまったにちがいない。「遺跡」とは無関係の孫の右手まで見境なく焼くほどに。

無量は、何年もトラウマに苦しめられた。今も右手にだけ革手袋をはめているのは、醜いヤケドの痕《あと》を隠すためだ。遺跡発掘の仕事を通して少しずつ乗り越え、やっと化石を掘れるようになった。ようやくハンマーを握れるようになった。格闘の末、再び獲得

したと言ってもいい。「化石を掘る」という彼本来のフィールドを。

「手取層群といえば、あれか。恐竜化石がたくさん出てきた……」

「有名なのは勝山にある手取層群の北谷層。恐竜博物館があるとこの近く」

「環状線の北側か。山手線なら日暮里《にっぽり》あたり」

「フクイラプトルやフクイサウルスなんかが出た。日本での発掘は層面発掘って言って、崖をガーッて重機で削る大がかりなやり方だから、金もかかるけど、北谷んとこはばかみたいに恐竜の骨が出てくるから」

言いながら無量は割った石を無造作に忍へと差し出した。

「ほい。オニキオプシス」

前期白亜紀の植物化石だ。

「驚いた。こんなに簡単に見つかるのか……」

「宝の山だな。来る途中にあった下山《しもやま》ってとこ。日本で初めてアンモナイトが見つかったところだ」

「ええっ。そうなのか」

「地質学者や化石愛好家なら、みんな知ってる。俺も小学生だった頃、夏休みにつれてきてもらったことがある。旧大野郡和泉村といえば化石採集の聖地みたいなとこでティラノサウルス科の歯なんかも出てる」

「すごいな……。これだけの化石が出るってことは、ここも昔は海だったわけだ」

「化石ができる条件が揃う層は大体決まってるから、同じ地層をたどっていけば、自《おの》ずと化石がわんさか出てくる。……あっちの方向だな」

指さした方角には集落の屋根が見える。

「鹿殿地区……」

ふたりは、問題の集落に向かって歩き始めた。

なかなかの景勝地だ。秋には全山紅葉に染まるだろう。こんなところにトンネルを通すのか、と忍はちょっと残念そうな顔をした。

「トンネルを通すってことは、このへんの地層も削るってことだろ。貴重な化石もあるんじゃないのか？」

「新種の恐竜でも出たら地元は喜ぶかもね」

恐竜が見つかるインパクトは遺跡以上に大きい。一体出ただけでも町おこしの起爆剤になるので、あらゆる自治体にとって垂涎《すいぜん》の的なのだ。

「日本じゃ特にね。大騒ぎになるから、うかつに漏らせない。日本の恐竜発掘はちょっと大袈裟《おおげさ》なんだ」

「……おまえが日本で掘らないのは、そのせいなのか？」

先を歩く無量の顔は見えないが、黙ったところを見ると図星のようだ。

ただでさえ、祖父の遺物捏造事件で極度のマスコミ嫌いになった無量は、目立つことを殊更《ことさら》避ける。一作業員で居続けようとするのは、極力、表には立ちたくないからだ。

本音はひっそり掘っていたいのだ、と忍にはわかる。

「この間の黒鉄《くろがね》さんの言葉、ずっと考えてたんだろ？」

「…………。中途半端だって言われれば、そのとおりだ」

無量の声は沈んでいた。

「怠惰なのは認めるし、いくじなしってのも自覚してる。何も選ばないでいるのは、黒鉄さんが言うとおり、ただ楽《らく》していたいだけなのかも」

掘るだけならいくらでもできる。だが研究は個人の知的好奇心を満たすだけには留《とど》まっていられない。研究者として身を立てるなら、自らの学説を論文にしなければならないし、他者の研究にもアンテナを張って交流し、発掘予算を得るために行政やいろんなところに働きかけなければならない。そういう場所に出ていって戦っている本物の研究者たちを、無量はたくさん見てきた。

そこまで自分にできるかといえば、自信がない。もちろん現場での場数は踏んだし、独学で知識を得てもいるが、大学などで基礎を身につけ、地質学や解剖学、古生物学など幅広く学んだ研究者には太刀打ちできる気がしない。学歴の「中身」が問題だ。

「ただ発見したってだけじゃ認められない世界だ。それの正体を、他人も納得できる形で発表しなきゃいけない。そのスキルも身につけないと。今の俺には足りないものばかりだ」

今から大学に通う選択肢もある。研究を志すなら、遺跡も化石もというわけにはいかない。道を一本に絞らなければ。

「少なくとも、じーさんや藤枝は、そうやって自分が突き詰めたいテーマを見つけてる。俺みたいにふらふらしてない」

　無量が祖父と父をそんなふうに意識していたことに、忍は驚いた。これも骨肉のさだめなのだろうか。ふたりの生き方と自分とを比べずにはいられないのだ。

「無量はふらふらなんてしてないよ。あのふたりにはできないことをしてるんだから、逆だよ。二足のわらじ上等じゃないか。俺はいろんなエキスパートがあっていいと思う。掘ることのエキスパートだって、すごいことだと思うけどね」

「忍は俺を甘やかしすぎ」

　少し間を置いて、忍が言った。

「おまえが二足のわらじを脱げないのは、おまえの中で決着がついてない戦いがあると思ってるから。……ちがうか？」

　無量は思わず振り向いた。忍は真顔だった。

「おじいさんや藤枝氏を見てきて、研究者っていう生き方に不信感や抵抗感があるんじゃないのか？」

　無量にとって彼らは決して「お手本」などではない。

　むしろ「悪い見本」でしかない。

　無量はまたふさぎこんだ。祖父と父へのわだかまりは根深く、解けるにはまだ少し時間がかかりそうだ。答えを急ぐ必要はない、と忍は思い、表情を和らげた。

「……あの石垣の横からあがれる道があるみたいだ。行ってみよう」

存外明るい声に背中を押され、無量も気を取り直して歩き出した。

側溝を雪解け水がごうごうと流れ、静寂からはほど遠い。うっかり落ちたら簡単にあっという間に流されてしまいそうだ。家は皆、二階建てで横に長い作りは養蚕農家を思わせる。豪雪地帯らしく、雪垣用の板やはしごが家のわきに重ねられている。

山林に続く細道を見つけ、ふたりはあがっていった。

「地図によると、このあたりはもう買収予定の土地だな」

地権者である後藤隆文《たかふみ》の家は、集落の中でもひときわ大きな構えだった。

ふたりは「化石発掘をしていて迷い込んだ」という体《てい》で山に入っていく。鬱蒼《うっそう》とした日陰の斜面はまだ雪が残っていたが、どの木も根元だけが解けていてぽっかり丸い雪穴から木がにょきっと伸びているように見える。

その先に赤茶けた地層が剝《む》き出しになっている。

「土砂崩れで出たっぽい露頭だな。かなりでかい」

無量はヘルメットの紐《ひも》を顎《あご》にかけて、地層のそばまで近づいた。

そしてまた「見る」。とにかく観察に時間をかける。

忍がその手元を覗《のぞ》き込むと、周囲と色の異なる丸い岩石が土から顔を出している。

「ノジュールだ……」

「ノジュール？　それも化石？　まさか卵の化石？」

「化石そのものじゃない。化石の容《い》れ物《もの》みたいなもん」

無量はハンマーの先で軽く叩《たた》いた。

「たいてい中に化石か鉱物が入ってる。周りの母岩よりも硬いから見つけやすい」

「なんで化石の周りが硬くなるんだ？」

「化石を核にして岩に含まれる珪酸《けいさん》や炭酸塩なんかが、ぎゅーって集まって固まるんだ。化石が立体を保ってられるのもそのおかげ」

「へえ。面白いな」

割ると断面から化石や鉱物が顔を覗かせるのだという。通常はクリーニング作業で削っていって中身を取りだす。まさに化石の宝箱だ。

何が出るかは、開けてみるまでわからない。運がよければ大当たりもある。

「まるでガチャガチャのカプセルだな」

「これなんかは化石の組織が顔出してる。何かの骨っぽいな」

クリーニングしてみたくなってウズウズしている。そんな顔だ。

ノジュール自体は他にもいくつか見受けられた。無量の目から見れば化石の宝庫だ。

「さすが聖地だなあ……」

ふたりはもう少し深く山中に分け入ってみることにした。

「地層は見えるが、墳墓があるようには見えないけど……」

レーダーのように辺りを見回し、鬱蒼とした山林の奥へと踏み入っていく。常人には判別がつかない獣道も彼には見分けられるようだ。

「……忍。あそこに何かある」

ふたりは息を呑《の》んだ。

斜面の一角が平坦《へいたん》になっていて、残雪の中に古い石塔や石仏が賽《さい》の河原《かわら》のようにひしめいている。どれも苔《こけ》むしていたり一部が欠けていたりする。

その奥に洞穴のようなくぼみがある。

「これは」

人ひとりが腰をかがめてやっと入れるほどの大きさだ。中を懐中電灯で照らすと、壁と天井が大きな切石で覆われているではないか。

「青い……石室？」

横穴式の古墳が露出したようにも見える。組み立てた切石が地下水に濡《ぬ》れて、青く艶《つや》やかで、その美しさに驚いた。

中央には石塔が置かれている。

外にあった石仏と同じ薄緑色の石材でできている。

「五輪塔《ごりんとう》……？」

「いや。宝篋印塔《ほうきょういんとう》だ」

無量が言った。

「位の高いひとの墓とか供養塔に使われるやつ……」

鎌倉《かまくら》時代以降のものだ。反花座《かえりばなざ》という土台の上に、方形の基礎と塔身がのり、その上に四隅に突起がある四角い「笠《かさ》」をかぶせ、相輪《そうりん》と呼ばれるアンテナのようなものが天井をつくように立っている。

塔身には不思議な図柄が刻まれている。

勾玉《まがたま》がふたつ組み合わさったような。太極図にも似ている。

「これが墓？」

忍はすかさず写真を撮った。無量が身をかがめて入っていくと、足元に線香を燃やした灰らしきものが落ちている。指ですくって、灰の感触を確かめた。

「そんなに古くない。今朝とか昨日とかに燃やしたような……」

よく見れば、青い切石で覆った天井には赤っぽい顔料で何かが描いてある。幾何学模様にも見えるし、文字にも見える。

「まるで彩色古墳だな。まさか本当に古墳なのか……？」

「なんとも。そもそも石棺がないし」

「さしずめ〝青の石室〟だな。土地を売らない理由はこいつのせいか？」

無量は宝篋印塔をじっと見つめている。

そのときだった。

「こら！　そこで何してるんや！」

背後から怒鳴られ、無量たちはギョッとして振り返った。

綿入れ半纏《はんてん》を着込んだ六十代くらいの女性が仁王立ちになっている。手には何も持たず、ゴム長靴を履いているところを見ると、この集落の住民か。

「早う出なさい！　はよ出て！」

「す……すみません！　祠《ほこら》があったものですからお詣《まい》りをと」

「この山は私有地ですよ。勝手に入っちゃ困ります」

ふたりは平謝りに謝った。

「近くで化石発掘をしてまして。河原のほうから続いてる地層を追ってきたらここに」

「許可はとった？私有地につき立ち入り禁止いう立て看板見んかったんか？」

「すみません。見落としていたようです」

綿入れ半纏の女性はしげしげとふたりの出《い》で立ちを確認して、

「学生さんか？　このへんは許可なしの化石発掘は禁止されとるんよ」

「そうだったんですか。下調べが不十分でした。本当にすみません」

「どっから来たの？」

「東京です」

「東京？　そらまたずいぶん遠いところから」

半分呆《あき》れているようだったが、遠方からわざわざ掘りに来た若者をむげに追い返すのもかわいそうだと思ったのだろう。仕方ない、と溜息《ためいき》をつき、

「掘るのはだめやけど、ここで取れた化石なら、うちの道場に保管してます」

無量と忍は顔を見合わせた。

「見るだけならええですよ。ついてきて」

*

無量と忍は目を丸くした。

雪に強そうな入母屋《いりもや》屋根には立派な棟飾りがついている。小振りの体育館を思わせる二階建ての家屋には「浄土真宗《じょうどしんしゅう》鹿殿道場」と表札がかかっている。

「お坊さんがたが修行でもしてるんですか」

いえいえ、と綿入れ半纏の女性は手を振った。

「ここでいう道場はいわゆるお寺さんのかわりで、このあたりのひとは昔から本願寺《ほんがんじ》の直参《じきさん》門徒なんやわ」

「直参……って京都にある本願寺のですか」

「そう。本願寺が東西に分かれるまえからの門徒なの。ざっと七百年以上やね」

どうぞ、と中に入れてくれた。広い座敷には畳が敷いてあり、正面には本尊の阿弥陀《あみだ》如来《にょらい》の座像が鎮座し、両脇の壁には名号《みょうごう》の掛け軸を下げている。

石油ストーブをつけながら、女性は言った。

「ここは檀家《だんか》いうもんはないんよ」

門徒は集落ごとに集まって自分たちで法要を行うのだという。

住職の代わりを務めるのが「道場坊主」「道場役」などと呼ばれる集落の代表だ。この道場では後藤家が務めている。毎日交代で「あおさじ」という朝のおつとめをするという。

「今日は私が太鼓番やったさけ」

見ると、天井から太鼓が吊《つる》してある。毎朝おつとめのときにこの太鼓を叩くことから太鼓番だ。

「拝んでいかれます？」

「はい。ぜひ」

女性は本尊の正面に座り、僧侶《そうりょ》のように経文を唱え始めた。無量と忍も手を合わせた。やかんの湯気が広がって、窓から差し込む光に照らされる。朗々と声が響く。堂に入った節回しは尼僧のようで背筋が伸びた。

ふと無量たちが気づいたのは、本尊の前に並べられた丸い石の群れだ。

ざっと二十個はあるだろうか。野球ボールからボウリング球大まで、まちまちだが、どれもほぼ球形で、紫色の座布団にきれいに並べてある。

おつとめが終わった。

「いま持ってきますから、こたつにあたって待っててください」

「あの、すみません。あれはなんですか？」

無量が丸い石たちを指さして、言った。

「あれですか？　あれは『懲龍《ちょうりゅう》の数珠《じゅず》』いう石です」

「ちょうりゅう、とは……？」

「龍を懲らしめると書いて、懲龍。昔、蓮如《れんにょ》上人がこのあたりに来られたときに、九頭竜川で悪さをする龍がいて、上人は数珠を龍の喉《のど》に巻き付けておとなしくさせたいう伝説があるんやわ」

数珠を巻かれた龍は女人へと姿を変え、極楽往生したいのだと上人に頼み込んだ。蓮如上人はそれに応《こた》えて説法を行い、無事、極楽往生させたという。

「その数珠が、あの石たちなんですか？」

「不思議なまん丸い形しとるやろ。このへん、あちこちで見つかるんよ。誰かが見つけるたびにここに持ち寄って数珠の形に並べたんやわ」

　龍を退治したならあの大きさも納得だ。

「その龍の尾だと伝わっとるものもあるんよ」

指さしたのは、須弥《しゅみ》壇《だん》の横に置かれてある小さな厨子《ずし》だ。

「あの中にあるんですか。龍の尾が？」

「ほやねえ。尾の先っぽが。道場の門徒以外の者にはお見せできないんやけどね」

無量が小声で「ちなみにそれはどんな？」と訊《き》くと、

「語るべからず聞くべからず。内緒やね」

としかつめらしく言った。

「ちょっこし待っちょってくださいね。……どこにしまったやろか、化石化石」

するとそこへ「ごめんください」と来客があった。「光江《みつえ》さん、いらっしゃいますかー」と玄関から声をかけてくる。はーい、と綿入れ半纏の女性が答えた。道場を訪れたのは、黒いニットキャップをかぶった三十代くらいの男性だった。

全身黒で決め込んだ男性は背が高く目鼻立ちがくっきりとしていて、ゆるく縮れたサイドの髪が頬に触れている。目を惹《ひ》く独特の出で立ちと風貌《ふうぼう》は、集落の雰囲気とは少々ギャップがある。気鋭の陶芸家か何かだろうか。

「ええとこに来たわ、能年《のうねん》さん。アンモナイトの化石どこに仕舞ったか、おぼえてる？」

「私が持ってきましょうか」

能年と呼ばれた男性が、勝手知ったる様子で入ってくる。光江と呼ばれた綿入れ半纏の女性は、苗字《みょうじ》は地権者と同じ「後藤」だったが、親戚《しんせき》筋のシンタクという屋号の家の者で、あれだけ不審者扱いした無量たちにお茶まで出してくれた。

「えっ、まじすか！　三葉虫じゃないですか」

能年が持ってきた標本に、化石は見慣れているはずの無量が興奮している。忍も驚き、

「三葉虫ってそんなに珍しいのか？」

「日本じゃ滅多に見つからないんだ。あの露頭で出たんですか」

「いや。国道のもっと先、九頭竜湖という九頭竜ダムによってできた人工湖の北岸だ。箱ケ瀬《はこがせ》という地区に白馬洞《はくばどう》っていう鍾乳洞《しょうにゅうどう》がある。その近くで見つけた」

「見つけた？　あなたが」

能年は嬉々《きき》としてうなずいた。

「九頭竜湖北岸には古生代の石灰岩層がある。飛騨《ひだ》外縁構造帯の一部で、この三葉虫はシルル紀後期のものらしい」

「古いっすね。興奮します」

「そのフナムシみたいなのは、そんなに珍しいの？」

光江が不思議そうに覗《のぞ》き込むと、無量は「はい」と目を輝かせ、

「恐竜がいた白亜紀を大体一億年前だとすると、三葉虫が出るシルル紀は四億年前。恐竜がいた時代の、はるかはるかはるか昔っす」

「そんなにすごい化石やったんやね！」

「こんな貴重なものをフツーに置いといていいんですか。博物館に持ってったほうが」

能年は「内緒」というように指をたてた。

「鹿殿から出たのは、こっちだな」

「アンモナイト」

「そこの川の露頭は、手取層群九頭竜亜層群という地層。中生代だから、シルル紀よりはだいぶ最近だね」

「最近て……」

とてもきれいな標本だ。鹿殿地区からはたくさん出てくるという。

「化石発掘をされてるんですか？」

「はい。趣味が高じてこちらに移り住むことになりました」

能年は明るく答えた。

「化石コレクターをしています。大学で地質学をやりまして、このあたりの地層を題材に論文も書きました。何度も通ううちにこの集落の皆さんともすっかり顔なじみに。二年ほど前、とうとう空き家を借りて住み始めました」

無量は驚いた。趣味どころか研究者ではないか。古い集落はコミュニティーができあがっていて、藤ヶ谷によれば、このあたりはなかなかよそ者を受け容《い》れない土地柄だというが、独特の風貌と、笑うと目《め》尻《じり》に三本皺《じわ》ができる人なつこさで、皆と打ち解けたのかもしれない。

「ご家族でですか？」

「やもめの子連れ移住です」

今は近くのリゾート施設で働いているという。

「お子さんは真《ま》子《こ》ちゃんいうんよ。みんなで『姫さん姫さん』呼んどるの。うちの集落は年寄りばっかりやさけ、もうみんなの孫みたいなもんやなあ」

近所のひとが率先して面倒をみてくれるのでシングルファーザーでも安心して暮らせているのだとか。

「十日講のたびにみんなでここに集まって茶飲みしとるしね」

毎月十日に行う法要のことだ。道場は地区の集会所の役割も果たしていて、常に誰かが出入りしているから、家を留守にしていても安心なのだとか。

無量たちが化石を探しに来たと聞くと、能年の説明は俄然、止まらなくなった。

「こっちは九頭竜湖の南岸で見つけた床板サンゴ。先日クリーニングを終えたばかり。あのへんも古生代の石灰岩層が多くてね」

「石灰岩……。永倉さんが格闘してたやつだ。すごく硬いんですよね」

「そうだよ。なにせ結晶化したやつは大理石だからね」

他にも珍しい化石が次から次へと出てきて、化石話は盛り上がった。

「能年さんが先生になって、たまにみんなでお弁当もって発掘にも出かけるんやわ。おかげで阿弥陀様の裏側はすっかり化石置き場になってしまって」

光江はすっかり無量たちとも打ち解けて、ほがらかに笑った。

忍はあらためて須弥壇を見上げ、

「御本尊、よいお顔をしてますね。……学生時代、京都にいたんですが、西本願寺《にしほんがんじ》にもよくお詣《まい》りにいきました。あのとてつもなく広い御影堂《ごえいどう》が気持ちよくて何時間でもいられました。能年さんも？」

「実家は曹洞宗でしたが、移住するにあたって宗旨替えしました」

「わざわざ？」

「能年さんちは曹洞宗のお寺さんやったんですよ」

光江の言葉に、無量たちは「え？」と目を剝《む》いた。

「ご実家がお寺さんだったんですか」

「はい。下の名が照雄《てるお》で法名がショウユウでした。永平寺で修行もしましたが、化石の研究がしたくて、大学に入り直しました。ここに住むにあたり宗旨替えを」

「いいんですか。そんなことして」

「寺は兄が継いだし、僕はそもそも気楽な三男坊でしたから。……まあ、さすがに親からは勘当同然の身ですが」

「ですよねぇ」

「宗旨替えせずとも皆さん受け容れてくれたとは思いますが、この集落の一員になるなら門徒になったほうがいいと思ったんです」

能年は「郷に入っては郷に従え」を地で行ったとみえる。

「そうしてよかったと思います。この道場で皆さんと過ごす時間が好きですし、こうして仏様を拝む時間も好きです。朝の澄んだ空気の中で太鼓を鳴らして、あおさじをすると気持ちも晴れやかになります。それが今は暮らしの一部になったので」

穏やかな顔をしているのは、そのせいか。

「仏心は己の心にあるもの。宗派とは数ある道のひとつであり、どの道を歩んでもたどり着くところはひとつ。……それにここにはえらいお坊さんはいない。上下関係のない信仰の形にほっとします。性にも合ったのだろうな」

「……。そうでしたか」

「まだ時間はありますか？　よければ石徹白《いとしろ》川の露頭を案内しますけど」

迷わず「お願いします」と答えた。

本当のことを言えない心苦しさはあったが、無量の目はやけにまっすぐだ。

だが右手をしきりにさすっていることに、忍は気づいている。

*

　能年と無量は意気投合したようだ。会話は地学用語の応酬だ。

　忍はすっかり置いてきぼりだが、無量は愛好家同士の気の置けない会話に夢中になっている。好きなものを無心に話せる喜びからか、久しぶりに明るい表情をしている。

「このへんは鉱山も多くてね。日本有数の亜鉛鉱山もあった。花崗岩《かこうがん》と石灰岩の接触交代鉱床があって、貴重な珪灰石《けいかいせき》が出た」

「へえ。ウォラストナイトっすか。珍しいっすね。高級タイルの原料」

「亜鉛のほかにも銀や銅が出て、古くからの鉱山もあった。今はすっかり寂れてしまったが、面谷《おもだに》鉱山や中竜《なかたつ》鉱山が操業していた頃はこのへんも賑《にぎ》やかだったそうだ」

　かつては鉱山の町だったのだ。今は皆、閉山してしまったそうだが。

「街道沿いだし、さぞ昔は活況を呈してたんでしょうね」

忍はさりげなく話に加わってみた。

「……そういえば、さっき山を歩いてて青い石でできた石室みたいなものを見つけたんですが、あれはなにを祀《まつ》っているんですか？」

能年の表情が硬くなったのを忍は見逃さない。

が、すぐに目元を和らげ、

「ああ、あれはダンジョウさんちの屋敷神みたいなもんです」

ダンジョウというのは例の地権者・後藤家の屋号だ。土地の買収を拒んでいるという。

屋敷神とは私有地に勧請《かんじょう》した神のことで、それ自体は珍しいものでもないし、広い敷地を持つ家ではたまに見かける。

だが、あれは明らかに宝篋印塔《ほうきょういんとう》で、仏教遺物だ。

それにあの青い石室。

――もしや、古墳の石室か何かでは……？

との問いが喉《のど》まで出かかったが、忍は飲み込んだ。

無理に問い詰めてはこちらの意図がばれかねない。

「そうだ。この先に飛騨片麻《へんま》岩《がん》が顔出してるところがあるので、案内しましょう」

「マジすか！　やった」

それきり石室の話には触れなかった。

化石と鉱石の話に花を咲かせる能年と無量を眺めて、忍は考え込んでいる。

*

「そうでしたか。すると墓のようなものは本当にあったんですね」

夕方、無量たちは藤ヶ谷と落ち合い、福井市街に帰る車中でざっくりと報告をした。

「写真が少なくてすみません。途中で住民に追い払われてしまったので、外観しか撮れませんでした。入口が剝き出しになった横穴式石室のようで、石棺のかわりに宝篋印塔が」

周りには石仏や石塔が置かれていたし、何かを祀る場所には間違いない。

買収を受け容《い》れないのは、あの遺構のせいだろうか。

それだけじゃないかもしれません、と助手席の忍が言った。

「道場にあった『懲龍《ちょうりゅう》の数珠《じゅず》』なる不思議な丸い石。蓮如上人に関わる石で、鹿殿地区でよく見つかるんだと言ってました」

伝説の中身を説明すると藤ヶ谷は驚いた。

「蓮如伝説の丸い石か……。そんなものまであったとは」

「はい。不思議なことに本当にまん丸なんです。人工物かと思うくらい。縄でつないだら巨大な数珠になりそうな」

「確かに九頭竜川の名は『崩れ川』から来てると言われるくらい、治水が難しい川だったので、龍に見立てた伝説はいくらでもありそうだが」

藤ヶ谷は運転しながら困惑している。

「道路工事に反対していたのもそのせいかな」

「工事に反対もしていたんですか？　あの地区のひとたちが？」

「地区の説明会では猛烈に反対されました。地権者さんも『絶対に売らないぞ』と。そのときから難航は予想していたのですが」

反対する理由を聞いても頑《かたく》なに答えない。住民が揃って何かを隠している。そう感じたという。

「やっぱり例の数珠石のせいじゃないか？　普通に天然記念物とかになりそうだし」

いや、と無量は首を振った。石自体はそこまで珍しいものではないという。

「あれはノジュールだ」

忍は目を丸くした。

「さっき言ってた〝化石を包んでる硬い石〟のことか？　あれが？」

「ノジュールは球状になって見つかる。たぶん、あのでかい数珠石の中には化石か鉱物が入ってる」

藤ヶ谷には忍から説明した。

「中身はクリーニングすれば出せるけど、伝説の数珠って扱いだから、厳しいかな」

「なるほど……。でも門徒の方にとっては聖なる数珠なんですよね。それがたくさん埋まっている場所だから工事には反対、とか」

「石室か数珠石か、どっちかっすね。もしかすると両方かも」

藤ヶ谷はうなってしまった。

「その〝青の石室〟というのは、かなり古いものなのでしょうか。彩色が施されていたとのことだけど、たとえば、高松塚《たかまつづか》古墳のような」

「どうでしょう。高松塚の彩色が鮮やかに残っていたのは、長く完全密閉されていたためですが、あの石室はずっと野ざらしだったようですし、後世の落書きかも」

「宝篋印塔はどうですか。何か字が刻まれていたりは？」

「字は気づかなかったけど、不思議な紋が刻まれてました。こんな感じの」

信号待ちの間にメモを差し出す。

「……。家紋かな。太極図っぽいけど」

「巴紋《ともえもん》にもみえるっすね。線香を焚《た》いた跡もありました」

いずれにせよ、信仰に関わるものだとしたら、説得が大変だ。

「数珠石のほうは見つかったらその都度保存って手もありますけど、石室は遺構になりますから、文化財として自治体に認めてもらって保護したほうが良《い》いんじゃないでしょうか」

どうだろうなあ、と無量は後部座席の背もたれにドッカと体を預けた。

「石室があることも地元のひとは頑なに隠してるんでしょ？　文化財登録するならとっくにしてると思うけど」

隠れ念仏や隠れ切支丹《キリシタン》のような秘密の宗教儀礼に関わるものかもしれない。

古くから続くしきたりを守っているのだろう。

「地権者が買収を拒み続けたら、どうなるんすか」

「最終的には強制収用になります。地権者の気持ちもこじれるので、極力避けたいところですが」

折り合いをつけるにしても、やはり全部を明らかにした上で話し合いをしなければならない。

「……もう少し努力してみます。今日はありがとうございました」

「写真はあとでまとめてメールしておきます。集落の方とは親しくなれたので、何かあれば可能な範囲で協力しますが」

「ありがたいのですが、迷惑がかかるといけないので。おふたりが私どもと知り合いであることも伏せておきましょう。口外もしませんから安心してください」

藤ヶ谷はふたりをホテルまで送って会社に戻っていった。

ホテルには先に萌絵がチェックインしており、合流した三人は夕食をとるために街に繰り出した。

郷土料理の店に入り、念願の海鮮丼を堪能《たんのう》することにした。

「任務完了、お疲れ様でした。どうだった？」

地酒を酌み交わして、萌絵が訊《たず》ねる。無量と忍は成果を報告した。

「……この後どうなるか考えるとモヤるけど、とりあえず偵察任務はやり遂げたから、あとは藤ヶ谷氏がなんとかするでしょ」

事情が事情だけに、あまり深入りはしないほうがよさそうだ。

「公共工事の土地取得って大変な仕事だね。地権者と一軒一軒交渉しなきゃなんないなんて、尊敬するわ」

「エキスパートでノウハウがあるにしても、地道に説得するのは容易なことじゃない」

忍は「鯖《さば》のへしこ」を口に運んだ。

「僕だったらストレスで胃が痛くなりそうだ」

「そうですか？　相良さんは口が達者だからすぐ丸め込んじゃいそう」

こら、と忍にたしなめられて、萌絵はぺろっと舌を出した。

「それにしても蓮如上人の九頭竜退治のお話は、面白いですね。さすが真宗王国越前」

「蓮如上人っていうのは？」

と無量が訊《き》いた。

「室町《むろまち》時代に浄土真宗を全国に広めたひとだ。本願寺の中興の祖だな。……よく大蛇が女性に化身して上人に極楽往生をさせてもらう大蛇済度の伝説は聞くが、さすが九頭竜川だね。ここでは大蛇は龍なんだな」

「龍の尾っぽもあるって言ってたよなあ……」

無量が甘エビに醤油《しょうゆ》をつけながら言うと、萌絵が身を乗り出し、

「見たの？」

「いや。よそもんは見れない。でも入ってる厨子《ずし》は見た」

「龍の尾のミイラとか？　鬼の手のミイラもあるくらいだから龍もありそう」

「蛇の抜け殻だったら泣く」

「大蛇の抜け殻だったら逆に話題になるかも」

「龍のミイラか。竜宮の使いの干物とかなら、いけるんじゃない？」

　ふたりの会話に忍はすっかり脱力しながら、

「ところで永倉さんのほうは無事終わったの？」

「一乗谷朝倉氏遺跡の復原は順調でした。埋蔵文化財調査センターの職員さんに西原くんが来てることを話したら、すごい喜んで、是非いまやってる試掘に参加してもらえないかと」

　いつ？　と聞くと、明日、と答える。

「ずいぶん急だな」

「すごく熱烈だったから、西原くんのことよく知ってるのかも。所長のほうには私から報告しておきました。ので、今日は飲みすぎないようにね」

「忍はどうする？」

「俺もこっちのクライアントさんに挨拶《あいさつ》しておきたいから、もう一日残るよ」

「よし。じゃあ明日の夜はソースカツ丼ね」

そこに運ばれてきたのは本日の主役、越前ガニだ。

「うわ、んまそ！　いただきまーす」

そこからは全員カニを食べるのに集中してしまい、まともな会話にならなかった。

こうして、ここしばらくのもやもやを晴らすように、福井の海の幸を堪能しつくしたつもりの無量だったが——。

奇妙な電話がかかってきたのは、その夜のことだった。

ホテルの部屋に戻った無量が、風呂《ふろ》からあがってベッドに入ろうとしていた時だ。スマホに電話がかかってきた。

藤ヶ谷からだった。

まもなく日付も変わろうとする時間だったので、無量は驚いた。不審に思い、おそるおそる電話にでると、藤ヶ谷は息せき切ってこう言ってきたのだ。

『西原くん……西原くんかい？』

「はい、そうすけど。どうしたんすか、こんな時間に」

どこにいるのだろう。耳をそばだてたが、よく聞こえない。藤ヶ谷は声を震わせて言った。

『……すまない……君たちを巻き込んでしまった……』

「巻き込む？　なんのことすか？」

『――いいか。なにがあっても、りゅうのさかずきは……』

は？　と訊き返す。藤ヶ谷は切羽詰まったような語調で、

『〝龍《りゅう》の盃《さかずき》〟だけは飲み干してはいけない。いいか、絶対に飲み干すなよ！』

　電話はブツリと切れた。

　無量は驚き、すぐにかけ直したが、藤ヶ谷は出なかった。何度もかけたが、途中から「電源が切れているか電波の届かないところにいる」とのアナウンスに切り替わった。

ちょうどそこへ忍が風呂からあがってきたので、慌てて伝えた。

「……龍の盃……？　なんなんだそれ」

「わからない。でも確かにそう聞こえた。なんかすごく焦ってた」

　忍のスマホからもかけてみたが、つながることはなく、留守電にもメールにも返事がない。

「どういうことだ？」

　ふたりは顔をこわばらせた。

　その一本の電話が事件の始まりだったことを、このとき、まだ無量は知らない。

第二章　一乗谷朝倉氏遺跡

翌朝になっても藤ヶ谷《ふじがや》の電話は通じないままだった。

酒に酔っていたのでは？　と忍《しのぶ》は言うが、ろれつが怪しい感じでもなかったし、絡み酒のような喋《しゃべ》り方でもなかった。何かに追い詰められて焦っているようでもあった。

警告。そんな印象だ。

「龍の盃……。なんのことだろうね」

一乗谷に向かう車中で、萌絵《もえ》は運転しながら首をひねる。

「飲み干すというのも意味不明だし、まるでダイイングメッセージ……」

「縁起でもないこというな」

助手席から無量《むりょう》がたしなめた。

「まあ、なにかの聞き間違いかもしれないし、深酒して電話で絡んできただけ、とかなら全然いいんだけど、まさかあの後、地権者を説得しにいってトラブルにでも巻き込まれたんじゃないかって、そっちが心配で」

仕事柄そういう可能性が全くないとは言い切れない。

朝になっても電話が通じないのも心配だ。忍は藤ヶ谷の安否を気遣い、業務時間になったら会社に連絡をとってみると言って、ひとまずホテルに残った。

無量と萌絵は試掘現場に赴くため、レンタカーで一乗谷へと向かっているところだ。

「藤ヶ谷さんはその電話で西原《さいばら》くんに『巻き込んですまない』って言ったんだよね。それって昨日の任務のことなのかな。つまり西原くんがすでにトラブルに巻き込まれてるって認識があったってことだよね」

自分たちの見えないところで、何かよからぬものが動きだしているのだとしたら。

「いやな予感」

萌絵の胸騒ぎはよく的中する。

「土地取得の件は西原くんとは関係ないんだから、とばっちりを受けないよう、試掘が済んだらすぐに東京に帰るよ。そうでなくても巻き込まれ体質なんだから」

「体質とかゆーな」

とは言え、萌絵の言うことにも一理ある。

そもそも偵察任務なんて本来の業務内容にはない。たった一日の仕事にしては報酬がばか高かったから、つい請け負ってしまったが（完全に自業自得だ）。

「〝龍の盃〟か」

その言葉がどこから出てきたのかも気になる。

「〝懲龍《ちょうりゅう》の数珠《じゅず》〟の伝説が九頭竜川の治水を意味すんだとしたら、その〝龍〟も九頭竜川のこと？　だとしたら〝盃〟は何を指すんだろう」

「うーん……。酒を満たすもの――ダム、とか？」

「九頭竜ダム……？　さすがに飲み干せない」

「藤ヶ谷さん……無事出社してるといいけど」

足羽《あすわ》川を渡ると、山林と田んぼの合間に昔ながらの集落が見えてくる。単線の小さな鉄橋を二両編成の赤い電車が横切っていく。

土塁のようなものが見えてきた。一乗谷朝倉《あさくら》氏遺跡の入口だ。

谷間の遺跡はいまは史跡公園になっている。

南北ふたつの城戸《きど》に囲まれた範囲が、戦国武将朝倉氏の本拠地だった。細長い谷の平《へい》坦《たん》地には朝倉氏屋敷跡がある。山の斜面には庭の遺構もあり、観光客がゆったりと歩いている。一部復原した町並みもあって、小一時間ほどの散策にはもってこいだ。

無量は数年前、師匠の鍛冶《かじ》大作《だいさく》と訪れたことがあった。鍛冶は無量の勉強がてら全国各地の遺跡をよくつれて歩いたものだが、中でも一乗谷は日本を代表する「戦国城下町遺構」で、教材にはぴったりだった。

九頭竜川の支流、足羽川を北の入口として、一乗谷は南へと細く延びている。

東・南・西の三方を山に囲まれた閉鎖的な空間に、戦国大名・朝倉氏の邸宅と家臣団の屋敷、職人町が詰め込まれていた。足羽川は日本海航路の拠点・三国湊《みくにみなと》へと至る舟運が整備され、大きな川湊もあったという。美濃街道とも直結し、物流が盛んな地にあって天然の要害でもある一乗谷は「越《こし》の小京都」と謳《うた》われた。

朝倉氏の政治の中心で「首都機能」をもつと同時に、京《きょう》と比肩する文化が育《はぐく》まれた町だ。応仁《おうにん》の乱で荒廃した京から逃れてきた公家《くげ》や文化人を、受け容《い》れるのにちょうどいい距離だったということもある。

「信長《のぶなが》と戦った朝倉義景《よしかげ》は、戦国大名なんだけど、お公家さんみたいな烏帽子《えぼし》姿で和歌詠んだり蹴鞠《けまり》したりしたんだって。庭で曲水の宴も開いたりとか」

「あれでしょ。小さな川作って盃が流れ着く前に和歌詠むっていう、風雅なやつ」

「そう。平安《へいあん》貴族がやったみたいな。学問も盛んで、儒学や兵学や医学なんかも取り入れたって」

「やっぱ、地の利かもね。京から近くて日本海航路のでかい湊があって街道も舟運も整備されてて……。でも不思議だね。そんなに恵まれてたんなら、戦国大名としてももっと強くなっててもおかしくないのに」

無量の疑問に「ごもっとも」と萌絵はうなずいた。

「実際すごい武将もいたんだよ。朝倉宗滴《そうてき》っていうんだけど、ザ・戦国武将っていう感じの。おじいちゃんなんだけど、めちゃめちゃ強いの」

「あー……ゲーム情報ね」

「宗滴の野望は、朝倉義景を担いで天下をとらせることだったとか言われてるの」

だが義景にはそこまでの覇気はなかったのか。

宗滴の死後は義景の優柔不断が災いし、生き馬の目を抜く戦国乱世でうまく舵取《かじと》りができずに滅亡へと追い込まれてしまった。

「地理的にも天下取りにはいいポジションだったんだけど、長年にわたって、加賀《かが》の一《いっ》向一揆《こういっき》と延々戦ってたのもあって、なかなか京には出れなかったみたい」

「朝倉義景って、確か暗殺された将軍の弟を一乗谷に連れてきて元服させたりしなかったっけ」

「そう。足利義昭《あしかがよしあき》。室町幕府最後の将軍ね」

松永久秀《まつながひさひで》に殺された兄・義輝《よしてる》を継ぎ、僧侶《そうりょ》だったが還俗《げんぞく》して、将軍となった。

「天下人にめちゃめちゃ近いポジションにいたわけだ」

「うん。将軍を奉じて上洛《じょうらく》すれば天下取るチャンスだったのに、息子が急に死んじゃってメンタルやられて。将軍も『こりゃだめだ』って織田《おだ》を頼りにしたみたい」

「タイミングが悪いというか、気の毒な」

その後、朝倉義景は武田《たけだ》や本願寺と手を組んで信長に対抗しようとしたが、それもかなわず、最後には織田方に攻め込まれ、栄華を極めた町は灰燼《かいじん》に帰してしまった。

「その後、一乗谷には信長の家臣が入ってきたんだけど一向一揆に攻められちゃって、また焼けちゃって。次に入った柴田《しばた》勝家《かついえ》は北《きた》ノ庄《しょう》（現在の福井市中心部）に城を移しちゃって、それっきり復興しなかったみたい」

栄華を誇った都市の跡は田んぼとなって、四百年の時が過ぎた。

だが「ずっと田んぼだった」というのは、後世、遺構の破壊がなかったことを意味する。

「町ひとつ、焼けた時のまんま埋まってた。だからすごいって師匠が言ってたな」

昭和に入ってから大規模な発掘調査が行われ、いまは復原した町並み以外はだだっぴろい野原が広がるばかりだが、そこここに井戸（正確には「井戸の遺構」が出土した場所を示す井戸もどき）が、ぽこぽことある。

「井戸だらけ。すごい眺め」

「家ごとに井戸があったんだよね。一家に一井戸一廁《かわや》……的な」

　それだけ地下水が豊富だったということだ。狭い長屋の部屋ごとに必ず井戸があるのは、現代のマンションの各部屋に水道が通っているようなもので、当時にしてはとても贅沢《ぜいたく》だ。

「しかし、せいぜい二キロくらいの谷に一万人も住んでたの……？　多すぎない？」

「一乗谷ってここだけじゃなくて周辺地も含めた呼び方らしいよ」

町のゲートにあたる城戸と土塁のセットが、南北二カ所で出土しており、その内側にあたるのが「城戸内《きどのうち》」。朝倉館があり、町の中心だ。

文献に出てくる一乗谷には城戸の外や山の裏側の地域も含まれている。

「そうそう。美濃から逃げてきた明智光秀《あけちみつひで》が朝倉氏に身を寄せてた時に住んでた場所は、あの山の向こうっかわにあるんだって」

「へー……。光秀もいたんだ」

「今度大河ドラマになるらしいから、ここも注目されるかもね」

目指す試掘現場は「城戸の外」。遺跡公園を過ぎた集落の中にあった。

かつて将軍・足利義昭（義秋）が朝倉氏のもとにいた時の「御所」があったとされる場所の近くだ。一般住宅の建て替えに伴う発掘だという。

担当調査員はすでに萌絵と顔見知りになっていた。

「織田《おだ》さーん、連れてきましたよ」

試掘現場にいたのは、背の高い四十代らしき女性だった。福井県埋蔵文化財調査センターと刺繍《ししゅう》された作業着を着て、ヘルメットをかぶっている。

「えっ。うそでしょ、ノブナガさんじゃないすか！」

調査員の名は織田憲子《のりこ》。

無量の師匠・鍛冶の「一番弟子」を名乗る学芸員だ。

「久しぶり、無量くん。少し見ない間にお兄さんになったじゃない」

無量からすれば「姉弟子《あねでし》」のような存在でもある。

「一乗谷掘ってたんすか……」

「そうだよ。永倉《ながくら》さんから昨日、君が来てるって聞いて、だったらちょっと連れてきてよって言ったの」

身長が一七八センチあり、無量よりも高い。手足がすらりと長く、ベリーショートが似合うモデルのような容姿だ。女性にしては声も低く、姿勢正しく身のこなしもきびきびして、生活感のない凜々《りり》しい雰囲気に、萌絵はすっかりファンになってしまっていた。

「サプライズ成功しましたね。織田さん」

「グッジョブ。永倉さん」

ふたりがすでに意気投合しているのを見て、無量は悪い予感しかしない。

「大体、なんでノブナガさんがよりによって織田の滅ぼした朝倉遺跡掘ってるんすか」

「織田の末裔《まつえい》が掘っちゃいけないって決まりでもあるの？」

「朝倉の怨霊《おんりょう》に祟《たた》られますよ」

「うちは信心深い家だから大丈夫。それに織田は織田でも家系図がないから、本当に末裔かは怪しい」

肩をすくめるちょっとした仕草にも萌絵が見とれている。今にも豪華な羽根を背負って大階段から降りてきそうな風情がある。

発掘歴は二十五年。豪腕で辣腕《らつわん》。独創的な視点で数々の発見をしてきた名物調査員でもあることから「発掘現場の魔王」とまで呼ばれた。

「どこまでもノブナガなんですね」

「先見性があるってことだな」

「いや。キレやすい、のほうでしょ」

現場は山裾《やますそ》にある。あたりは農家の多いひなびた集落で、田んぼや畑が広がっている。更地になった敷地にはすでに重機が入っていてトレンチを掘っている。うららかな初春の陽差しの中、エンジン音が響いていた。

「ここはどんな現場なんすか」

「万正寺《まんしょうじ》という寺の跡らしい」

織田はタブレットを取りだした。

「古地図によれば、あのあたりが足利義昭の滞在していた『御所』となった安養寺《あんようじ》跡だ。上城戸の外ではあるが、重臣の武家屋敷も多かった」

今は一乗谷川をはさんで田畑が広がるのんびりとした集落だが、四百年前には屋敷がひしめいていたようだ。ここも「首都・一乗谷」の一部だったといえる。

「……寺っすか」

無量はぼんやりと呟《つぶや》き、つくしの群れが背比べしている空き地を見つめている。

「このへんは何が出るんすか」

「多いのは石仏や石塔だな。一乗谷全体では約五千基が確認されている。この周辺は特に多いね」

「墓ですか？」

「もしくは追善供養碑。ここの寺自体も大きかったようだから、たくさん出るかもね」

なんか、と無量は耳を澄ますように周囲を見回した。

「騒がしいっすね……」

織田は怪訝《けげん》な顔をした。ユンボの稼働音がする以外は静かな山里だ。だが無量の脳は奇妙な気配を捉《とら》えている。

「なんだ……ここ」

土の中に何か、生き物のようなものが潜んでいる気配がする。地中で何かがうずくまり熱を発しているような。それが陽炎《かげろう》のように視界を歪《ゆが》ませているような。ばかみたいに重いものが、重力異常を引き起こしているような。

「どうしたの？　西原くん」

萌絵が声をかけたが、無量は何かに圧倒されている。

「……なんか……ここ」

遺跡という感じがしない。ふとコロラドの空気を感じた。

「……なんか、いるのか……？」

現実に引き戻すように、目の前に調査計画書が差し出された。

「とりあえず、これ。今までに出た遺構だ。この間、八王子《はちおうじ》で戦国後期の山城を掘ったと永倉さんから聞いたよ。参考にしたいから意見を聞かせてほしい」

「あ、はい。いっすよ」

さっそく話しこんでいる。

無量がいつもの「遺跡発掘現場の無量」に戻ったので萌絵は少しほっとした。

化石の現場にいる無量は、萌絵の知らない顔をしている。本人は「どちらも同じ」というが、萌絵にとっては未知の世界だし、自分が知らない世界のほうが無量本来の姿だというのも、どことなくもやもやしていたせいだ。

「おっ、あれが例の『宝物発掘師《トレジャー・ディガー》』くんですか。永倉さん」

そこへやってきたのは埋文《まいぶん》の職員・細谷祥一《ほそやしょういち》だ。三十代半ばで現場では副責任者として織田のサポートをしている。薄いチタンフレームのメガネは地元鯖江《さばえ》で作ったという。

「あれが西原無量。噂通り、若いですねえ……」

「呼びましょうか。西原くーん」

ふたりを引き合わせて挨拶《あいさつ》が済むと、さっそく現場の話になる。細谷は一乗谷の石造物が専門だと聞いて、無量は前のめりになった。

「石仏と石塔は、どのあたりに多いっすか」

「山裾ですかね。埋もれずそのままにされとる石仏も多いですよ。盛源寺《せいげんじ》の石仏群は行きましたか？　西山光照寺《にしやまこうしょうじ》跡の石仏群みたいに整然と並んでるのも圧巻だけど、野山にひっそり立つ石仏もええもんですよ」

裏山の藪《やぶ》にもたくさんあるという。

「ちょっと見てみたいんすけど、案内してもらえますか」

細谷について裏山に入ると、鬱蒼《うっそう》とした竹林のそこここに石塔や石仏が並んでいる。どれも素朴なものばかりだ。長年誰にも顧みられなかったのか、苔《こけ》むしていたり、体の一部が欠けていたり、中には首がないものもある。明らかに顔だけ削られたものは廃仏毀釈の難に遭ったものか。

「こんなにたくさん……」

「これらの石造物はすべて個別番号が振られてます。昭和四十七年の調査開始から約五千基がデータベース化されとるから、銘文など気になるものがあったら言ってください」

苔の布団にくるまったもの。風雪に耐えて穏やかに微笑むもの。道ばたの草むらに無造作に埋もれている石仏は、そこはかとなく寂静感に溢《あふ》れ、これはこれで風情がある。

無量はしゃがみこんで一個一個を凝視した。

「この石材……凝灰岩すか？」

灰色がかった薄緑色に、緑の粒が入っているのが特徴だ。

「笏谷石《しゃくだにいし》といいます」

「しゃく……だに？」

「福井の街外れにある足羽山《あすわやま》でだけ採れる石材、このあたりではよく使われてます。こんなふうに雨とかに濡《ぬ》れると……」

と細谷がペットボトルの水を取りだして石仏の頭にふりかけると、濡れた部分が薄緑色から艶《つや》やかな青緑になった。

「この石……」

「きれいでしょ。青くなるから越前青石とも呼ばれてる」

あの石室の切石だ、と無量は思った。鹿殿集落にあった〝青の石室〟の石材は、地元産の「笏谷石」だったらしい。

「笏谷石っていつごろから使われてました？」

「古墳時代っていうから、ざっと千五百年前かねえ」

「柔らかくて加工しやすいから石棺にも使われたし、中世以降は城の石垣にも使われた。道の敷石から橋から漬け物石まで。珍しいのはバンドコかな」

「バンドコ？」

「昔の行火《あんか》のことだ。四角く加工した石の中に火種を入れて、上から布団をかけたりした。一乗谷の遺跡からも出土してるよ」

　昔からこの地域では身近な石材だったのだ。

「それって、奥越《おくえつ》の山ん中でも使われたりしてますかね」

「あると思うよ。白山平泉寺《はくさんへいせんじ》の石畳とか。朝倉氏が越前の特産品としてブランド化した後、江戸《えど》時代には日本海航路に乗って各地に広まったくらいだ」

「九頭竜湖のあたりの古墳とかは？」

「旧和泉村のあたりかい？　縄文遺跡はあるけど古墳は聞かないなあ。笏谷石の舟形石《ふながたせっ》棺《かん》が出たのは、足羽山だけだし」

「笏谷石が採れる山に古墳があったんすか」

「足羽山古墳群。四世紀から五世紀にかけてできた越《こし》の王の古墳とも言われてる」

細谷は石材研究が専門と言い、古墳についても詳しかった。

「山頂から出た笏谷石の石棺からは三角縁神獣鏡も出土している。力のある王だったんだろう。だから僕は笏谷石を『王の石』って呼んでるんだ」

「王の石……すか」

ちなみに、と細谷はメガネの奥の瞳《ひとみ》をきらりと光らせ、

「第二十六代・継体《けいたい》天皇は福井出身だとも言われててね。足羽山の古墳群は、継体天皇を出した一族のものかもしれないんだ。武烈帝《ぶれってい》が跡継ぎを決めずに崩御して、後を継ぐために越前から迎え入れた。いまの皇室の家系図でたどれる最古の天皇で、つまり天皇家は越前からの……」

「ああああ……わかりました。続きはまたあらためて」

ストップをかけられて、細谷はへそを曲げてしまった。

今はもう採掘されていないが、福井周辺では笏谷石自体は珍しくはなかったらしい。

「……鹿殿のもせめて紀年銘（建立された年を刻んだもの）だけでも確認しときゃよかったな」

試掘現場に戻ってきた無量たちを、萌絵と織田が待っていた。

「西原くん。さっそく遺構が出てきたよ」

お堂の跡とおぼしき礎石が出てきたようだった。想定どおりの出土にひとまず安堵《あんど》の空気が流れている。

だが無量はまた険しい顔をしている。

さっき、正体もわからず自分を圧倒したものの気配に、慎重になっている。

その違和感の中心は、敷地と山林の境付近だ。古い石仏がいくつか並んでいる。

「なにか気になることでも？」

「あの石仏の並び方、なんか不自然じゃありません？」

横一列ではなく、ゆるく弧を描いて並んでいるのだ。まるで何かを取り囲んでいるような並び方だったので気になった。

「ほんの少しですけど隆起してますね。あそこ何かあったんじゃないすか？」

図面で確認してみたが、もとから何もないようだ。場所の雰囲気からすると、祠《ほこら》か墓が建っていてもおかしくない。直感はないがしろにするな、と師匠からも言われている。

右手も「掘れ」と言っている。……ような気がする。

「……ちょっと、角スコ入れさせてもらってもいいすかね」

弟弟子の直感を織田は興味深げに受け容《い》れた。重機は使えないので人力だ。

数十センチほど掘り、土の色の変化に気づいた。

「土坑……？」

「かもしれんな。何かの埋納坑か、それとも単なるゴミ穴か」

「掘り広げてみていいすか」

細谷も加わって小一時間ほどかけて広く掘っていくと、だいぶ大きい。縦二メートル、横一・五メートルほどの「穴」を掘った痕跡《こんせき》が出てきた。

「なにか埋めてますね。なんだろう」

記録をとり、さらに掘り下げることにした。

スコップ半分ほど掘った時、先端が、何か硬いものにあたった。石のようだ。

「石造物の一部……っすね。礎石？　敷石かな？」

作業を進めていくと、姿を現したのは長方形の墓石のようなものだ。

「石塔……だ」

横倒しにされて埋められていたようだった。

塔身に続いて「笠《かさ》」の部分も出てきた。

「ただの墓石じゃない。五輪塔か宝篋印塔《ほうきょういんとう》じゃないか？」

道具を手スコと呼ばれる移植ゴテに持ち替えて、全貌《ぜんぼう》をあらわにしていく。

「これは」

無量が目を瞠《みは》ったのは、塔身に刻まれた家紋のようなものに見覚えがあったからだ。

「太極図に似た図形……、まさか」

まじか、と無量は思った。昨日、青い石室で見た宝篋印塔の彫刻とそっくりではないか。

思わず前のめりになって掘り進めた。徐々に全体があらわになってきて、石塔自体の形も青い石室にあったものとそっくりであることが判明した。

「細谷さん、太極図が刻まれた石塔って他にもあるもんですか？」

「いや、初めてだ。塔身の四面には梵字《ぼんじ》や仏の姿が刻まれるのがセオリーだからな」

手伝おう、と言って織田もトレンチに入った。三人がかりで掘っていくうちに、塔身の内部の空間から黒い塊が顔を覗《のぞ》かせていることに気がついた。

「何か入ってた？　経筒かな」

宝篋印塔の塔身はもともと宝篋印陀羅尼《だらに》や経文を収めるように作られている。

「経筒じゃない」

慎重に土を取り除いていくと、ごろん、とした陶器のようなものが出てきた。

無量たちは顔を見合わせた。

なんだこれは……。

「——円形の、硯《すずり》……？」

*

「出社してない……？　本当ですか」

ホテルに残った忍は、藤ヶ谷が勤める北陸開発エンジニヤリングに連絡をとってみたが、無断欠勤していると聞き、顔をくもらせた。

「ご家族からは何か連絡は？」

藤ヶ谷は一人暮らしだという。昨日帰宅したかどうかもわからない。

ますます胸騒ぎがした。

「実は昨日の夜、うちの発掘員が藤ヶ谷さんからお電話をもらったんですが」

例の『龍《りゅう》の盃《さかずき》』については触れず「深酔いでもしたのではと心配している」と説明した。上司によると、鹿殿集落の件は思っていた以上に難航しているらしく、ずいぶん頭を悩ませていたらしい。無断欠勤などしたことがない真面目な社員だった。やはり何かあったとしか思えない。心配した上司は藤ヶ谷の自宅に行ってみると約束してくれた。連絡がつかなければ警察に捜索願を出すという。

「もし連絡ついたら、こちらにもご一報ください。お願いします」

電話を切った忍は、意を決してホテルを出た。

レンタカーを借りて、単身向かった先は、昨日訪れたばかりの九頭竜湖近くにある鹿殿集落だ。

――藤ヶ谷さん、まさかあのあと、地権者の説得に行ったんじゃ……。

その後で何か起きたのではないか。

九頭竜湖のあたりは昨夜、また雪が降ったらしい。福井市街よりも山深い「奥越」だ。

昨日、無量と歩いた谷沿いの道に車を駐《と》めて、降りた。息が白い。

藤ヶ谷が「四駆でないと」と言っていた理由がわかる。

後藤《ごとう》家の赤い屋根が見える。藤ヶ谷がゆうべここに来たのかどうか。直接訊《き》くのはいささか不用心だと思われた。

「……さて、どうしたものか」

藤ヶ谷が訪問したなら必ずあの四駆で来たはず。目立つ車だから、一度見れば忘れないだろうが、目撃者探しも用心しないといけない。光江《みつえ》たちに、自分たちが藤ヶ谷の知り合いだったとわかるのも、まずい。

　山林に囲まれた集落は、相変わらず側溝を流れる雪解け水が騒々しいが、それ以外は人影もなくひっそりしている。

　風が吹くと、サラサラとどこかの梢《こずえ》から雪が舞い落ちてくる。

　昨日は無量といっしょだったから、あまり気に留めなかったが、ひとりで林道を歩いていると、芽吹く前の山林特有の「獣の毛並み」めいた色合いが目に付く。濡《ぬ》れた道を赤茶けた杉葉が絨毯《じゅうたん》のように覆い、踏むとぱきりと枝の折れる感触がやけに足裏をくすぐる。澄んだ雪解け水のにおいがする。春の大地には水が溢《あふ》れているから、こんな独特の香りがするのだろう。

　地山が剝《む》きだしになって迫《せ》り出す崖《がけ》はやけに重量感があって、ちらつく雪のもとで見上げていると、自分がひどく心細い存在に思えてくる。ここが化石の多産地と知っているせいだろうか、独特の気配を感じる。この山には太古から定着した存在が何層にもなって埋まっているのだと思うと、厳粛な気分にさせられる。そういうものの気配を古代の人間は「神」と呼んだのだろうか。

　遥《はる》か過去に滅んだ生物の魂の気配が、肌を刺す凍《い》てついた冷気とあいまって、なにか森厳な威圧感を発し、立ち尽くす忍は思わず背筋を正した。

無量も化石を掘るたびに、こんな気持ちになっているのだろうか。

「……そうだ。道場だ」

集落の人が集会所にしているという。誰かいるかもしれない、と思い、歩き出そうとした時だった。

「相良《さがら》さんじゃないですか」

後ろからやってきた軽自動車が少し先で止まった。

昨日出会った化石コレクターの元僧侶《そうりょ》・能年照雄《のうねんてるお》ではないか。

「能年さん。今日もお休みですか」

「シフトの関係で午後出勤なんです。ひとりですか。西原くんは？」

「無量は、その……。フィールドノートをどこかになくしてしまったみたいで。こちらの道場にうっかり置き忘れてしまったんじゃないかと」

「フィールドノートを？　そりゃ大変だ。探しましょう」

忍の方便を能年はあっさり信じた。道場に入り、一緒になって探してくれたが、もちろん見つかるはずもない。

「……ここじゃなかったみたいです。すみません」

「昨日見た露頭のこととかメモしてあったんでしょ？　せっかくの成果が勿体《もったい》ない」

縮れ髪が覗くニットキャップをとって、能年は言った。

「もしよかったら、うちにある資料を写していきますか？　このあたりの露頭については全部調べてありますよ」

いいんですか？　と忍は前のめりになった。

「ありがたい。お願いします」

むろん忍の目当てはそこではない。だが、藤ヶ谷のことを聞き出せるかもしれない。

能年家は集落の一番奥にある。

過疎化で無住になった古い家を修繕して住んでいるという。建て構えは昭和のもので、壁の漆喰《しっくい》と木製引き戸に年季を感じる。縁側には雪かき道具が立てかけてある。多い年には一晩に一メートル積もることもあるという。

「雪が降ると発掘どころじゃなくなるので、わざわざ住まなくても、なんて言われたりもするんですが、やっぱり家の前に見事な露頭があるとそれだけで感動できるじゃないですか」

本や標本が溢れ返る書斎で、能年は机の下に頭を突っ込みながら、言った。

「巨大な宝箱のそばに住んでるようなものですよ。その喜びに比べたら、年に数度の雪おろしも苦じゃないなあ……」

能年の言葉に無量が重なる。無量も本当はこういう化石の包含地に住みついて、一日中化石を掘っていたいにちがいない、と忍は思った。

ただ能年は整理整頓《せいとん》が苦手らしく、まるで書斎自体が発掘現場だ。

「あったあった。僕のフィールドノートでよければ写真撮ってってください」

「いいんですか」

地層のように積まれたノートの中から引っ張り出してきた一冊には、後藤家の山で見た露頭のスケッチもある。

「……このへんは化石掘りに来る人も多いんですか？」

「貝皿《かいざら》や伊《い》月《つき》には地質学の専門家もよく来ますね。学校の遠足で来るところも」

「そういえば、高速道路を作るという話を聞いたのですが」

ふいに能年の顔から笑みが消えた。忍はそれを見て取って、

「中部縦貫自動車道を繋《つな》げるそうですね。貴重な地層が削られてしまうんじゃと心配です」

「……はい。でも遺跡とかとちがって地層は広く繋がってますからね。それにここには恐竜のボーンベッドもあるかもしれない」

「ボーンベッド？」

「骨化石がたくさん出る地層のことです。恐竜博物館のある北谷はまさにそれで。……このへんの石《い》徹《と》白《しろ》亜層群から出る可能性も充分ある」

「能年さんは工事に反対なんですか？」

能年は「いやいや、そこまでは」と両手を胸前で振った。

「この雪深い奥越に自動車道を通すのは地元の悲願でしたし、東海地域と直でつながれる道ができれば地域の発展にもなります。それに日本の恐竜化石発掘はそもそも重機で岩を割り出し、その岩からハンマーで取り出すものなので、やりようによっては逆に発

見につながるかもしれない」

化石発掘は遺跡発掘とはちがい、現場で掘り出したものの正体がわかることは少ない。机の上の機械でクリーニング作業をして、やっとそれが何なのか、判明するのだ。それに遺跡は一度重機で破壊してしまったら終わりだが、化石は割った岩さえ残してあれば、中から取り出すことができる。割れてしまっても標本にする際、接着すればいい。

「まあ、発破で吹っ飛ばされたらそれもできないが……。工事前にしっかり調査してくれれば」

そうですか、と忍は慎重に言葉を重ねた。

「やはり用地買収なんかも進んでるんですか？」

「うちは関係ないけど、山を持っている地主さんのとこには来てるようですよ。スーツ着た、いかにもって人たちが訪ねてきてるの見ました。隆文《たかふみ》さんは応じてないようだけど」

能年はアンモナイト化石の標本をひとつ、忍に差し出した。

「これも隆文さんちの山で出たやつです。きれいでしょう」

「ええ……。そう、ですね」

忍は曖昧《あいまい》な表情を浮かべた。

「その交渉人みたいな人は何度も来てるんですか？」

「さあ、そこまでは」

「反対してるひともいると聞きました。それは地主さんだけ？」

「なんでそんなに気になるんだい？」

さりげなく訊き返されて、忍は一瞬、言葉を止めた。能年の縮れた前髪越しに、やけに鋭い目がこちらを見ている。

「用地買収の行方が気になる？」

「……。山にあった、きれいな青い石室も壊されるのかな、と思って」

忍は反応を見るつもりだった。すると能年は「ああ」とうなずき、

「隆文さんちの青墓《あおばか》のことか。昨日も言ってたね」

「青墓って言うんですか」

「笏谷石で作った石塔とかがいっぱいあったでしょう。実は無縁仏《むえんぼとけ》の供養塔らしい」

「無縁仏？」

「行き倒れになった旅人の供養をするためのものだとか。あそこはよそ者は近づいちゃいけないんです。僕も昔、君たちみたいに化石発掘しててあそこに迷い込んで、隆文さんにこっぴどく叱られたんだ」

「そうだったんですか」

「けど心配だなあ。青墓に近づくだけでも叱られるのに、壊すなんてことになったら人死が出るかもしれませんよ」

どういうことです、と忍は詰め寄った。能年は声をひそめて、

「忌み場なんです。昔は立ち入ったよそ者は『殺してもいい』という掟《おきて》も……」

ただならぬ言葉に忍は息を呑《の》んだ。

「供養塔にどうしてそこまで」

「さあ……。何か守らねばならない秘密でもあったのか。昔から美濃街道は山越えの道で、ワケアリの人たちも往き来してただろうから」

ああ、と能年は思い出したように破顔し、

「奥越には平家の落人《おちゅうど》もいたそうだから、そっちが理由かも」

朗らかに話す。当事者ではない能年にとっては気楽な地元話のひとつなのだろう。出勤時間が迫っていたので、それ以上は聞き出せなかった。車で出かけていく能年を、忍は家の前で見送った。

山あいの集落にまた静寂が戻ってきた。

「……無縁仏の供養塔、か」

しかしそれが「宝篋印塔《ほうきょういんとう》」だというのが、引っかかる。無縁仏を供養する石仏や五輪塔は珍しくないが、宝篋印塔は身分の高い者のために作られたはずだ。〝青の石室〟にあった宝篋印塔は装飾も美しく、完成度も高かった。死者に貴賤《きせん》はないとはいえ、無縁仏にあえて宝篋印塔を用いるのはいささか違和感がある。

しかも、立ち入っただけで「殺してもいい」とは、不穏にもほどがある。

考え込んでいると、肩に雪が降りかかった。また一段と冷え込んできたようだ。

能年家を後にしようとした忍は、玄関前の坂に足を取られた。

「おっと」

転びかけてなんとか踏みとどまった。この冷え込みで路面が凍結していたようだ。

「ん？……これは？」

　ふと奇妙なタイヤ痕《こん》を見つけた。

　雪かきをして隅に寄せた雪の上に、くっきりと大きなタイヤ痕がある。思わず忍はしゃがみこんで凝視した。

　ずいぶん太いタイヤだ。能年が乗っていた軽自動車のものではない。別の車のものだ。溝の形に見覚えがある。この独特のタイヤの溝、これは――。

「藤ヶ谷さんの四駆のじゃないか？」

　海外メーカーのスタッドレスだった。車種で調べればサイズもわかる。忍はスマホで検索した。出てきたタイヤの画像と雪の上のタイヤ痕を見比べた。

「まちがいない……。サイズもメーカーも、藤ヶ谷さんのといっしょだ」

　これは偶然か？　いや、国産ならともかく、海外メーカーの特注品だ。履いている車はそう多くはないはずだ。

　能年家の車庫は一台分しかない。二台目の車も見当たらない。

「藤ヶ谷さんが能年さんの家に来たとでもいうのか？」

　忍はすぐに引き返して後藤家に向かった。後藤家にも同じタイヤ痕が残っているはずだと思ったのだ。不審者と思われるのを覚悟で、門の周辺を丹念に探してみたが、それらしき痕はなかった。

　どういうことだ。本当にあれが藤ヶ谷の車なら、やはりあのあと鹿殿地区に来ていたのか？　だとしても、なぜ？

　後藤家を訪れていたならわかる。なぜ、能年の家なのだ？

　道場に戻ると、昨日会った「綿入れ半纏《はんてん》の光江さん」が近所の婦人たちとやってくるところに出くわした。

「相良さんでないの。どうしたの？　今日はひとり？」

「あの、つかぬことを伺いますが」

　忍はスマホを見せて、

「昨日の夕方か夜くらいにこんな車を見かけませんでしたか？　能年さんちに来たんじゃないかと思うんですが」

「んー……ほや。昨日来たお客さんの車やわ」

「お客さん？　どんな？」

「お仕事のひとや言うとったね。いっしょに大野の街に呑みにいく言うて、遅うなるさけって真子《まこ》ちゃんをうちに預けていったんよ」

　忍の顔からさっと血の気が引いた。

「能年さんは何時頃帰って……？」

「さあ。夜遅かったと思うけどねえ。真子ちゃんを迎えに来たのも朝やったしねえ」

つまり、昨夜は藤ヶ谷といっしょにいたということか。ばかな。

藤ヶ谷が会った相手は、後藤ではなく能年だったのか？

なぜだ。

なぜ、能年に？

＊

土に埋もれていた宝篋印塔の中から出てきたのは「円面硯《えんめんけん》」のようだった。

円面硯とは文字通り、円形の硯《すずり》のことだ。

墨をする部分は陸《おか》と言い、墨汁を溜《た》める部分は海、傾斜部分を落潮《らくちょう》というが、この円面硯は落潮がなく、円形の陸を囲む溝がそのまま海になっている。高さもあって、円台という丸テーブルに陸がのる形だ。

このタイプの古硯は遺物として出土することがよくある。

「でも変ですよ。陸の真ん中がへこんでる。……火山の火口みたいに。これじゃ墨が真ん中に溜まってしまいます」

「ぺしゃんこに潰《つぶ》れた馬上杯《ばじょうはい》とか？」

脚のついた盃《さかずき》のことだ。馬上でも呑めるようワイングラスのような脚がついていて、そこを摑《つか》んでグイとやる。

「というか、この持ち手みたいなものはなんだ」

その遺物には大きな耳の形をしたつまみがひとつ、ついている。把手《とって》のついた硯《すずり》だとしたら極めて珍しい。初めて見る形だ、と織田は興味津々だ。

「急須《きゅうす》でもないし杓子ともちがうし。……ん？　こりゃ漆だな」

表面は黒々としている。底には金泥で模様が描かれているようだ。

「ゴージャスですね。蒔絵《まきえ》かな」

漆器の表面に漆で絵や文様を描き、乾く前に金粉や銀粉を蒔《ま》いて装飾とするものだ。

「だが素材は木じゃないな。……陶器のようだが」

「陶器にしては軽い」

無量も解せない。

「なんか変だ。なんか、おかしい」

こんなものが石塔の中に入っているのも奇妙だ。経筒でも出てきたならわかるのだが。

「経筒の共笵《きょうはん》遺物かもしれないぞ」

「こうもあからさまに倒されて、埋められてたってとこに悪意を感じますね。もしくは何らかの理由で廃棄しなきゃならなかったとか……」

「戦かな？」

「織田に攻め込まれた時に？」

「それはありうる」

すらりとした織田が腕を組んで考え込むと、それだけで宝塚《たからづか》歌劇のワンシーンのようだ。萌絵がスマホカメラのシャッターを切った。

「こら。盗撮するな」

「ちがいますよ。現場の資料写真です。外には出しません」

「……なんか、いびつなんですよね」

細谷もしきりに首をかしげている。

「手びねり、ですかね」

「とにかく作業を進めよう。無量くん、君も手伝え」

試掘作業は進んだ。

萌絵もヘルメットをかぶって手伝った。トレンチからは古い寺の遺構が次々と出て、遺物もそれなりに出てきたが、宝篋印塔のような石造物はここだけだ。

記録を取り、最後に遺物を取り上げた。

「みればみるほど、いびつな器物だな。それにやけに軽い。石とも陶器とも思えんぞ」

「硬いくせに軽い……。槐《えんじゅ》の木ですかね」

材質すらわからない。織田と細谷は頭を悩ませている。

無量は、といえば、先ほどからずっと黙り込んで遺物を睨《にら》みつけたきり、動こうともしない。

それを遠くから見守っていた萌絵のスマホに着信があった。忍からだった。

「藤ヶ谷さんが行方不明？　全然連絡とれないんですか！」

無量も我にかえって、駆け寄ってきた。

藤ヶ谷は午後になっても音信不通で居所もわからない。会社の上司が自宅や立ち寄り先を探し回ったが、見つからず、とうとう警察に捜索願を出す騒ぎになってしまった。

だが、忍は手がかりらしきものを見つけたという。

「能年さんのところに？　どういうこと？」

無量がスマホに訊《き》き返すと、萌絵が横から、

「能年さんて昨日話してた化石マニアのひと？」

「うん。でもなんで？　用地買収には関係ないだろ？」

スピーカー越しに聞く忍の声も、浮かない様子だった。能年は「青墓」の由来も教えてくれたが、少し前まではよそ者だった。用地取得と関わりがあるとも思えない。

『光江さんたちによれば、よく似た車が昨日の夕方、能年さんちにいたのは確かのようだ。ただ藤ヶ谷さん本人のものかどうかは断定できない』

一緒にいたところまでは目撃されていない。集落の人たちに藤ヶ谷は面が割れているそうだから、もし見ていたなら一騒ぎになっただろう。

『ただの偶然かもしれないが、そうでないなら、藤ヶ谷さんの居所は能年さんが知ってるんじゃないかと』

「直接訊くの？　大丈夫？」

無量は不安だった。

「藤ヶ谷さん、ゆうべの様子も普通じゃなかったし、警察とかに任せたほうが……」

消息も安否も知れない。忍ひとりで動かすのはまずい感じがした。

「私、行きます。今から相良さんと合流します」

名乗り出たのは萌絵だった。

「ここの作業は私がいなくても影響ないし、藤ヶ谷さんのことも心配だから。……相良さん、後ほど九頭竜湖駅で落ち合いましょう」

「何かあったの？　行方不明がどうとか聞こえてたけど」

織田が心配して近寄ってきた。

「あ、いえ。仕事相手と連絡がつかないって話です。……私、お先に失礼しますけど、西原くん置いていきますので」

「いいのかな。思いっきりただ働きさせてるけど」

「本日は研修、ということになってるんで、じゃんじゃん扱《こ》き使ってください」

萌絵は車で九頭竜湖駅に向かった。

無量は引き続き、宝篋印塔《ほうきょういんとう》から出てきた遺物と睨み合う。

忍の話によると、青墓の石塔は無縁仏の供養塔だったらしい。

こっちにも、あちらの宝篋印塔と同じ紋が刻んである。

ということは、これも「無縁仏の供養塔」なのだろうか。

その内部から出てきた、材質不明の円面硯らしきもの。

だが陸が盃のようにへこんでいて、片方だけ翼が生えたような持ち手がある。

「……この形、どこかでみたような」

無量は集中して記憶をたどり、脳内アーカイブをめまぐるしく検索した。

どこでみた遺物だ？どこで出た？　いつの時代のものだ？

しかし不思議な遺物だな、と細谷が爪の先で軽く叩《たた》いた。

「陶器のような木のような。……石のようでもあるけれど、石にしては軽いし」

「……石」

無量はハッとして、細谷を押しのけるように遺物を覗《のぞ》き込んだ。

「おおっと……。なんだい、いきなり」

「石……。まさか」

「何か心あたりでも？」

無量はじっと睨みつけ、眺め回し、指先で弾《はじ》いて何度も感触を確かめる。時間をかけて観察をした無量の顔が、みるみる強《こわ》ばっていく。

「うそだろ……。いや、でもそんなはずは……」

「なんなんだ、西原くん。わかるのか。そいつはなんだ」

無量はぼう然とした様子で、答えた。

「……化石です」

なに、と織田と細谷は身を乗り出した。

無量は青ざめている。結論に至ったものの、信じられない。

「木でも石でも陶器でもない。こいつは、化石です」

「化石だと？　化石でできた硯《すずり》だっていうのか！」

「しかも、ただの化石じゃない……」

動揺のあまり、目が泳いでいる。

「おい何なんだ！　もったいぶらずに言え！　なんの化石だ！」

「……椎骨《ついこつ》」

無量は声を震わせた。

「生き物の椎骨……かもしれません」

織田と細谷は絶句した。

「……なん……だと……。生き物というのは？」

「たぶん、これは……」

無量は震えながら目線を上げた。

「恐竜。……恐竜の椎骨です」

第三章　龍の墓の守り人

「恐竜の……骨、だと？」

織田《おだ》も細谷《ほそや》も「ばかな」と言ったきり、絶句してしまった。

「なに言ってるんだ。そんなわけが」

だが無量《むりよう》は確信している。

「これは竜脚類《りゆうきやくるい》の尾の骨だと思います。まちがいない」

「なんでそんなことがわかるんだ」

「海外で恐竜、掘ってました」

え？　と織田は固まった。初耳だったのだ。

「コロラドの現場で同じ竜脚類のブラキオサウルスの尾椎《びつい》を一通り出したことがあります。これとよく似てた」

「りゅうきゃく……とは？」

「首の長い四本脚で歩く草食恐竜です。ブラキオサウルスとかアパトが有名だけど、この辺で出たものだとすると、フクイティタンかもしれない……」

織田たちは呆気《あっけ》にとられている。無量が恐竜化石を発掘していたことに驚いているのか、それとも硯だと思ったものが恐竜だったことに驚いているのか。

おそらくその両方だろう。

「……血道弓《けつどうきゅう》（尾椎から腹側に延びた骨）はないし、成形のために多少削って上から漆を塗ってるけど、急須《きゅうす》の把手みたいなでっぱりとウスみたいな形。材質は陶器でも木材でもない。まちがいなく化石だ。こんな遺物、初めて見た」

「化石を二次利用したってことかな」

細谷が口走った。無量は驚き、

「そんなことあるんすか」

「遺物じゃないから二次利用というより加工品かな。確か大野市和泉地区の縄文遺跡で出土した垂玉《たれだま》が化石とみられる例があるんだ。あのへんは化石がいっぱい出るから」

「昨日行った九頭竜湖のあたり……。そっか。全くない話でもないんだ」

縄文人の目からも化石は「特別な石」に見えたのだろう。普通の岩石よりも軽いから装飾品にしやすかったに違いない。

「見つけたんだとしたら勝山のほうかもしれない。恐竜発掘現場のある北谷の辺りはボーンベッド……——恐竜がよく出る地層があるんで。がけ崩れか何かの露頭で見つけたんだろうけど、当時のひとは恐竜の存在自体知らなかったはずだから、変な形の石を見つけた、ぐらいな認識だったんじゃないかと」

「誰かが、恐竜化石を見つけてきて加工したってことか」

織田は子供のように目を輝かせていた。

「実に面白いぞ！　大発見だ！　化石を素材にした遺物ってだけでもすごいのに、それがよりにもよって恐竜化石だったなんてミラクルの一言に尽きる！　しかも宝篋印塔の中から出土するとは、すこぶるセンセーショナルじゃあないか！」

興奮すると喋《しゃべ》り方まで舞台俳優の台詞《せりふ》調になる。無量の手を力強く握ってぶんぶん振った。

「無量くん、ありがとう。君がいなかったら誰も気づけなかった。気づいたとしてもそうとう時間がかかったはずだし、とうとう気づかずに『いびつな器物』で終わってたかもしれない。これは大変な発見になったぞ！」

無量は押され気味に「はあ」と答えた。

「でも俺の見解だけじゃ心許《こころもと》ないんで知り合いの専門家に見てもらってもいいすか」

「ああ、そうしよう。手配は任せる」

織田の顔は紅潮し、今にも歌って踊り出しそうだ。報道されれば大きな話題になること、まちがいない。

だが、無量が気になるのは出てきた場所だ。

宝篋印塔の塔身内部、というのが奇妙だ。

横倒しにされて埋められていた。いつ埋められたものかは精査しないと断定はできないが、おそらく十六世紀後半。土坑の立ち上がりの上に焼土層が見られたから、朝倉義《あさくらよし》景《かげ》が滅んだ前後に埋められた可能性が高い。

　では、いつ誰が作ったのか。

「細谷さん、石に漆を塗った器ってよくあるもんですか」

「あるよ。石胎《せきたい》漆器というやつだね」

　細谷は即答した。

「昔は石や陶器にも漆を塗ったんだ。釉薬《ゆうやく》が発達したせいで廃れてしまったが、石胎漆器自体は昔のものなら珍しくない。漆は万能塗料で布にも金属にもプラスティックにも塗れるから」

「化石にも塗れるってわけだ……」

「そう。いうなれば、こいつは〝石胎〟ならぬ〝化石胎漆器〟かな」

　宝篋印塔《ほうきょういんとう》は高貴な人物の墓や供養塔に使われる。

「……故人の形見とか」

　無量はしゃがみこんで考える。恐竜の尾椎骨化石を加工した石胎漆器。収めたのはおそらく宝篋印塔を建立した人物だと思われるが。

「石塔の紀銘文で何かわかるかも」

　もうひとつ気になるのは、この宝篋印塔に刻まれた謎の紋だ。鹿殿集落の青墓にあったのと同じ。ただ向こうは「無縁仏の供養塔」らしい。

待てよ、と無量は思った。

「まさか、あっちにも同じものが収まっている可能性がある？」

恐竜の尾椎はひとつではない。人間の背骨といっしょで、同じ形のパーツがいくつも繋《つな》がっていて、尾の先端にいくに従って小さくなる。

つまり同じ恐竜の骨でできた化石胎漆器は、他にもある可能性がある。

ふと頭の奥で何かが繋がった。

「……竜脚類……リュウ……龍《りゅう》の盃《さかずき》……っ」

藤ヶ谷《ふじがや》の声が耳にはっきりと甦《よみがえ》った。

――龍の盃は飲み干すな。

まさか、と無量は石塔を見た。

「……藤ヶ谷さんが言っていたのは、この化石胎漆器のことなんじゃ……」

*

萌絵《もえ》の車が大野市和泉地区に到着したのは、もう日も傾く時間だった。

山間《やまあい》は一段と冷え込んでいる。JR九頭竜湖駅の山小屋めいた小さな駅舎は暗く静まりかえっている。普段なら駅前には恐竜化石の町をアピールするティラノサウルスの親子オブジェが設置されているのだが、雪深い冬期は撤去されるらしく、がらんとして物寂しい。立ち尽くす萌絵の前にようやく忍《しのぶ》が現れた。駅裏の郷土資料館にいたという。

「よかった……。相良《さがら》さん無事で」

「大袈裟《おおげさ》だな。危険な目に遭うような状況じゃまだないと思うけど」

油断はできない。萌絵はボディーガードのように鋭く視線を配りながら、

「だって藤ヶ谷さんのダイイングメッセージ。どう考えてもその後、まずいことになってるやつじゃないですか」

「ダイイングと決めつけるのはどうかと」

「……しかし寒いですねぇ……ぶるる」

萌絵はコートの襟を引き寄せた。一乗谷と違って、このあたりは標高も高く、気温も低い。さすが化石の聖地とあって、見渡す山も土の柔らかな匂いよりも岩石の香りがすると言おうか、どことなく硬質な空気が漂っている。

「ミネラル分が多いというか」

「昔は鉱山もあったというしね。地下にパワーがあるんだろうな」

周囲を気にせず話しこめるようなカフェも見当たらないので、コンビニで珈琲《コーヒー》を買い、車の中で話すことにした。

「……それで例の能年《のうねん》さんとやらは今どちらに？」

「近くのリゾートホテルに化石発掘体験ができる施設がある」

そこで指導員をしているという。先日の無量と同じ仕事だろう。

「藤ヶ谷さんはなぜ地権者でもない能年氏の家を訪れたんでしょうか？」

「わからない。用事があるとしたら後藤《ごとう》家のはずなんだが」

後藤家には来ていない。会社の上司が電話で直接確認している。

「嘘をついてる可能性もあるけど」

「……後藤家のひとが藤ヶ谷さんに危害を加えた可能性はありそうですか」

「ないとは言い切れない。補償交渉自体を拒否してるそうだし、青墓は確かによそ者が手を出してはいけない忌み場のようだ。昔は人死が出たらしいし」

その石室を道路工事で壊すなど、あり得ない。

墓守からすれば、とんでもない話だ。

「そのせいで藤ヶ谷さんの身に危険が及んだのかもしれません」

「考えられなくはないけど短絡的な気もする。藤ヶ谷さんはあくまで用地補償の交渉人だ。脅すなら道路を計画してる事業者を脅すべきだし、矛先を間違えてる」

「確かにそうですね。でも、見せしめ、だとしたら」

「ありうるね」

忍はさらりと肯定した。

「あの場所に手を出したらこうなる、という。だがその場合、発見されなきゃ意味がないし、犯人の目星も簡単についてしまう。そんなわかりやすい殺人をするかな」

「………。殺人って言っちゃいましたね」

「永倉《ながくら》さんが言う不穏な事態って、つまりそういうことだろ？」

縁起でもない。と否定したいところだが。

「とはいえ、藤ヶ谷さんと連絡がつかないのは事実だ。後藤家の周りにタイヤの痕《あと》はなかった。でも能年さんちにはよく似た車が来てたことを、近所の光江《みつえ》さんが見てる」

その後、どうしたのか。

どこかで事故にでも遭ったのか、事件にでも巻き込まれたのか。

「藤ヶ谷さん、無事でいてくれるといいけど……。私が発掘施設のお客さんになって、能年さんに探りを入れてみましょうか」

「いや。その前に」

忍がスマホを見せた。無量から送られてきたばかりの画像がある。

「さっき出土した硯《すずり》……？」

「どうやら恐竜の骨化石を加工したものらしい」

「恐竜？　うそでしょ」

萌絵はグイグイ画面を拡大した。

「これ、恐竜の化石だったんですか！」

「無量がそう言ってるなら、……そうなんだろうね」

「す……すごい……」

萌絵は打ち震えている。

「ふつうに恐竜の化石を見つけるのだってすごいのに、それを加工した遺物なんて前代未聞です！　大発見ですよ！」

「うん。大騒ぎになる。ただ、問題はこれが出てきた宝篋印塔にあるようだ」

一乗谷の宝篋印塔にも、青墓の宝篋印塔と全く同じ紋が刻まれていた。

陰陽太極図に似た図柄だ。

石造物の専門家・細谷は「梵字《ぼんじ》でないのは珍しい」と言っている。

宝篋印塔の塔身には、月輪《がちりん》と呼ばれる輪の中に、金剛界《こんごうかい》四仏といわれる仏の梵字もしくは絵像が四面に刻まれるのが決まりだ。

そこに家紋を刻むとは考えづらい。それでは建立の目的が迷子になってしまう。

仏を刻むべきところに、別の紋を刻んだのには深いわけがあるにちがいない。

細谷は一乗谷の何千という石塔・石仏を見てきたが、こういう宝篋印塔は初めてだという。特徴に「極めて地域的な共通点」もないのなら、なにか別の意味がこめられている可能性が高い。

青墓の宝篋印塔には、同じ紋が刻まれていた。

もしかしたら、その中にも化石胎漆器が入っているかもしれない。

「でも、それが藤ヶ谷さんと何か関係が？」

「藤ヶ谷さんが『飲み干すな』って言ってた〝龍の盃〟だよ。龍というのが、この化石を指していたのだとしたら」

「龍……リュウ……恐竜……！」

　まさか、と萌絵は珈琲がこぼれそうになるくらい前のめりになった。

　忍は曇ったフロントガラスを見つめ、

「もちろん、当時のひとたちは恐竜なんて生き物がいたことすら知らなかったはずだ。石材を採掘中に何かで露出した骨化石をたまたま見つけて、それが生き物の骨だと気づいたひとがいたとしたら」

「そっか。恐竜の骨はめちゃめちゃ大きいし、胴体も長い……。昔の人が『これは龍の骨だ！』って思ったとしても不思議じゃないかも」

　特にアパトサウルスやブラキオサウルスなどの竜脚類は、とびぬけて首から尾にかけてが長い。昔の人間がその背骨を見て「龍だ」と思い込んだかもしれない。

　萌絵はスマホで画像検索した。

「これですね。フクイティタン・ニッポネンシス……。こんなの見ただけでわかってしまう西原《さいばら》くんも西原くんですよ……」

「言われてみれば、この化石胎漆器も盃に見えないこともない」

「ええ。真ん中がくびれた盃にも見えますね」

「藤ヶ谷さんがあの遺物の出土を予言してた、というのはいささか飛躍がすぎる気もするが、ただ尾椎骨《びついこつ》はひとつじゃない。同時期に複数の化石胎漆器が作られていたとしてもおかしくはない」

「ですね。他にもあったかも」

「仮に青墓の宝篋印塔《ほうきょういんとう》にも同じ個体の尾椎が収められていたとして、藤ヶ谷さんが、なぜかそのことを知ってたんだとしたら？」

萌絵は驚いた。

「でも藤ヶ谷さんは後藤家の青墓を見たことないんですよね」

「見なくとも存在を知ることはできる」

「昨日の能年さんとのやりとりで何かあったってことですか？」

「わからない。だが、能年氏の言動は少し……」

少し、引っかかるものがあった。ほんのささいな違和感が。

うまく説明はできないのだが。

「青墓を〝無縁仏の供養塔〟だと言っていた。昔はその墓に近づいたよそ者を殺すこともあったと」

ただの供養塔なら殺す理由もない。忌み場となった理由があるはずだ。

「龍の骨を収めた特別な墓だったから？　あれは『龍の墓』だっていうんですか！」

「しかも二ヵ所にある。青墓と一乗谷。後藤家は龍の墓守だったんだとしたら」

萌絵は茫然《ぼうぜん》としてしまった。

「龍というか恐竜を祀《まつ》ってたっていうんですか。だから、秘密にしなければならなかったと？」

「藤ヶ谷さんは何かでその秘密に触れてしまったのかもしれない。それで……」

「口封じで消された、なんていうんじゃ……」

だとすれば、無量が掘り当てた遺物も同様の「禁忌」に匹敵するのではないか。

「西原くん、大丈夫でしょうか……」

「何事もなければいいが。解明の鍵《かぎ》を握っているのは、やはり、能年氏か」

どうします？　と萌絵が問うと「うーん」とうなり、

「……ごちそうで釣るかな」

「は？　ごちそう？」

頼みたいことがある、と忍は言った。

「このへんで子供連れでも入れそうな個室居酒屋を探してくれないか」

＊

「本当にいいんですか？　こんなに豪華なごはんをごちそうしてもらって」

その日の夜のことだ。

能年親子は大野の市街地にある割烹《かっぽう》料理屋に招かれた。

福井の市街地と九頭竜湖の真ん中あたりにある大野の町には、お食事処もいろいろある。忍は、笑顔を絶やさなかった。

「貴重な地質図を写させてもらった御礼です。僕たちもせっかく福井まで来たなら美味《おい》しいごはんを食べたかったし」

割烹料理屋の二階座敷を一部屋借り切って、能年親子をもてなすのは、忍と萌絵と無量だ。能年の娘・真子《まこ》は人見知りをしない性格で「知らないお兄さんお姉さん」との会食に大興奮している。

中でも無量をよほど気に入ったのか、膝《ひざ》から離れようとしない。食事が一段落すると、座敷の隅で遊び相手をさせられている。

「しかし相良くんの彼女さんも福井に来ていたとは」

便宜上そういう設定になった萌絵は乾いた笑いで応じた。

「今は一乗谷朝倉氏遺跡のPRの仕事をしています。来年の大河ドラマでもフィーチャーされるのでここぞとばかりに」

「ふうん。そういうのもあるんだねえ。……こら真子！　西原くんが迷惑がってるぞ」

「大丈夫っす。全然へーきっす」

地元の話題でひとしきり盛り上がった。しかし能年はなかなか「青墓の秘密」に近づかせようとしない。美濃街道の話をしても、のらりくらりとそらしてしまう。

まして藤ヶ谷の話は不用意に持ち出せない。

忍は作戦変更することにした。萌絵は忍の合図をキャッチして、

「そうだ。実はここだけの話なんですけどね、今日すごいものが出土したんです」

これ何に見えます？　と萌絵がスマホの画像を能年に見せた。

ほろ酔い気味の能年は目を細くした。

「……なんです？　これ。急須《きゅうす》かな」

「恐竜の骨なんじゃないかって言ってる人がいるんですけど、どう思いますか」

萌絵が話し始めたのは一乗谷で見つかったばかりの「化石胎漆器」のことだ。むろん、無量が出したとは言わない。無量が遺跡発掘に関わっていることは、秘密だ。

「言われてみれば、恐竜の尾椎骨に見えないこともないですね」

「恐竜の化石を見つけた昔のひとが、漆器に加工したんじゃないか、と見立てている調査員がいまして」

「でも昔のひとは恐竜の存在なんて知らなかったでしょ」

「恐竜を知らなくても、何か大きな生き物の骨、ということには気づいたかもしれません。たとえば、龍《りゅう》の骨では、とか」

「龍の骨、かぁ……」

能年は「なるほどなるほど」と言い、

「そういう解釈ならありかもしれない。このへんには九頭竜伝説もありますしね。……それにしても発掘したひとは、よくこれを見ただけで恐竜化石だなんて気づけましたね」

三人はドキリとした。萌絵が慌てて、

「た、たまたま化石にも詳しかったようで」

「ふうん。遺跡発掘ってそんなことまで勉強しないといけないんですね」

「実は今日この席をセッティングさせてもらったのも、この遺物について地元の化石専門家の意見を伺いたい、と頼まれたのがきっかけのひとつでもあったんです」

「そうでしたか。僕は恐竜を掘ったことはないのであまり正確なことは……」

「つかぬこと聞きますけど」

無量が横から口を挟んだ。

「道場にある龍の尾って、どんなものなんすか」

能年は察した。あれかい？　と言い、

「実は僕もまだ見たことないんだよ。新参者だからね。ご開帳は六年に一度と決まっていてね。なんでそんなこと訊《き》くのかな？」

「恐竜の尾椎骨と聞いて、鹿殿道場にあった龍の尾が思い浮かんだんすよ」

「うーん。光江《みつえ》さんたちは見たことあるだろうけど、語るなかれ聞くなかれ、だしなあ」

でもそうだったら面白いですね、と能年は喜んだ。

「九頭竜川の名前も、実は恐竜から来てたりして」

「はは。そうだったら面白いなあ」

「実際のところ、川の名の由来はなんなんですか？」

「いろいろあるんだけど、崩れ川がなまって九頭竜川になったというのもあるし、あといま呑《の》んでるこのお酒も」

能年は座卓におかれてあった地酒を指さした。「黒龍《こくりゅう》」とある。

「九頭竜川の流域には黒龍大明神という信仰がある。継体《けいたい》天皇が越前にいた頃、当時から氾濫《はんらん》を繰り返す暴れ川の治水工事をした。その川の守護を祈念して高龗大神《たかおのおおかみ》を祀って、黒龍大明神となした。昔は黒龍川と書いて『くずりゅうがわ』と読ませたとか」

「黒龍……ですか」

「そう。そして平安時代には、勝山にある平泉寺に祀られた白山権現《はくさんごんげん》が人々の前に姿を現した。その尊像を川に浮かべてみたところ、九つの頭を持つ龍が現れた。その龍は黒龍大明神を祀る社《やしろ》に泳ぎ着き、以来、九頭竜川と呼ぶようになったんだそうだ」

能年の語りは説法のように滑らかだ。

「白山権現というのは」

「大野の町から北東のほうを見ると、山並みの向こうにひとつだけ高くて白い山の頂がひょこっと顔を出している。それが白山。白山は修験道の山だ。開祖・泰澄《たいちょう》の前で、十一面観音が九頭竜王の姿に化身して現れ、自らをイザナミと名乗った。これが白山権現のはじまりなんだ」

これだけの知識がスラスラ出てくるのだ。さすが永平寺で修行しただけはある。

「そういえば、永平寺にいた時、白山の山頂で法要をしたことがある。雲水スタイルで一気に頂上まで駆け上るんだ。あれはきつかったなあ」

「永平寺ではどんな修行をしたんですか」

能年は雲水時代の話をしてくれた。

生活の全てが修行だった日々、朝三時半から起きて、食事だけでなくあらゆるものに作法があり、そのすべてを身につけて勤行や坐禅《ざぜん》に取り組んだという。

「托鉢《たくはつ》以外は外にも出れない。山の中だけが世界のすべて。口にできるものはほんのわずかな煮物と漬け物、ご飯だけはおかわりできたが栄養が偏って脚気《かっけ》になる者もいた。ひもじさや寒さや眠さと戦って、自分の本能といやでも向き合わされる。耐えきれずに逃げ出す者もいた。世俗とのつながりを断たれて、ひたすら戒律と規律に自らを投げ込んで、仏と自らの悟りに向き合った時間は、あの場でしか経験しえないものだ。山の空気同様、五体の感覚が研ぎ澄まされていくのを感じたよ」

気持ちが修行時代に戻ったのか。口調ばかりか面持ちまで凛《りん》と引き締まっていく。僧侶《そうりょ》としての能年の顔がそこにはあった。

「でも、もちろん人間ですからね。マル秘永平寺ネタなら、そりゃもうたくさん」

厳格な修行の日々でも人間味溢《あふ》れる雲水たちのリアルな姿を、能年がおどけた口調で語ると、感銘は笑いに変わった。

「なんか化石の話より盛り上がりますね……。自信なくすな」

「いえいえ。どっちも面白いですよ」

真子が無量の袖《そで》を引いてトイレに行きたいと言い出した。能年が立ち上がりかけるのを止めて「私が」と萌絵が付き添おうとしたが、真子は無量でないと嫌なようだ。

「なら俺と行こっか」

手洗いを済ませた真子は、夜の庭がみえる廊下で立ち止まった。

「あっ。お城」

真子が指さしたのは生け垣の向こう。丘の上にライトアップされた城がみえる。

「越前大野城っていうの。前、お父さんとのぼったよ」

「へえ。すごいね」

「あのお城、雲に浮かぶんやで」

「え？　えーと」

「朝、山にのぼったの。そしたら雲の中にお城が浮かんでてな。あのときはお母さんもいっしょやったんやで」

雲海のことだと無量は気づいた。そういえば雲に浮かぶ「天空の城」をアピールするポスターが店の玄関に貼ってあった。城を見つめる真子の横顔はとても淋《さみ》しそうだ。能年家がひとり親である理由は聞かされていないが、真子はまだまだ母親が恋しい年頃だろう。その淋しさに寄り添うようにして、しばらくふたりでお城を眺めた。

「なあ、真子。ちょっと聞きたいことがあるんだけど」

「なーに？」

無量はスマホを取りだした。

「このおじさんと会ったことある？」

藤ヶ谷の写真だ。会社から送ってもらった。昨日藤ヶ谷が訪問したのなら、真子も見ているのではと思ったのだ。覗《のぞ》き込んだ真子はパッと顔を輝かせた。

「フジガヤのおじちゃんやー」

「知ってるの？」

「うん。パパのお友達。前、ちゅーかがいでごはん食べた」

無量は耳を疑った。中華街だと？

「ちょっと待って。それいつの話？」

「うーん。真子が年少さんのころやからー」

無量は混乱した。どういうことだ。昨日の話どころか数年前ではないか。

藤ヶ谷と能年は知り合いだったのか？

「このひと、昨日、真子んちに来た？」

ううん、と真子は首を横に振る。来ないよ、と。

「ムリョーお兄ちゃんもフジガヤのおじちゃんとお友達なの？」

無邪気に聞いてくる真子の前で、無量は顔をこわばらせて立ち尽くしている。

どうやら事件は奇妙な方向に転がり始めていた。

＊

「藤ヶ谷さんと能年さんが知り合い？　どういうことだ！」

能年親子を車で送り届けた後、福井市街に帰る車中のことだ。

無量がそう明かすと、忍と萌絵は仰天した。

「……。忍、危ないから前みて前」

「はっ。すまん。でもどういうことだ。話がますます見えなくなってきたぞ」

ハンドルを握る手が動揺している。無理もない。真子が年少の時といえば、三、四年前だ。能年親子が鹿殿に移住する前ではないか。

「知り合いだったのか、あのふたり……」

能年にもそれとなく昨日の行動を尋ねてみたが「仕事仲間と大野の街で会食していた」と答えただけでその相手が誰かはかたくなに言わない。藤ヶ谷の名を出すわけにもいかず、確証は得られなかった。

それよりもふたりの関係だ。三年前からすでに知り合いだったなら、おそらく用地交渉がらみではない。能年はまだ鹿殿にいなかったはずだし、藤ヶ谷もこの案件に関わっていたかどうか。

「藤ヶ谷さんが買収工作のために友人である能年氏を送り込んだ、とか？」

「いや。それはない。だったら、そもそも俺たちはここに来てない」

「なら、用地交渉する家の近所にたまたま知り合いがいたってこと？　それで偶然再会してごはん食べに行って行方不明になったたっていうの？」

旧交を温めた帰りに藤ヶ谷は何かでハンドル操作を誤って車ごと夜の谷に転落した……。そんな映像が三人の頭をよぎる。

「待って。なら、あのメッセージは何なのかな」

——龍の盃《さかずき》は飲み干すな。

あの謎の言葉はどこから出てきたのか。

やはり、あのふたりの間柄には何か潜んでいそうだ。

「すぐにふたりの経歴を調べよう。知り合いだというのが本当なら、どこに接点があったのか確かめないと」

私も、と萌絵が言った。

「帰ったらすぐ動きます。こう見えてリサーチ力はあがってますから」

「なら、そっちは永倉さんに任せよう。僕はあの地区の地歴をもう一度洗い直す」

俺は？　と無量が訊《き》いた。

「無量には一乗谷の仕事があるだろ」

「えっ。まだやんの！」

「おまえは前代未聞の遺物を出したんだ。後はよろしく、じゃ済まないだろ。それに宝《ほう》篋印塔《きょういんとう》の謎も残ってる」

恐竜化石の専門家と織田たちを繋《つな》げる役目もある。研修という名目ではあるが、織田からも引き続き力を貸して欲しいと頼まれている。

「けど俺、あさってから柳生《やぎゅう》さんとこの現場に入るんだけど」

「あ、柳生さんには事情伝えといたから。こっちはいいから心置きなく遺物の正体を暴いてくれ、だって」

どの道、藤ヶ谷の消息が気がかりで、東京に戻っても集中できそうにない。

車は大野の街に戻ってきた。盆地にある大野の街は川霧が出やすく、車のライトも滲《にじ》んでいる。

「忍はどう見てる？　藤ヶ谷さんの失踪《しっそう》は逃亡？　事故？　それとも」

しばらく黙ってから、忍はフォグランプを点灯した。

「石を投げてみたのは波紋の形を見るためだ」

「石？　なんのこと？」

忍は赤く滲む前の車のテールランプを睨《にら》んでいる。

「あのひとが何か知っているなら、必ず物事は動く。明日《あした》にでも」

窓の向こうには、さっき無量が真子と眺めた越前大野城がライトアップされている。光が靄《もや》に乱反射して、天守閣自体が発光しているかのようだ。

――あのお城、雲に浮かぶんよ。

「天空の城ってやつか……」

真子の笑顔がくもるようなことにならねばいいが……と、無量は憂鬱《ゆううつ》そうに右手を見た。

＊

忍と萌絵がそれぞれに動きだす中、無量は翌日、再び一乗谷の試掘現場にやってきた。足羽《あすわ》川の霧が谷に流れ込んで、あたりは霞《かすみ》がかっている。谷を囲む山々にも雲がたなびいて、なんとも幻想的だ。紅梅の枝でメジロが鳴き、春の訪れを告げている。のどかな田園風景が広がる集落にまた重機の音が響き始めていた。

先に現場に入っていた織田が声をかけてきた。昨日の大発見があったおかげで、いたくご機嫌だ。

「おはよう。例の件、段取りつけてくれた？」

「フクイティタンの発見に関わった恐竜博物館の学芸員さんに連絡しときました。今日の午後、さっそく来てくれるそうっす。めっちゃ興奮してました」

「ありがたい。遺物は埋文《まいぶん》に移しといたから、そっちに来てもらってくれ。ああそれと」

織田は目を輝かせている。

「恐竜の骨と確認できたら、あの化石胎漆器を、通称『恐竜漆器』と命名する」

出土したことを知る者は、まだ一握りだ。

発掘調査はまだ始まったばかりなので遺構の情報が充分とれてからの発表になる。織田は待ち遠しげだ。

「一乗谷には漆職人もいたから、例の遺物も地元の漆工房で作られたのかもしれないな。もし『龍《りゅう》の骨』だと思い込んで加工したなら、きっと城主の朝倉氏も絡んでいる」

「探せば文献にも残ってたりしそうですね」

「ああ、『龍の骨』なんて珍重しただろうし、記録に残している可能性も高い。なんなら茶器マニアだった信長《のぶなが》も欲しがったかもしれん」

　問題はどうしてあのような宝篋印塔に収めていたのか、だが。

　細谷の見解によれば、宝篋印塔が誰かの「墓」なのだとしたら、そのひとの形見かもしれないとのことだが、忍が言っていた「龍の骨」そのものを祀《まつ》った「龍の墓」説も否定できない。

「銘文が解読できれば、主《あるじ》の情報も得られるだろう。今日はその作業をしてもらう。遺構のほうは我々に任せて、無量くんはそちらを頼む」

　望むところだ。

　作業開始から一時間ほど経ってから、細谷が現れた。寝不足気味なのか、鯖江メガネの奥の目が充血している。

「まさか徹夜っすか」

「気になることがあったからデータ掘り返していたら、思いがけないものが出てきたよ。これをみてくれ」

　無量が織田と一緒にタブレットを覗《のぞ》き込む。鼓を押し潰《つぶ》したような形の石造物の画像がある。

「なんだこれは。ウスか？」

「ある場所で出土した石胎漆器です。漆はだいぶ剝《は》がれてしまってますが底のほうに残ってます。これどっかで見覚えないですか」

　あっと無量が声を上げた。

「……似てる。柄の部分がないけど、昨日出た化石胎漆器とそっくりじゃないすか！」

「どこで見つかった？」

細谷は画面をスクロールした。

「サハリンです」

「そいつはまた」

　織田も無量も絶句した。謎が深まった。

「サハリンといえば樺太《からふと》アイヌか。アイヌ漆器？　実は一乗谷産でなくアイヌ産だったなんていうんじゃないだろうな。しかも恐竜化石だぞ？　サハリンに恐竜なんて」

「いました。日本最初の恐竜化石と言われるものはサハリンで見つかってるんです」

　サハリンが日本領だった頃の話だ。恐竜化石が見つかったのは一九三四年——昭和九年。当時「樺太」と呼ばれていたサハリン島は日本領だった。

「なんてこった。てっきり地元産と思い込んでたがそうとも限らないわけか」

「仮にそうだとしても樺太アイヌの漆器がなんで一乗谷から出てくるんです？」

「戦国時代の終わり頃には近江《おうみ》商人が松前《まつまえ》に進出して、北海道の特産品を扱っていた。敦賀《つるが》まで日本海航路を使って運んでいたんだ。後に越前朝倉氏に従う若狭《わかさ》武田《たけだ》氏も松前を拠点にアイヌとの交易もしていたようだから、その流れから手に入れたのかもしれないぞ」

思いがけない展開に織田の口調も熱を帯びた。

細谷はロシアの研究者とも交流がある。

「地元の研究者もこれが化石だとは思ってもみなかったのか、ふつうに石胎漆器として扱ってたようです。化石の部分を解析すれば産地を同定できるかもしれません」

「画像だけでは詳細まで判別できないし、サハリンのやつを借りれたらいいんだが」

ちらり、と織田が無量を見た。すぐに察して慌てて手を振り、

「俺を取りに行かせようとしてるでしょ。ヤですよ、サハリンなんて」

「一番てっとり早いんだ。君なら同じ恐竜の骨かどうかもその場でわかるだろ」

「簡単に言わないでくださいよ」

織田が圧をかけてくる。ここぞとばかりに魔王感を出してくる。

「……まあ、確かにサハリンで見つかったニッポノサウルスはハドロサウルス系だから、竜脚類じゃないし、見れば違いがわかるかも、ですけど」

「なら行ってくれるか」

「ひとつ確認したいんすけど、サハリンの化石胎漆器が見つかったところから、笏谷石が出たなんてことは、ありましたか？」

織田と細谷は顔を見合わせた。

「笏谷石の宝篋印塔か？」

出るはずないだろう、と織田はせせら笑ったが、細谷は真顔のままだった。

「笏谷石の宝篋印塔と化石胎漆器はセットで出てくるはずだと思ってるのかい？」

サハリン版「龍の墓」があったか否か、無量は確認したかった。

「……戦国時代に一乗谷からサハリンに直で持ってった、というのは無理があるかもしれないすけど、日本統治時代に持ちこんだ可能性はあるので」

「石塔がいっしょに出なければ、樺太産である可能性が高くなるわけか。わかった。それも聞いてみるよ」

というと、その場でメールを打ち始める。

芽吹きはじめた木々の枝からシジュウカラがさえずっている。無量は藤ヶ谷の無事を祈って手を合わせ、作業の続きに取りかかることにした。

そろそろ昼休みに入ろうかという頃だった。

現場に織田の声が響いた。

「なんだと！　てん箱に化石胎漆器がない!?」

無量はギョッとして振り返った。

織田が電話で話している相手は埋蔵文化財調査センターの職員だった。

「どうしたんすか」

「埋文に保管してあった化石胎漆器がなくなっているそうだ。どこを捜しても見つからないと……！」

無量は息を呑《の》んだ。

盗難……？　誰かが持ち出したというのか。

今すぐ戻る、と電話を切って織田が車に飛び乗ると、無量も助手席に乗り込んだ。

「いっしょに行きます。確認させてください」

＊

埋蔵文化財調査センターは一乗谷朝倉氏遺跡資料館と同じ敷地にある。

織田とともに無量が玄関をくぐると、保管庫で職員たちが必死に遺物を捜している。

織田の顔をみるとあからさまに顔をひきつらせ、すみません！と一斉に頭を下げた。

「おい、どういうことだ。昨日の夕方、確かにコンテナボックスごと保管庫に入れたはずだぞ！」

叱責《しっせき》をくらった職員たちは半べそ顔になっている。

コンテナボックスから中身だけがなくなっていたという。貴重な遺物だから取り扱い注意と念を押されていた。他の遺物ともども整理作業を待っていたのだが、午後から恐竜化石の専門家が見に来るというので、作業室に出してあったらしい。二時間ほど前の話だ。

作業室には関係者しか入れない。資料館と渡り廊下でつながってはいるが、調査センター自体には展示室などはないので、出入りするのは職員とその関係者のみだ。来客は受付で名前を書かされる。午前中は出入りの業者が来ただけだ。館内にいた全員に聞いて回ったが、該当する遺物に触った者はいない。

保管庫から出して二時間ほどの間に紛失したことになる。

「三十年に一度出るか出ないかっていう貴重な遺物だぞ！　ここにいた全員、始末書では済まないからな！」

逆上する織田に職員たちは震えあがっている。

だがひとしきり叱責すると冷静に戻り、無量に向けて「すまん」と頭を下げた。

「面目次第もない。せっかく出してくれた遺物を……」

「落ち着いて捜しましょう。大丈夫。必ず出てきますよ」

「あの遺物の出土はまだ一握りの者しか知らないんだ。なんたる失態だ」

織田は頭を抱えている。だが無量は嫌な予感がしていたのだ。

――石を投げてみたのは波紋の形を見るためだ。

忍は「反応」とは言わなかった。「波紋」と言った。

　これが忍の言う「波紋」の形なのか？

「……冗談じゃないぞ。とにかく持ち出したやつを突き止めて、何が何でも取り返さないと」

　無量は織田と警備室にこもり、防犯カメラの録画を見せてもらった。コンテナボックスが置かれた場所は運悪く、ちょうどカメラの死角に入ってしまっている。だが職員以外の怪しい人物の出入りは見られなかった。

「念のため資料館のほうも見てみよう」

　渡り廊下で繋《つな》がった別棟にある展示スペースには越前朝倉氏の説明や一乗谷遺跡のジオラマ、出土した遺物が展示してある。観光コースにも入っていて見学者が多いため、防犯カメラも多い。

　早送りで出入りを見ていた無量が突然前のめりになって「止めてください」と言った。駐車場を映したカメラだ。

「この車……」

　無量は険しい顔になり、

「藤ヶ谷さんのSUVと似てる……？」

　降りてきたのはマウンテンジャケットを着た男だ。がっしりとした体つきでマスクをつけたその男は資料館へと向かった。館内のカメラも捉《とら》えている。

　無量は食い入るように画面に顔を近づけた。

息を止めた。

似ている。この男。

「藤ヶ谷さんだ……」

*

無量からの報《しら》せを受けて、電話の向こうにいる忍は驚くよりも安堵《あんど》した。

『そうか……。藤ヶ谷さん、生きてたのか』

資料館の館内カメラが捉えていた男は、チケットを購入し入館したようだが、なぜか玄関から出てくる姿が映っていなかった。なのにそれから十五分ほど経って、どこからか現れ、車で去るところまで確認できた。

「化石胎漆器を持ち出したのは藤ヶ谷さんなのか？　波紋をみるってこういうこと？　おまえまさか、こうなるのを予想してて」

忍は否定しなかった。苛立《いらだ》った無量は重ねて、

「盗み出すよう、おまえが仕向けたってこと!?」

『仕向けた、は大袈裟《おおげさ》だ。ただ、宝篋印塔と化石胎漆器のセットは『龍《りゅう》の墓』だと仮定して、それが青墓が忌み場である理由のひとつなら、あの集落の人間が動く可能性は充分ある、とは思ってた』

案の定、動きがあった。

思った以上に露骨な「動き」だったが。

ただ忍にとっても想定外だったのは、動いたのが能年ではなく藤ヶ谷だったということだ。

『資料館に入った人間が埋文に忍び込めるルートはあるのかい？』

「渡り廊下にはカメラがあってばっちり映るけど、展示室裏の非常口からならカメラに映らず外に出て埋文の裏口に入れるらしい。埋文のほうは日中は鍵《かぎ》がかかってない時もあるって」

『それを把握してた人間が間にいそうだな。俺たちが能年さんに教える前に、その人物から伝わってた可能性も出てくる』

「埋文に共犯者がいるって？」

無量は驚いた。

「でも、何が目的であの遺物を？」

いずれにせよ、藤ヶ谷の失踪《しっそう》とあの恐竜漆器がこれで確実に結びついてきた。

無量は周りに人がいないことを確かめてから、声をひそめた。

「てかやっぱり、恐竜の墓だったのかな。あれ」

『永倉さんは〈戦国時代に恐竜が生きてた説〉で盛り上がってた』

「最近すぎて化石にはならないっつーの」

『……おまえが見立てた通り、鹿殿道場の厨子《ずし》に入ってるという〝龍の尾〟はもともと青墓に入ってた恐竜化石なんじゃないかな。中身は確認できないけど』

「でも、なんで藤ヶ谷さんがこっちで出土したやつまで手に入れる必要が？」

しかも昨日まで「失踪していた」人間だ。

「そう仕向けたのはやっぱり、能年さん？」

『能年氏本人かはわからないが、少なくとも一乗谷で恐竜の化石胎漆器が出土したことを知る数少ないひとりだ』

藤ヶ谷は能年から聞いて、自ら動いたのか。

それとも能年から指示され、動いたのか。

『能年氏が後藤家の指示で動いてる可能性も捨てきれない。藤ヶ谷氏が一乗谷の恐竜漆器を後藤家に引き渡すことを条件に、後藤家が用地買収に応じる……みたいな取引があったとも考えられる。ただ』

奇妙なのは、能年と藤ヶ谷は数年前からの知り合いだったことだ。

まだ犯人が藤ヶ谷と決まったわけではないから、軽はずみには言えないが。

『断定はできないけど、ひとつ確信が持てたことがある。藤ヶ谷さんが電話で口走った〝龍の盃《さかずき》〟は、あの恐竜漆器のこととみてまちがいない』

恐竜の尾椎《びつい》で作られた遺物。

いびつな形はしていたが、言われてみれば盃のようにも見える。硯《すずり》というよりはやはり馬上杯に近い。

「……龍の盃……。あれが」

飲み干すな、と藤ヶ谷は警告した。

何を意味するのか。

『ともかく藤ヶ谷さんと能年さんが繋《つな》がっているなら、持ち出された一乗谷の恐竜漆器は、どちらかの手元にある』

忍は警察の力を借りることを提案した。

遺物盗難の件で、ではなく、捜索願のほうだ。行方不明の藤ヶ谷が一乗谷の資料館にいたことを警察に話すという。

『その後の足取りを追ってもらおう。なんなら福井県警の知り合いに』

「……おまえ長崎や岩手の県警にも知り合いいなかったっけ」

『鳳凰会《ほうおうかい》のＯＢには警察官が多くてね』

忍の出身高校にあった選抜者集団のことだ。井奈波《いなば》の創業者一族は、国の行政機関や司法機関にまで自分たちの「回し者」を送り込んでいるらしい。

「そういう人たちに頼み事聞いてもらえるおまえの立場って何」

『人徳かな』

「脅迫はやめてね」

『人聞き悪いな。……紛失した遺物の回収は俺に任せて、おまえは発掘作業を続けてくれ。遺物の正体が判明しない限り、彼らの目的も見えないからね』

ここから先は忍にバトンタッチすることにして、通話を終えた。

「……ノブナガさんにも説明しないとな」

無量は人名を伏せた上で打ち明けることにした。

「持ち出した人間に心当たりがある？　君の知り合いなのか？」

織田から叱り飛ばされるかと内心ひやひやしていたが、逆に心配されてしまった。

「なんだか妙なことに巻き込まれてるな……。大丈夫か」

「迷惑かけてすみません」

「いや、君は何も悪くないだろう。……ふーん。〝龍の盃〟ねえ。その集落の供養塔とやらもそっくりなのか」

「一乗谷とあのへんって何か繋がりありますかね」

「九頭竜湖のあたりは昔、穴馬《あなま》郷《ごう》と呼ばれていた。美濃と越前の国境という他は……」

にわかには結びつかないという。

「郷土史家の知り合いがいるから聞いてみるよ」

織田はセンターに残ったので、無量はひとり、歩いて現場に戻ることにした。

無量が戻ると細谷が作業の手を止めて駆け寄ってきた。

サハリンで見つかった化石胎漆器の件で現地の研究者から連絡が来たという。

「やっぱり樺太産でした？」

「……いや、それが」

細谷は自分の浅学に恥じ入っていた。

「そもそも伝統的なアイヌは漆器を作ってなかったんだ……」

北海道アイヌや樺太アイヌは漆器をよく使っていたが、それらはすべて和人との交易で手に入れたものだった。アイヌが使っていた漆器はアイヌ漆器と呼ばれているが、交易で得た、いわば貴重な「輸入品」で威信財として用いられていたものだ。

「てことはサハリンにあった化石胎漆器は現地で作られたものじゃないってことすね」

「こっちから持っていったものだろう」

「サハリンの恐竜の尾椎じゃなかったんすね」

無量が胸を撫《な》で下ろしたのは、サハリンに行かされる名分が消えたからだ。

やはり一乗谷産である線が濃厚になってきた。

「現物はいまどこにあるんですか。ロシアの博物館？」

「それが個人蔵だったらしいんだ。いま問い合わせてもらってる」

「そうすか。笏谷石のほうは？」

「宝篋印塔《ほうきょういんとう》は見つかっていないようだが、笏谷石で作った門柱が見つかっているそうだ」

笏谷石は越前福井の足羽《あすわ》山でしか採れない。

つまり石材としてサハリンにまで運ばれるルートはあったという証拠だ。三国湊で日本海航路を辿《たど》り、北海道に持ち込まれた後、さらに運びこまれたのかもしれない。

「でもなんでサハリンなんすかね」

その理由なんだが、と細谷は指先でメガネを持ち上げた。

「少々心当たりがある。少し時間をくれないか」

調査は細谷に任せ、無量は宝篋印塔の発掘を進めることにした。

作業は順調に進み、四面あるうちの三面までを掘り出せた。翌日、拓本をとることにして作業は終了だ。

春分を過ぎ、だいぶ日も長くなってきた。

細谷たちと重機のオペレーターも帰っていき、無量は片付けのために最後までひとり残っていた。トレンチをブルーシートで何重にも覆い、砂袋を密に置いて厳重に保護する。宝篋印塔は重量もそれなりにあるので簡単に持っていかれはしないだろうが、何があるかはわからない。

暮れなずむ里山に梅の花が香っている。

石仏に無量は手を合わせた。夕陽に照らされた石仏の顔は素朴に微笑んでいる。

静けさが戻ると、改めて、消えた遺物の行方が気になった。

「やっぱり藤ヶ谷さんのあのメッセージは、ここから出土することとの予告だったのかな……」

だとすると、なぜ、わかったのだろう？

それを予想した人物の影が見え隠れする。ここを試掘すると知っている関係者は限られるはずだ。遺物の持ち出しを手引きしたのもそいつ？　埋文の職員も一枚嚙《か》んでいる……？

まだ冷たい春先の空気が骨に沁《し》みたのか。右手が痛んだ。

〈鬼の手〉に試されているみたいだ、と無量は思った。

おまえが掘りたいのはどっちだ、と。

本能に生きた古生物の骸《むくろ》か。それとも人の業が詰まった遺物か。

恐竜の盃なんて、まるで自分の迷いそのもののような遺物ではないか。

発掘者にはこういうことがたまに起こる。発掘者の鼻先に天が落としたかのようなタイミングで出会う遺物がある。そのたったひとつの遺物によって運命を揺さぶられる時が。

恐竜化石を見つけた時も右手は騒いだが、いま思えば遺物の時ほどではない。

自分では化石発掘が本分だと思っているのに、そうでない時のほうが右手は騒ぐのが不思議だ。

「じーさんの呪いは、簡単には解けないってことか……」

右手の革手袋を見つめる。

ふいに背後に人の気配を感じ、無量は振り返った。

「だれ」

夕陽を背にして男がひとり立っている。マウンテンジャケットを着込んで黒いキャップをかぶった、体つきのいい男だ。背格好に見覚えがあった。

「……藤ヶ谷、さん……？」

無量は慌てて立ち上がった。

「藤ヶ谷さん、無事だったんすか！　俺たちずっと探して……っ」

様子がおかしい。

「……どうしたんすか」

妙な威圧感を覚えて、無量はあとずさった。「藤ヶ谷」は夕陽を背負ったまま、じり、と距離を詰めてくる。

「藤ヶ谷さん、ですよね？」

答えないのを不審に思って無量はもう一度、問いかけた。

「埋文から〝龍《りゅう》の盃《さかずき》〟を持ち出したの、あなたですよね？」

キャップのつばの陰に隠れた目が不気味に光るのを、無量は見た。

「……。アレが〝龍の盃〟だと知っていたのか？」

はじめて「藤ヶ谷」が声を発した。無量はすぐに違和感を覚えた。

この男は……藤ヶ谷ではない？

次の瞬間、男が構えた。

ボクシング選手のような構えだ。

「おまえが九杯目か」

「え？」

気がついた時には、目の前に拳《こぶし》が迫っている。

顔を突き飛ばされたような衝撃をくらい、無量は尻餅《しりもち》をついた。

ジャブをくらったようだ。早すぎて体が全く反応しなかった。

「藤ヶ谷さんじゃない。あんた誰だ」

「……。ヘイロン──」

無量は夢中で土を摑《つか》んで投げつけた。目潰《めつぶ》しが効いた隙に立ち上がったが、もうその時には至近距離に男がいる。強烈なレバーブローを脇腹に刺し込まれた。内臓を摑まれたような一撃に息が止まり、膝《ひざ》が勝手に崩れた。

男は仁王のように立ちはだかっている。

無量はゾッとした。勢いにまかせて拳を振るうような乱暴さはないが、一発ずつ冷静に、顔色も変えずに仕留めんとする姿は、まるで手練《てだ》れの暗殺者だ。

「手を引け」

男は威圧する。

「盃を飲み干す前に失《う》せろ。さもなくば」

びゅん、と風を切って槍《やり》の穂先のようなものが飛んできた。男は鼻先ぎりぎりかわしたが、つばにあたって帽子が飛んだ。さらに立て続けに五、六本飛んでくる。ミサイルのように飛んできた物体は移植ゴテではないか。

「西原くん！」

道具入れのバケツを手に弾丸のように駆けてきたのは萌絵だ。無量を背中でかばい、

「西原くんに何する気⁉　あんた誰⁉」

男はゆっくり帽子を拾い上げる。その顔にまともに夕陽があたった。

萌絵は息を呑《の》んだ。

「藤ヶ谷さん……？」

ちがう、と無量はうめいた。

「似てるけど……藤ヶ谷さんじゃ……」

よく見れば肌が白く、短髪はうっすらグレイがかっている。藤ヶ谷よりも骨張っていて眼窩《がんか》が深く、なによりも——。

目が青い。

男の構えを見て、萌絵は目の前にいるのが熟練のボクサーだと気がついた。

萌絵の顔が険しくなった。

第四章　青い瞳のヘイロン

構えをとく気配はなかった。

男は再び固めた拳を顔の高さにあげて、軽く背を丸める。萌絵《もえ》の構えを見て武術経験者だとすぐに察したらしく、相手が女だからと手控える気は皆無のようだった。

無量《むりょう》はまだ立ち上がれない。よほど効いているのだろう。脇腹を押さえてうずくまっている無量に「逃げろ」とは言えない。

どうする？

相手は上背もあり、パワーもありそうなボクシングスタイルだ。リーチの差を埋めるには蹴《け》りしかないが、ボクサー相手に一番警戒しなければいけないのは機敏さだ。

頭を振りながら不気味に近づいてくる。萌絵は、じり、と無量をかばうように右にまわる。一瞬で距離をつめてきた。

ジャブを払い、肩が開いた隙間に縦拳《たてけん》を入れる。相手はかぶせるように右を合わせてきたが、萌絵は掌底打ちで突き飛ばした。ボクシングよりも速いジークンドーのカウンターだ。

蹴りで側頭部を狙った。会心の一撃だったが、相手のガードが鉄の壁のようでびくともしない。萌絵はぎょっとした。

速いコンビネーションも男は軽々とよけまくり、カミソリのようなカウンターを仕掛けてくる。まるで機械のような精密さで繰り出されてくる拳を、萌絵は受け流すので精一杯だ。あっというまに劣勢に追い込まれた。付け入る隙がなく得意の蹴りも出せない。文字通り手も足も出ない。

左フックの切れ味がありすぎる。まともにもらったら確実に一発ＫＯだ。

「くそ……っ」

動いたのは無量だ。

渾身《こんしん》の力で男の腰にしがみついた。だが、勢いよく振り払われてしまう。すかさず萌絵が飛び込んだ。アゴへの蹴りをノーガードでくらった男は地面に転がった。

シャッター音が響いた。

無量がスマホで男を撮ったのだ。

立て続けに連写した。男は顔を隠して脱兎《だっと》の如く逃げ出した。

「待て！　……うっ！」

萌絵たちの耳元を何かがかすめた。

背後のプレハブ小屋にへこみができている。矢が落ちている。

「うそでしょ」

　山林のほうから立て続けに矢が飛んでくる。萌絵と無量はプレハブに隠れた。そうこうするうちにバイク音が聞こえ、遠ざかっていってしまう。

「西原くん、怪我は!?」

「なんとか……」

　脇腹が内出血を起こしている。相手のボディーブローがまともに肝臓に入っていた。涙目になって耐えている。

「あいつ……っ。私の廻《まわ》し蹴りくらって倒れないなんて……」

「でも二発目で倒したじゃん……」

「あれはダメージ逃がすためにわざと転がっただけ。倒してない」

　会心のアタリが効かないなど、拳法《けんぽう》家には屈辱でしかない。でかい相手でも倒せる、速くて重い旋風脚は萌絵の必殺技なのだ。

「とりあえず顔はおさえた」

　無量のスマホには男の画像が残っている。多少手ぶれしているが、顔はわかる。

「藤ヶ谷《ふじがや》さんに似てたけど、別人だ……」

　明らかに色白で何より目の色が青みがかった灰色だった。カラーコンタクトにありがちな人工物感はなかった、というのが無量の印象だ。

「なら資料館のカメラに映ってたのは……」

　無量は萌絵と顔を見合わせてしまう。

遺物を盗んだのも、あの男だったのか？

＊

「大丈夫か、無量！」

忍《しのぶ》はホテルの部屋に戻るなり、荷物を放り投げて駆け寄ってきた。

無量はちょうど患部に湿布を貼り終えたところだった。

「いやあ……酷《ひど》い目に遭ったわ」

ボディーブローをくらってリングに沈むボクサーの気持ちを、身を以《もっ》て知ってしまった。

「もー最悪。冷や汗出るわ足に力入らないわ……」

経緯を聞いているうちに、忍の顔色がみるみる青白くなっていく。目が据わってしまっている。萌絵が慌てて、

「まずい。報復スイッチ入っちゃってる。相良《さがら》さん落ち着いて」

「どんなやつだ。誰にやられた！」

スマホを見せると、忍も最初は藤ヶ谷だと思ったらしい。背格好や顔立ちはよく似ているが、よく見れば肌と髪と目の色が違う。

「青というかグレイっていうのか、不思議な色してた。話し方も外国人っぽかったかな。

あんた誰って訊《き》いたら、ヘイロンって」

「ヘイロン……？　それが名前？」

萌絵には別の意味にとれるという。

「中国語で〝黒龍《こくりゅう》〟って意味なの。黒龍神社の話、覚えてます？」

能年《のうねん》が話していた九頭竜川の名の由来。黒龍大明神のことだ。

「俺がやつの前で〝龍の盃《さかずき》〟のこと口走ったら、知ってるのかって訊き返された。それから『おまえが九杯目か』『飲み干す前に失《う》せろ』って」

藤ヶ谷のメッセージにも通じるものがある。

「……埋文《まいぶん》から遺物を持ち出したのも多分あいつじゃないかな」

「藤ヶ谷さんじゃなく？　なら藤ヶ谷さんの安否は？」

振り出しに戻ってしまった。

無事発見はぬか喜びだったと知り、忍はうなだれた。

「だとしても、なんでヘイロンは藤ヶ谷さんとそっくりなんだ？　肌と髪と目の色以外は生き写しじゃないか」

藤ヶ谷はただの補償コンサルタントだ。たまたま青墓のある土地の買収を受け持つことになっただけで、何があるかすら知らなかったはず。

その藤ヶ谷によく似た男が絡んできたのは、本当にただの偶然か？

それとも自分たちが知らない何かが裏にあるのか。

「藤ヶ谷さんは……一体何者なんだ」

無量は「お手上げ」と肩をすくめた。

「けど藤ヶ谷さんとヘイロンが〝龍の盃〟で繋《つな》がってるのはわかった」

「それに仲間がいますよ。矢で射かけてきたんです」

萌絵が拾った矢を差し出した。

「弓道か……。誰にでも扱えるものじゃないな」

藤ヶ谷は「飲み干すな」と言った。

ヘイロンは「飲み干す前に失せろ」と言った。

飲み干す、とはどういう行為を指しているのか。

飲み干したなら、どうなるというのか。

そもそも何を飲み干すのか。

「しかも〝九杯目〟って言ってた。ジョッキなら結構な酒豪だね」

「その化石胎漆器は同じのがサハリンにもあったんでしょ？　同じ盃が九個あるって意味なんじゃ」

「やけに多くね？」

「もしくは〝九〟という数字自体に意味があるのかも。たとえば、九頭竜川。九つの頭を持つ龍と九つの盃……というのは八岐大蛇《やまたのおろち》を彷彿《ほうふつ》とさせないか」

出雲《いずも》神話の八岐大蛇は頭が八つ。スサノオの計略で、八つの頭に八つの酒樽《さかだる》をあてがい、酔っ払わせて寝入ったところを、首を切って退治した。

「酒樽のかわりが盃ってことですか」

「出雲も越前も同じ日本海側。似たような伝説が残っていても変じゃない」

「スサノオならぬ継体《けいたい》天皇の九頭竜退治……とか？」

残念ながら、そのような伝説は越前にはないようだ。

伝わっているのは、鹿殿集落の「蓮如《れんにょ》上人の龍退治」だが――。

「あっちは数珠《じゅず》で龍の首を絞めたんだよ。酔っ払わせたわけじゃない」

三人は考え込んでしまう。

萌絵の腹が鳴った。

「……とりあえず、なにか食べません？」

「そうだ。夕食買ってきたんだった。お茶をいれよう」

忍はソースカツバーガーと鯖寿司《さばずし》をふたりに配った。

「永倉《ながくら》さんのほうは、能年さんと藤ヶ谷さんの経歴は摑《つか》めた？」

「まだ途中ですけど、大まかに把握できてるところでは接点は見つかりませんでした」

能年の実家の寺は群馬にあり、藤ヶ谷は福岡出身だ。

学歴や仕事をざっと眺めても、ふたりに接点は見あたらない。娘の真子《まこ》によれば「幼稚園の年少組にいた頃、中華街」で会っているはずだが。

「ねえ、それってさ……」

無量がソースカツバーガーを頰張りながら言った。

「まさかと思うけど、真子が見たのはヘイロンのほうだった……ってのはない？」

萌絵は鯖寿司を口に入れたまま固まってしまった。

「あのそっくりさんのほうが能年さんの知り合いだったってこと？　……なら、能年氏の家を訪れたのは誰？　藤ヶ谷さんの車だったんでしょ？」

「埋文にいた車も似てたような」

「ああああ。もうどっちなの？　ややこしいなあ」

頭を抱えた萌絵に忍が湯飲みを差し出した。

「本人たちに接点がないなら、身内はどうかな」

はっと気づいた萌絵が慌ててタブレットを引っ張り出した。しきりに指を動かして何か探している。

「どうしたの？」

「能年さんの奥さん。そういえば、どこの出身だったかなって」

萌絵は「あっ」と小さく声をあげた。

「そうか。……能年さんの奥さんは福井のひとだったんだ」

実家は鯖江市にあり、県内の高校を出ている。能年は永平寺で修行していたので、その縁もあって移住したのかと思っていたが、妻の出身地だったからかもしれない。

「奥さんの名前は、美優《みゆ》さん。旧姓は安坂《あさか》。三年前に病気で亡くなってる」

「死別だったのか。若いのに気の毒な」

「あれ？　これもしかして……」

萌絵はタブレットを睨《にら》んで、思案している。

「もう少し時間くれます？　奥さんのほうから何か繋がるかもしれない」

「……この個人情報にうるさいご時世に大丈夫？」

「そこは鶴谷《つるや》師匠がついてるんで。相良さんのほうはその後、何かわかりました？」

忍は鹿殿地区の地歴について調べているところだった。今日は一日中、県立図書館にこもっていた。

「実は気になる史料を見つけたんだが、図書館では閲覧ができなかった。明日《あした》持ち主に連絡して可能なら直接見せてもらうつもりだ」

「私もお伴しましょうか」

〝龍の盃〟について嗅《か》ぎ回っているとヘイロンに知られたら、忍まで危険な目に遭うのでは、と心配している。

「無量は掘り当てた張本人だからマークされたんだろう。こっちまでは目が届かないはずだ。……もっとも、ヘイロンと能年さんが繋がってなければ、の話だが」

三人は沈黙してしまった。

今日のところは解散して休むことにした。

部屋に戻ろうとした萌絵を、廊下で無量が呼び止めた。

「なんか落ち込んでるみたいだけど、大丈夫？」

　無量には見抜かれていたようだ。萌絵はカラ元気を発揮して、

「はは。いや実はちょっとショックで。最近、自分の腕っぷしにうぬぼれてたのかなあ。……ああもガッツリ倒せないとは」

「もし次またあいつと出くわしても、倒そうなんて思うな。無視して逃げろ」

　萌絵は真顔になってしまった。

「……私じゃ勝てないから？」

「勝ち負けじゃない。いくらベンチプレスで鍛えてても、あんなパンチまともにもらったら、下手すりゃ死ぬぞ」

「でも発掘をやめるわけにはいかないでしょ。ヘイロンがまた襲ってきた時に私が立ち向かわなきゃ西原《さいばら》くんがやられちゃうよ！」

「それが無茶してるってことでしょ。闘うにしても相手を選べって言ってんの」

　無量は困った顔で頭をかいてから、萌絵の肩を掴んだ。

　萌絵は固まっていたが、突然、目から大粒の涙がボロッと落ちた。

「お……おい」

「ちがう。これはちがうからね。怖かったとかそういうんじゃないから。そんなこと言わせちゃう自分が、不甲斐《ふがい》ないだけだから」

　くやし涙をしきりに拳《こぶし》で拭《ぬぐ》う仕草が、子供のように見えたのだろう。

無量は溜息《ためいき》をつくと、力づけるようにその拳を両手で包みこんだ。

「俺、これでも結構打たれ強いから、意外にひ弱じゃないから」

「西原くん」

「負けず嫌いなのはわかるけど、むきになんのやめて。あんたの取り柄ももう腕っぷしだけじゃないでしょ。つか俺のせいで永倉が怪我すんの、困る」

「……え」

「こっちも守られてばっかじゃダサいし」

萌絵がぽかんと立ち尽くしていると、無量が手を放し、右手をあげた。ハイタッチを求めている。返すと、無量は満足して「また明日」と部屋に戻っていった。

くやし涙もひっこんでしまった。

思わず手を見た。

ぬくもりが残っている。

「これは反則だよ。西原くん」

無量にはああ言われたが。

ヘイロンの癖のある構えが妙に頭にこびりついていた。しなる鞭《むち》のような独特の左フックにもどこかで見覚えがある。……ような気がする。

人差し指と中指の付け根が枝豆のように膨らんでいた。年季の入った拳《けん》ダコだ。現役ボクサーなら年中、皮膚が赤むけになっているものだが、あの男の拳はそうでなかったから「元」ボクサーか。間違いなくプロ級、しかもランカークラスの腕だった。

拳は精密な軌道を描くくせに、さび付いたナイフを振り回すような目をしていた。

自分の拳に誇りを持てない者特有の、荒《すさ》んだ目が、脳裏から消えない。

*

ヘイロンを名乗った男に襲われたことは、翌日、織田《おだ》にも報告した。

「なんですぐ警察に通報しなかった。病院に行ってないのか」

織田は責任感が強い。その足で病院につれていかれ、念のため精密検査も受けたが、幸い内臓に損傷はなく、痛みがひくまで安静を言い渡されただけで済んだ。

付き添った織田も胸を撫《な》で下ろした。

発掘現場に戻る車中のことだった。

「……実は昨夜、知りあいの郷土史家が『よく似た石胎漆器の盃《さかずき》を見たことがある』と連絡をくれた」

「よく似た石胎漆器？　サハリンのとは別のっすか？」

「ああ。熊本のとある寺が所有してたという」

熊本？　と無量の声が裏返った。

「今度は九州っすか。また意外な場所から……」

てっきり三国湊から北海道をつなぐ「日本海航路」から出てくるものと思っていたので、意表をつかれた。まあ、海は繋《つな》がっているから、船で行けないところではないが。

「そのお寺はどういう寺なんです？」

「細川《ほそかわ》家にゆかりの寺だ」

「熊本藩の歴代藩主？」

「そう。もともとは細川家菩《ぼ》提寺《だいじ》に伝わってきたものだとか」

龍田山泰勝寺《りゅうでんさんたいしょうじ》。明治《めいじ》の廃仏毀釈で廃寺となり、いまは国史跡に指定されて立田《たつだ》自然公園の一角にある。

初代藩主・細川忠利《ただとし》が熊本藩細川家の祖・藤孝《ふじたか》の菩提を弔うため建立した寺院で、藤孝夫妻と二代・忠興《ただおき》夫妻の墓の「四つ御廟《ごびょう》」がある。

「廃寺になった折、当時の住職から細川家とつながりのある別の寺に預けられていたそうだ。『おたま盃《さかずき》』と呼ばれていると」

「龍《りゅう》じゃなく？」

把手《とって》がついているので「おたま」にもなるか、と無量が納得すると織田は笑い、

「その名の由来がわかる場所に、いまから寄ろう」

車は一乗谷には向かわず、山ひとつ越えた集落に向かった。駐車場に車を駐《と》めて民家の横の細道に入っていくと、畑の中に百葉箱ほどの大きさの祠《ほこら》が建っている。

「……〝あけっつぁま〟……？」

瓦葺《かわらぶ》きの小さな神社だ。

「この祠が〝あけっつぁま〟ですか。なんすか、〝あけっつぁま〟って」

「明智《あけち》様、のことだ。明智神社。明智光秀《みつひで》を祀《まつ》っている」

一乗谷の近くにはかつて朝倉《あさくら》氏に身を寄せた明智光秀も住んでいた、という話を無量は思いだした。その屋敷がここにあったらしい。

「ここに光秀が住んでたんすか！」

「この東大味《ひがしおおみ》という地区は、光秀が去った後、柴田《しばた》勝家《かついえ》が一向一揆を討つため兵を送り込もうとしたんだが、光秀がかつて世話になった近所の人たちを守るため、勝家に口添えしたのだろうな。おかげで戦禍を免れたので、その恩に報いようと、屋敷跡に住む人々がひっそりと光秀の木像を作って祀ったそうだ。それが〝あけっつぁま〟」

高さ十三センチほどの小さな座像だという。

祠の中にある座像を開帳するのは、光秀の命日とされる六月十三日だった。

「その〝あけっつぁま〟と『おたま盃』にはどういう……」

「明智光秀の三女がここで生まれた。名は、たま、という。後の細川ガラシャだ。細川忠興の妻」

無量の中でも、それらがきれいにつながった。

明智光秀の娘で細川忠興の妻。「ガラシャ」はたまの洗礼名だ。光秀が本能寺《ほんのうじ》の変で信長《のぶなが》を討ち、謀反人となったため、たまは一度は忠興から形の上では離縁される。謀反人の娘として幽閉され、後にキリスト教を信仰するようになった。豊臣秀吉《とよとみひでよし》の許しを得て再婚が叶《かな》ったが、関ヶ原《せきがはら》の戦いで西軍の石田三成《いしだみつなり》から人質に取られそうになったため、ガラシャはおつきの側女《そばめ》に自分を手に掛けるよう、命じたという。

「キリスト教では自害は禁じられているからな」

細川家の菩提寺にあった〝おたま盃〟は、そのガラシャの遺品として伝わっていたのだ。

「でも、ガラシャがなんで」

「ガラシャの遺品というよりも、父・光秀の遺品だったようだ。……実は『おたま盃』には、大変な秘密があったらしい」

「秘密？」

「その盃は、当時の天皇・正親町《おおぎまち》帝が明智光秀に与えたもので、その盃を飲み干した者は天下人の資格を得るという」

　ただならぬ「言い伝え」に無量も思わず姿勢を正した。

　どこかから沈丁花《じんちょうげ》の香りが漂ってくる。菜の花へとひらひら蝶《ちょう》が飛んでいくのを目で追って、織田は言った。

「実は信長が光秀を家臣らの前でひどく打擲《ちょうちゃく》したのは、天皇からの下賜疑惑に激怒したためだったのではないか。その疑惑のために身の危険を覚えた光秀は、先手を打って謀反を起こした……」

「まさかそれが本能寺の変のきっかけになったただなんていうんじゃ……」

「明智光秀は足利《あしかが》将軍家や朝廷への窓口として信長に重宝されていた。足利義昭《よしあき》とはこの一乗谷で縁ができたようだ。光秀は調停役として信頼されたようだから、信長を差し置いて帝《みかど》に気に入られた……なんてこともなかったとは言いきれない」

信長の子孫の口から言われると、やけに説得力がある。

「もしそこに〝天下人になれ〟というメッセージがこめられていたとしたら？」

「天皇からの名指し？　まさかそれが〝龍の盃〟の意味だっていうんじゃ」

中国では龍は「皇帝」の代名詞だ。つまり〝皇帝の盃〟だ。

〝皇帝の盃〟を飲み干す。

すなわち、天下人の証《あかし》を得る、ということではあるまいか。

うららかな春の陽差しが降り注ぐ。

本当のところどうだったんでしょうか、と訊《たず》ねるように織田は〝あけっつぁま〟に手を合わせた。

「言い伝えの真偽こそ定かでないが、だとしたら細川家が隠すように伝えてきたのもわかる気がする。万が一、秀吉にその盃の存在がバレたら、とんだとばっちりを受けただろう。だが、おたまは父の遺品を守り通した。父は帝から認められた天下人だった、と後世に伝え残したかったのかもしれん。謀反人の汚名をそそぐためにも」

無量はぼうぜんとした。

梅の枝で小鳥がさえずっている。

「……つまり、一乗谷から出た〝龍の盃〟も天皇から朝倉氏に下賜されたものだったっていうんですか」

「わからんが、そうだったら朝倉義景《よしかげ》も天下人指名を受けたってことになるぞ」

「そんなにひょいひょい指名しますかね」

「実はそれこそが、信長が一乗谷を攻め滅ぼした理由かもしれん。案外一番欲しがっていたのは信長だったりしてな」

織田が言うと、先祖の代弁のようだ。

「……かもしんないすけど、どっちかっつーと、俺は朝倉義景か足利義昭が帝に献上したんじゃないかと思います。恐竜化石が出るのはやっぱ福井っすから」

「ふむ。すると朝倉が献上したものが回り回って光秀の手にってことか？」

謎が謎を呼んで果てがない。

決定的な証拠もない。

「……ただ、それを聞いて思い出したことがある。実は私、若い頃に明智光秀の坂本《さかもと》城時代を調べてたことがあってね」

「は？　……信長じゃなくて、すか」

「個人的には光秀のほうが好きなんだ」

織田は顔を赤らめた。

「先祖を討った相手のことも知っておきたいじゃないか。……そのフィールドワーク中、坂本城下の民家で不思議な記録が出てきた。本能寺の変が起こる少し前、光秀が丹波《たんば》攻めの支度中に家臣へあてた書状だ」

「なんて書いてあったんすか」

「〝九頭竜の盃《さかずき》を集めて奉れ〟というものだ。坂本城のあった大津《おおつ》の三井寺《みいでら》には九頭竜を祀る霊泉があるから、戦水《いくさみず》に用いるため汲《く》んでこい、という意味だと思い込んで、今日いまこの時まで、すっかり忘れてたんだが」

戦国時代には出陣前に、神前に供えた水や霊泉などを各部隊の武将に分け与える習わしがあった。

「さっき、君から〝龍の盃〟の話を聞いて混線した。もしかして、あの時光秀が集めろと指示したのは、戦水ではなく盃のほう——複数ある化石胎漆器のことだったんじゃないかって」

無量は頭の中を急いで整理した。

「光秀は帝からもらった盃と同じものが、他にもあるって知ってたってことすか」

「想像をたくましくすれば、光秀は各地に散らばった〝龍の盃〟を回収しようとしていた。理由はわからん。帝の指示かもしれないし、独断かもしれない。……ヘイロンとかいうやつも〝九杯目〟がどうとかって君に迫ったんだろ？」

「つまり全ての〝龍の盃〟を回収することに何か意味があると？」

「少なくとも、一乗谷・サハリン・熊本、この三個は確実に存在していた」

写真も残っている。記録にもある。

「ちなみに熊本の『おたま盃』はいまどこに」

「あいにく、もうない」

「ない、とは？」

「戦時中の熊本空襲で寺が焼けて、それっきりらしい」

織田に情報を伝えた郷土史家は、古い図版で見たという。戦前の粗い写真だから、本当に同じものかは断定できないのだが。

「……。戦災で焼亡」

したとは限らない、と無量は思う。

おたま盃は「化石胎漆器」だ。化石とは生物の組織に鉱物の粒子が染みこんで、石化したもの。火災で焼けても石は残るからだ。

「そのヘイロンとかいう男の言動からすると、もしかして、そいつも〝龍《りゅう》の盃〟を回収しようとしてるんじゃないのか？　光秀のように」

織田の推測に、無量は昨日打たれた右脇腹がまたシクシクと痛み出した。

「回収してどうするんすか」

「〝飲み干す〟んだろ？　光秀のように」

織田は猪口《ちょこ》を傾ける仕草をした。

「飲み干して、どうするんです？」

「さあ。それは」

「藤ヶ谷さんは俺に〝飲み干すな〟っていったんすよ。なんなんすか〝飲み干す〟って。飲み干したらどうなるんすか⁉」

「天下人になる」

　無量はうなだれた。

「総理大臣にでもなるっていうんすか？」

「総理じゃ不満か」

「俺が飲んでも三日天下が関の山でしょ」

　おっと、と織田は人差し指をたてた。

「その言葉はここでは禁句だ」

　祠《ほこら》の中から〝あけっつぁま〟の視線を感じた無量は口をおさえ、非礼を詫《わ》びた。頭をあげると紙垂《しで》が風に揺れている。

「……光秀さんは〝飲み干した〟んすかね。〝龍の盃〟」

　そうなのだとしたら、どんな思いだったのだろう。

　どういう覚悟で〝飲み干した〟のだろう。

　旅行者らしきグループがやってきて、にぎやかになってきた。ふたりはその場をあとにした。

車は「朝倉街道」と名の付く林道を越えて、一乗谷の現場に戻った。

細谷《ほそや》たちが宝篋印塔《ほうきょういんとう》の拓本をとりおえたところだった。

「龍の墓」かもしれない石塔の正体がわかるはずだ。

「どうだ。うまくとれたか」

「はい。三面分。なんとか正面の銘文もとれました」

横から倒してあったのが幸いした。もし真後ろから倒していたら、重い石をクレーンでつるして引き揚げなければ読めなかっただろう。

プレハブに入り、さっそく写し取ったものを繋《つな》ぎ合わせてみた。でこぼこした表面に刻まれた銘文は摩耗もあってか、だいぶ読みにくい。

「基礎部分です。物故者の戒名や命日などに関する銘文は大体ここに刻まれます」

細谷が判読を始めた。

「この連子窓のように彫られた部分、左右の文字が『永禄《えいろく》十一年』『六月廿五《にじゅうご》日』と読めそうですね。ただ戒名が入る中央部分だけ、やけに削れている。……鑿《のみ》の跡ですね。わざと削ったのかも」

織田もルーペを近づけて判読に挑んだ。

「……下の部分の残欠は『童子』と読めそうだ」

「子供っすか？」

もし「龍の墓」ならば、それが龍の戒名か？

「ふつうに人間の墓だと思うぞ」

「でも中に入ってたのは、龍の骨ですよね」

「宝篋印塔にするくらいだから朝倉一族のひとりかもしれん。なあ細谷君。永禄十一年って確か」

「はい。足利義昭が一乗谷で元服した年ですね。それが四月」

織田は身を乗り出して拓本の文字を指でなぞった。

「六月というと……待てよ。まさか！」

「六月二十五日。そうだ。朝倉義景の長男・阿君丸《くまぎみまる》が死んだ日にちじゃないか！」

細谷はギョッとして、無量も「まさか」と声をあげた。

織田は確認するためにスマホで検索をかけた。

「……やっぱりな。朝倉義景の跡取り息子が死んだ日だ」

阿君丸《くまぎみまる》。享年七歳。

　義景が溺愛《できあい》した嫡男だった。その急死に激しいショックを受けた義景は、心身ともに弱り果ててしまい、そのせいで足利義昭にも見限られて織田信長のもとへと去られてしまった。その信長は後に義昭を奉じて上洛《じょうらく》し、義昭は将軍の座につくのだ。

「本来なら朝倉義景がその役目を全《まっと》うするはずだった。そうしていれば、それこそ義昭のそばで天下を取れたかも知れない。信長のように。……阿君丸《くまぎみまる》の死が朝倉義景の運命を狂わせたと言ってもいい」

「毒殺だったんじゃないかとも言われてるんですよね」

一族内での抗争があったという。

「朝倉義景も最期はいとこに裏切られて死んでいるからな……」

「つまり、あの宝篋印塔は阿君丸《くまぎみまる》の墓だったんすか」

織田は「ああ」と険しい顔をしている。

「その可能性が高いな」

「毒殺された嫡男の……墓」

無量も立ち尽くしている。

細谷が「しかし」と口をはさみ、

「なぜあんなところにあったんでしょう？　本来なら朝倉家の菩提寺《ぼだいじ》である心月寺《しんげつじ》にあるのでは」

「うん。毒殺された子だからなあ。普通の扱いができなかったのかもしれん」

「つまり〝龍の盃〟は副葬品だったってことですか」

「だがそういうことなら納得もできる。非業の死を遂げた我が子の霊を慰めるための、鎮魂の盃ってところか」

その墓を倒して埋めたのは、後に一乗谷に攻め入った織田軍だろう。わざわざ戒名を削ってから倒すとは容赦ない。

「龍の墓」の正体は、朝倉義景の子・阿君丸《くまぎみまる》の墓。

だとすれば施主は父である義景だろう。〝龍の盃《さかずき》〟は義景の所有物だったにちがいない。

「ヘイロンはそれも知ってて盗んだんすかね」

きっと知っていたのだろう。なにかで。

なにで？

無量は拓本に浮き出た笏谷石の粗い表面をじっと睨《にら》んでいる。

だが、菩提を弔う墓なのに、この墓には仏を刻むべき場所に、仏がいない。

一乗谷の宝篋印塔は阿君丸《くまぎみまる》の墓。

ではそれと同じ意匠が刻まれた青墓の宝篋印塔は？

無縁仏の供養塔といわれるものが、朝倉氏の嫡男と同じである理由は？

やはり朝倉氏の縁者の墓なのだろうか。

それとも——。

*

「えー……と、ここが四《し》番《ばん》通りと七間《しちけん》通りの交差点だから、まだ先か……」

この日、忍がやってきたのは大野の城下町だった。

地図を片手に駐車場から歩いてきた。

鹿殿集落の歴史を調べていた忍だ。県立図書館で見つけた書籍で「九頭竜川上流の村落について書かれた江戸時代の記録」が存在すると知り、その史料の持ち主に会うため、大野にやってきた。

昔ながらの美しい町並みが残っている。

先日訪れた時は夜だったが、昼間のからりとした陽のもとで見る通りは、ちょっとそぞろ歩きしたくなるような味わいがある。

武家屋敷の白い塀が春の陽光を柔らかく受け止めている。

この地に城を築き、碁盤目状の町を作り上げたのは、金森長近《かなもりながちか》という武将だ。

織田信長の近侍だった。

吉法師《きっぽうし》と呼ばれていた八歳の信長の付き人となった時、長近は十八歳だった。

「尾《お》張《わり》の大うつけのお世話役か。さぞかし手を焼いただろうなあ……」

朝倉が滅亡したあと、信長にこの地を任された。

本能寺の変のあとは柴田勝家についた長近だが、秀吉に許され、その後も何かと重宝されたらしい。秀吉からすれば主君・信長のお世話役だった大先輩だ。晩年は穏やかだったようで、古田織部《ふるたおりべ》ら文化人とも交流し、茶の湯や蹴鞠《けまり》に興じて、秀吉や家康《いえやす》を屋敷に招くこともあったという。

「戦国を生ききって悠々と隠居か。武将としては満足な人生だったかもな」

広い道の真ん中に木造の建屋が見えてきた。その下が湧水の水路になっていて、清流が流れている。立ち話をしているご婦人方に、忍は「すみません」と声をかけた。

「道を尋ねたいのですが」

「あら。イケメンさんから声かけられてしもたよ」

割烹着《かっぽうぎ》のご婦人方は歓声をあげて華やいだ。

「こちらのおうちは、この通りで合ってますか？」

メモを見せると、ご婦人方は道の先を指さした。

「あちらの三軒先を右に折れると、格子戸のある大きなお屋敷が建ってるさけ、その先を曲がって……」

入り組んだ道を丁寧に教えてくれた。

歩いていくと、目に飛び込んできたのは「朝倉義景墓所」という看板だ。

「そうか。大野で亡くなったんだっけ」

義景は織田が攻めてくる前に一乗谷から逃れ、この大野の寺に身を寄せていたようだ。だが、いとこである朝倉景鏡《かげあきら》の謀反に遭い、この地で自刃している。

素通りするのが忍びなく、参拝することにした。

苔《こけ》むした五輪塔が義景の墓だ。

後ろには主君の後を追って自害した重臣の墓もある。後世建てられたという義景の母と妻、次男の愛王丸《あいおうまる》の墓もあった。

杉の大木に囲まれた静かな墓地だ。

一乗谷の栄華も炎の中に潰《つい》えた。世が世なら、足利将軍を奉じて信長のかわりに天下も握れたかもしれない男だ。

「本人がそれを望んだかどうかは、別か……」

野心をみなぎらせてのしあがるよりも、越前の風光明媚《めいび》な「都」で心豊かに暮らすことを望んだかもしれず。

文弱と優柔不断を歴史家は指摘するが、少し酷だと忍は思う。越前は豊かだが舵取《かじと》りの難しい地でもあった。

義景を滅ぼした信長も、義景とまるで似たシチュエーションで、腹心に寺を囲まれ謀反に死す、とは皮肉だ。

あれだけ力をもった越前朝倉氏でさえ、瞬《またた》く間に滅んでしまったのだ。なんて過酷な時代だ。戦国の世のめまぐるしいまでの栄枯盛衰を想い、忍は墓に手を合わせた。

「おっと……。もうこんな時間か。行かないと」

目指す家は、墓所の近くで和菓子屋を営んでいた。

風格のある白壁の町屋だ。店先を覆うように張り出した瓦葺《かわらぶ》きの下屋《げや》庇《びさし》に、年季の入った重厚な看板がのっている。

迎えてくれたのは、髪をひとつ結びにした二十代とみえる小柄な女性だ。

「高橋《たかはし》さんでいらっしゃいますか。本日お約束しました相良と申します」

「はい。母より聞いております」

どうぞ中へ、と通された。

古文書の所有者である「高橋冬子《ふゆこ》」は老舗《しにせ》和菓子屋の店主だった。奥は広く鴨居が低くて、昼間でも薄暗いため、灯《あか》りがついている。客間からは中庭が見渡せ、よく手入れされた植木の中に笏谷石の灯籠《とうろう》が佇《たたず》んでいる。

「築百五十年だそうです。先祖は武家でしたが、明治の頃、和菓子屋を始めました」

忍は店の名物「きんつば」でもてなされた。

「お店のほうはいいんですか？」

「今日は臨時休業なんです。餡《あん》を練る機械が故障してしまって」

頬がふっくらとして、雪国のひとらしく透き通るような肌をしている。ひな人形のような顔立ちだと忍が見つめていると、頬を染めてうつむいた。

茶菓子を食べ終わった頃、高橋冬子が現れた。

老舗和菓子屋の主《あるじ》らしく古風な雰囲気をまとう、穏やかな顔立ちの中年女性だ。歳月が染みこんだ鴨居や柱に溶け込んだような佇まいで、ふくよかな白い指は和菓子職人の繊細な仕事を思わせた。

「お忙しいところ、お時間をいただき、ありがとうございます」

「旧和泉村の歴史を調べておられるとか」

はい、と忍は答えた。

「九頭竜湖の近くの鹿殿という集落なのですが、江戸時代の様子を記した史料がなかなか見つからず困ってました。大野藩の藩政史料にも村名が見当たらなかったもので」

「実は石徹白《いとしろ》川沿いのあの一帯だけ大野藩ではないんですよ。美濃の郡上《ぐじょう》藩に属していました」

「美濃？　越前なのに郡上藩だったんですか？」

忍は「やってしまった」と顔を覆った。どうりで見つからないわけだ。

「詳細な藩政史料が必要なら郡上でお探しになったほうがよいでしょう。こちらが当家の史料です」

高橋が差し出したのは一冊の本だ。表紙に「奥越古談」とある。江戸期にまとめられた本だった。忍は飲み干した茶碗《ちゃわん》を座卓の端において、受け取った。

「ありがとうございます。拝見します」

「お役に立てれば幸いです」

「ところでご先祖は武家だったと娘さんから聞きました。大野藩の家臣でいらしたんですか」

「はい。大野藩は幕末の頃、大野屋という藩直営の商社のようなものを始めましてね」

高橋はたおやかに語った。

「日本各地に大野屋というお店を出して、大野産の煙草や生糸などを売っておりました。今で言う全国展開のチェーン店ですわね」

ほほ、と笑うと、娘とそっくりな目元が糸のように細くなった。

「その大野屋チェーンを取り仕切った御方が、内山良休《うちやまりょうきゅう》という藩士でした。我が高橋家の先祖は、良休様のもとで働いておりました」

「藩士が自ら経営したんですか」

「はい。武士ながらそろばんの達者な方やったとか。大野藩は山に囲まれた盆地にあるにもかかわらず、大野丸という商船も持っとったんですよ」

　地産の商品をのせて全国の大野屋に運んだという。

「良休様は、今でいう九頭竜湖のあたり……穴馬郷にあった面谷《おもだに》鉱山で取れた銅なども大野屋で売って、大変な利益をあげたそうです」

　そういえば、能年も言っていた。九頭竜湖周辺は昔、鉱山で賑《にぎ》わっていたと。

「明治時代になって経営権が三菱《みつびし》財閥にわたると、面谷はさらに賑わったそうですよ。あちらは自家発電ができたので、大野の街にまだ電気も電話も通ってなかった頃から、夜が明るかったとか。『面谷銀座《ぎんざ》』とも呼ばれたそうです。三千人が暮らして劇場まであったくらいですから、当時は最先端の街だったのでしょうね」

　今はひたすら山深く、ひっそりとしているように見えたから、夜が明るく賑やかというのが想像できない。

「……そうですわね。鉱山も全て閉山し、それに加えて九頭竜ダムができたおかげでたくさんの村や集落が沈んでしまいましたから」

　高橋はしみじみと言って、中庭のほうを見た。

　高橋家の先祖はその内山良休という藩士のもとで鉱山経営に携わっていたという。鹿殿に関する記録が残っていたのは、そのためらしい。

「どうぞごゆっくりご覧になっていってください。何かございましたら、娘に声をかけてくだされば」

「はい。ありがとうございます」

高橋は奥へと去っていった。

見送った忍は中庭にある灯籠を眺めた。よく見れば、そばにあるつくばいも笏谷石だ。このあたりでは地元の笏谷石が当たり前に使われているようだ。

その庭の中央がこんもりと盛り上がっている。そのてっぺんにずいぶん小振りの石塔が置かれている。

忍の目が鋭くなった。

「……宝篋印塔？」

まさか、と思い、思わず塔身の彫刻を確かめようとして立ち上がりかけた時だった。

背後の障子がぱんと音を立てて開いた。驚いて振り返った忍は、そこに立つ男を見て目を瞠《みは》った。

「え……？」

藤ヶ谷……によく似た顔立ちをしているが、肌が白く瞳《ひとみ》が青い。

咄嗟《とっさ》に立ち上がろうとした忍は、がくん、と膝《ひざ》をついた。足がしびれたわけでもないのに下肢に力が入らない。これは。

「どういうことだ……」

膝をついたまま、忍は目の前の男を睨《にら》みつけた。無量が撮った画像で見た男だ。

「……ヘイロン……。なぜ、ここに」

いつのまにか男の後ろには高橋冬子が佇んでいる。

「このひとに間違いありませんか」

はい、と冬子の背後から別の男の声が聞こえた。

「間違いありません。青墓を探りに来たのはこのひとです」

障子の陰から冷ややかな目をした男が現れた。忍は息を呑《の》んだ。

「能年さん……」

ヘイロンが刃物を忍へと突きつける。いかにも業物《わざもの》めいた光り方をする短刀だ。

「どういうことですか。能年さん。これは」

喉元《のどもと》にあてがわれた刃に、忍は焦りを隠せない。

「君たちが龍《りゅう》の尾を踏んだからだよ」

能年は別人のように冷たい顔をしている。

「君に会ってみたいと仰《おっしゃ》っている方がいる。おとなしくついて来てもらおう」

第五章　金獅子は死なず

「西原《さいばら》くん、今日も一日お疲れ様。成果はどうだったかしら？」

後片付けの始まった発掘現場に車で現れたのは、コンバットブーツに全身迷彩服で固めたサングラスの女だった。作業員は目が点になったが、無量《むりょう》は動じなかった。

「あのさ。強面《こわもて》に見せたいのかもしんないけど、方向性間違えてるから。それ、ただの演習場帰りのひとだから」

「やっぱ軽ワゴンじゃだめか……。装甲車でないと」

「おやおや、永倉《ながくら》さんじゃないか。今日は一日国防に励んできたのかな」

織田《おだ》がやってきたので萌《も》絵《え》は自衛隊風に敬礼した。

「国防じゃありません。ボディーガードです」

「ボディーガードといえば、私のイメージでは黒服なんだが、それってもしかして時代遅れなのかな？」

「そういうのも求めてないすから。永倉もふつーでいいから。ふつーで」

ヘイロンの再襲撃を警戒していた無量たちだが、一日無事に作業を終えられて、胸を撫《な》で下ろしている。迎えに来た萌絵も、埋められていた宝篋印塔《ほうきょういんとう》の正体を知り、驚いた。

「朝倉義景《あさくらよしかげ》の子・阿君丸《くまぎみまる》って、確か足利義昭《あしかがよしあき》が一乗谷に身を寄せている間に暗殺されたと言われてる子ですよね？」

　萌絵は肩を落とした。

「そうですか。恐竜の墓じゃなかったんですね……。でも。ということは青墓も朝倉一族の？」

「いや、だいぶ山奥だぞ。鹿殿というと昔、穴馬《あなま》郷と呼ばれてたあたりだろ？　一向一揆の砦《とりで》があって織田と戦ったとは聞くが、朝倉と縁があったかどうか」

織田が横から口をはさむと、無量も「そうなんすよね」と首をひねった。

「しかも忌み場にされるほどの、となると……」

そこへ細谷《ほそや》が息せき切って駆けてきた。

「ああ、間に合った。西原くん。もう帰ったかと思ったよ」

「どうしたんすか」

「例のサハリンの化石胎漆器。見つかった場所の詳細がわかったんだ」

無量たちは思わず前のめりになった。細谷も興奮しながら、

「ウショロだ。大野藩の会所があった跡地だったんだよ！」

は？　と無量は訊《き》き返した。

「……すいません。意味がわからないんすけど」

「だから大野藩の会所があった場所だったんだよ。すごいことじゃないか」

「サハリンですよね。なんでそんなところに大野藩の施設があるんすか」

「蝦夷《えぞ》地開拓だ」

　と答えたのは織田だった。

「大野藩は幕末、北蝦夷地――後の樺太、サハリンの開拓をしたんだ」

　これには無量と萌絵も数瞬固まって、思わず「ええっ！」と声をあげた。

「大野藩ってお隣の町の大野のことですよね。確か四万石かそこらの可愛らしい藩がサハリンまで行って開拓したっていうんですか！」

「大野藩を馬鹿にするな。殿様はかつて老中まで上り詰めた、あの土井《どい》家だぞ」

「いや馬鹿にはしてないすけど、なんでまた」

　幕末の大野藩は世情に対していたく明敏だった。藩校明倫館《めいりんかん》をたてて、漢学・洋学区別なく学べる場所にして、よそからの留学生も分け隔てなく受け容《い》れたという。洋医学を取り入れて種痘（天然痘ワクチンの予防接種のこと）を実施したり、西洋砲術を取り入れたりと「攻め」の姿勢が顕著だったのは、ひとえに若き藩主・土井利忠《としただ》と彼を育てた土井宗家（古河《こが》藩）の人々の影響だ。

　積極的な人材育成と人材登用。そして「学びを実社会で実践する」ことをモットーとした明倫館精神は、大野屋チェーンを生みだし、さらには蝦夷地開拓にまで乗り出すことになった。

無量は、ぽかーんとしている。

「龍馬《りようま》たちが蝦夷地開拓に本気だったって話は聞きますけど、大野藩はなんぼも先に実行しちゃってたんすね」

「元々は幕府が言い出したことだ。蝦夷地開拓したい藩を公募して、それに大野藩が食いついた」

小藩とも思えぬ凄《すさ》まじい意欲だ。やるやる！と手をあげたのは明倫館が育てた若い藩士たちだったというところにまさに時代の熱気がある。藩校での学びから得た「学即実践」の姿勢が藩士たちを行動に駆り立てた。

「その目標は、第一に国防と移住だったが、鉱山開発や漁業開発、それに加えて物産取引をしようと思い立ったのは、大野屋をつくった大野藩らしい発想だな」

先頭に立ったのが、内山良休《うちやまりようきゆう》・隆佐《りゆうすけ》兄弟だ。

実際に北海道へと赴き「探検」してみて「外国の脅威」を肌で感じた。

「たくさんのロシア船をナマで見て、やばいぞやばいぞ、ってなったんすね。まさに幕末ですね」

ただ幕府には「たかが四万石の小藩に何ができるものか」と申し出を無視された。

そこには蝦夷地での権益をひとりじめする大商人たちの壁が立ちはだかってもいた。

大野藩はあきらめず、ならば、と今度は北蝦夷地（サハリン／樺太）の開拓を申し出たところ、これが通ったという。

「豪雪地帯で寒さに強い大野人ならやり遂げられる、そう信じたんだな」

「それで樺太まで乗り込んだんですか」

「悪戦苦闘、苦節十年。途中で弱音を吐いて幕府に叱られたりもした。そうこうするうちに幕府が倒れた」

　へとへとになって明治二年、ようやくプロジェクトを終わらせて、大野に引き揚げた。大野藩のがんばりは、その後の明治政府の樺太開発へとつながっていく。

「やっぱり幕末ってアツイっすね」

「幕末の福井というと松平春嶽《まつだいらしゅんがく》の越前福井藩が真っ先に浮かぶが、知名度こそ高くはないものの、大野藩ほど尊皇攘夷《じょうい》とは別のところでアグレッシブだった藩も珍しいかもな」

　つまり、と萌絵が話を戻した。

「化石胎漆器が出たそのウショロという土地には、大野藩の開拓拠点があったんですね」

「はい。まちがいありません」

「つまりサハリンの化石胎漆器は、大野藩士が持ち込んだ可能性が高いと」

いや、まだわからんぞ。と織田が横槍《よこやり》を入れた。

「大野藩の開拓部隊が持ち帰ったサハリンの恐竜化石で明治期に一連の盃《さかずき》を作った可能性もゼロではない。〝龍の盃〟シリーズの制作時期を一度検証してみなければ。そのためには」

「まずは阿君丸《くまぎみまる》の宝篋印塔が埋められた時期から確認する……ですね」

一同は揃って宝篋印塔を出したトレンチに注目した。

無量はトレンチに潜り、指さし確認するように土層をなぞった。

「宝篋印塔を埋めた土坑の立ち上がりは、朝倉時代の遺物包含層っすね。その上を焼土層が覆ってるんで、織田に攻められて焼かれたときの焼土層だとすれば、ほぼ間違いなく、その前に埋められたものと確認できます」

「ということは」

「やっぱり、少なくとも、ここで出土した化石胎漆器の制作年代は、戦国時代以前。朝倉の時代には存在してたとみて間違いないでしょう」

だとすれば熊本の〝おたま盃〟の伝承も信憑性《しんぴょうせい》が高まる。

「サハリンの恐竜漆器も戦国時代のメイドイン福井の可能性がより高まった。後世、似せて作らせた可能性も全く否定はできないが、恐竜化石の希少性を鑑《かんが》みるに、やはり大野藩の誰かが持ち込んだとみて間違いなさそうだ」

サハリンに乗り込んだ藩士たちの名は、全員記録に残っている。その中の誰かが持っていったのは確実だ。

「けど、何のために？」

その理由がわからない。

もうひとつ報告が、と細谷が言った。

「実はサハリンの化石胎漆器、実物が見つからないそうです」

「なんだと？　そっちも『幻の器』なのか？」

所有者が曖昧《あいまい》で、博物館の記録にはあるものの、実物は所在不明だという。

「細川《ほそかわ》ガラシャの『おたま盃』も行方不明。サハリンのも行方不明か。ますますきな臭くなってきたぞ」

織田の見立て通り、やはり誰かが回収してまわっているのだろうか。

無量の脳裏にはヘイロンの青白い顔が浮かんでいた。

――飲み干す前に失《う》せろ。

現場を閉める時間になった。

無量たちはホテルに戻る。帰りの車中で、萌絵に調査の進み具合を訊《たず》ねると「照会先の返事待ち」と答えが返ってきた。

「さすがに個人情報の壁が厚くてですね……。鶴谷《つるや》さんにアドバイスもらってなんとか」

そもそも業務の範疇《はんちゅう》を超えている。

「所長にも報告してるんだけど、ひとは行方不明になるわ遺物は盗まれるわ、不穏すぎるから試掘が終わったら警察に任せてさっさと引き揚げろって」

「まあ、そうなるわな」

深入りしないほうがいい流れなのだ。無量たちは探偵ではない。

じっと右手を見つめる。

取り上げた時の奇妙な熱がまだ掌《てのひら》に残っている。

ただの遺物ではない。生き物の体の一部だ。なんともいえない触り心地だった。

コロラドで発掘していた時の感覚だ。岩石が剝《む》き出しになった渓谷に、遥《はる》か太古の生き物の気配がしていた。同じ気配をこの土地には感じる。

地の底から声が聞こえてくる。私はここにいる、ここにいるぞ、と。

あの恐竜の椎骨《ついこつ》を手にした時も聞こえた気がした。私を集めてくれ。私の全てを集めて、もう一度、地上に立ちたい。

「集めてくれ……か」

動物化石は訴えてくる。剝き出しの声だ。遺物には人の念が染みこんでいるが、化石には魂がこびりついている。そんな気がする。骨に肉片がこびりつくように。

あの化石胎漆器は遺跡から出土した遺物ではあるが、無量からすれば「化石は化石」だ。あれは生き物の一部だ。手にしていると、全ての骨を集めて復元してみたくなる。その恐竜の全貌《ぜんぼう》を見たくなる。

――集めて、奉れ……。

明智《あけち》光秀《みつひで》の書状にどんな意味が込められていたのかはわからない。

だが、その全ての椎骨を集めて龍《りゅう》を――恐竜を復元しろ、と言われた気がしたのは、自分が化石発掘師だからだろうか。

――君は何もかも中途半端じゃないか！

だったら、中途半端でない関わり方とは、なんなんだ。

どうあれば、中途半端と言われなくなるのか。

反対車線には帰宅する車が連なっている。足羽川《あすわ》も黄昏《たそがれ》に包まれている。

萌絵も考え事をしているのか、話しかけてこない。

無量はいつしか無口になっていた。

*

忍《しのぶ》が目を覚ましたのは、板敷きの暗い部屋だった。

まるで初めからそこで寝入っていたかのように行儀良く掛け布団もかけられていた。身を起こして周囲の状況を確認すると、うなだれて顔を覆った。

「……やられた」

高橋《たかはし》家にヘイロンと能年《のうねん》が現れた後、車に乗せられた。移動中に猛烈な眠気が襲ってきてそのまま昏睡《こんすい》していたようだ。茶か茶菓子に何か仕込まれていたにちがいない。油断したと思ったが、史料を求めて訪れた先で薬を盛られるなんて、誰が予想できただろう。

部屋には窓がなく、白壁に囲まれている。

「まさか、また土蔵監禁されたんじゃ……」

土蔵と水牢《みずろう》には多少トラウマがある。その部屋は戸襖《とぶすま》で仕切られていて、隅に木箱が重ねられている。

「スマホは……取られたか」

いったいどこに連れてこられたのだろう。

と、そのとき。戸襖がすらりと開いて男が入ってきた。

藤ヶ《ふじが》谷《や》にそっくりな銀髪の男だ。

「なんだ。起きていたのか」

「……おまえがヘイロンか」

忍の目にたちまち怒りがこもった。

「昨日はよくもうちのエース発掘員《ディガー》を痛い目に遭わせてくれたな」

「あの女用心棒はなかなか手強《てごわ》かった。君にまで一暴れされては困ると思ったのでね。念のため、眠気を誘う茶でもてなした。不作法は謝る」

「俺に謝らなくてもいい。だが無量がくらったボディーブローの倍返しはきっちりさせてもらうからな」

忍は青白い顔に古い鬼面のような殺気を漂わせる。ヘイロンも、女用心棒よりもヤバイのはこっちのほうだったと本能的に気づいたのか。警戒をあらわにした。

戸襖の向こうから話し声が聞こえてきた。

忍はそちらにじっと耳を澄ませた。

「誰がいる？」

ヘイロンは、こちらに来るよう、忍を促した。

　隣は畳敷きの広い座敷だった。中央の壁には阿弥陀如来の絵像、両脇には「南無阿弥《なむあみ》陀佛《だぶつ》」の六字名号と「南無不可思議光如来《なむふかしぎこうにょらい》」の九字名号を記した軸が掛けられている。その前には輪灯などの仏具が置かれてある。鹿殿の道場に似ている。

　ここもどこかの道場か？

　奥の部屋には囲炉裏が切ってあり、三人の男女の姿がある。

「ようやくお目覚めかしら。探偵さん」

　高橋冬子《ふゆこ》と能年照雄《てるお》。その隣にいるもうひとりは、初めて見る顔だ。顎髭《あごひげ》を生やした七十代とみられるやせ形の男だ。剃髪《ていはつ》していて和服を着こなし、まるで僧侶《そうりょ》のようだ。

「探偵ではありませんがね……」

　忍は目が据わっている。能年を睨《にら》んでいる。

「まさか本当にあなたとヘイロンが繋《つな》がっていたとはね。能年さん」

　能年は微笑で受け止めた。

「君たちが鹿殿に迷い込んだふりをして青墓を探りにきたのは、藤ヶ谷氏という補償コンサルタントに頼まれたからだったんだね」

「藤ヶ谷氏はどこだ。彼の消息を知っているんだろう」

「あいにくだが、相良《さがら》くん。今ここで君が話すべき相手は僕ではない」

　能年が促したのは、剃髪した和服の男のほうだった。

「……。僕に会いたいと言っていたのは、あなたですか」

囲炉裏には薪がくべてある。時折、火に薪が弾《はじ》ける音がする。煙が天井にのぼっていく。和服の男は煙越しにじっと忍を見つめている。

「あなたがたは何者です」

和服の男は低い声で答えた。

「私はこの者たちのまとめ役で〝蘇龍斎《そりゅうさい》〟と申します」

「まとめ役？　これは一体なんの集まりなんです」

「我々は『蘇龍講』を営む者」

忍は目を瞠《みは》った。——そりゅうこう……？

講というのは同じひとつの目的をもつ者たちが集まってできた結社のことだ。

古くからあるもので、それが信仰である場合は、神仏や御神体、神社仏閣の名をつけて呼ばれた。「伊勢《いせ》講」「御嶽《おんたけ》講」「富士《ふじ》講」などがそれだ。もともとは仏教の講話を聞いたりするための会合を指し、浄土真宗の道場も「講」の一種と言えるが、ここにいる者たちの「蘇龍講」は忍も聞いたことがない。初めて耳にする「講」だ。

「蘇《よみがえ》る龍の講と書いて蘇龍講。我々は、龍を蘇らせるために〝龍の盃《さかずき》〟を守り続けた者たちの子孫である」

「龍を蘇らせるために……？」

まるで龍という生き物が存在しているかのような口ぶりだ。

「〝龍の盃〟とは、奥越の山奥で見つかった龍の骨で作られた器のこと。我らが仕えてきた主人は、龍骨発見の報《しら》せを受け、これを天下の吉兆と喜んだ。献上された九個の龍骨で九盃の漆盃を作らせた。それが〝龍の盃〟――〝九頭竜《くずりゅう》の盃〟だ」

「九頭竜の……さかずき」

「代々、その九盃を以《もっ》て儀式を執り行い、九頭竜川の神に酒を捧《ささ》げて治水を願い、越前国の平穏を祈った。その聖なる盃を守り伝えるのが我らの役目」

高橋冬子もヘイロンも能年も、その秘密講の一員だったというのか。

「〝龍の盃〟は一番小さいものから〝一之盃《いちのはい》〟〝二之盃〟……と数がふられている。ここにいる者たちは皆、そのどれかの主《あるじ》なのだ」

忍は思わず全員の顔を見まわした。高橋冬子が挙手して、

「私は〝五之盃〟の主」

続けてヘイロンが挙手し、

「私は〝七之盃〟」

「僕は〝三之盃〟」

と言ったのは能年だった。最後に蘇龍斎が、

「私は〝二之盃〟〝四之盃〟〝六之盃〟〝八之盃〟の主」

「あなただけ四つも持っているのはなぜですか」

「様々な理由で主を降りた者もいる。主のいなくなった盃は回収して、蘇龍斎《そりゅうさい》を務める

この私が管理している」

　忍は指を折って数えた。

「〝一之盃〟と〝九之盃〟がない」

「〝九之盃〟は……つい先日、一乗谷から見つかった」

「一乗谷？　それは無量が出土させたあの〝龍の盃〟のことですか！」

　蘇龍斎はうなずいた。

「一番大きな龍骨でできているはず」

　ばかな、と忍は口走った。

「あの盃は確かに生き物の椎骨《ついこつ》でできているが、リュウはリュウでも恐竜です。恐竜の椎骨化石を加工した化石胎漆器だ。恐竜の骨格標本を復元しようとでもいうんですか」

　蘇龍斎は高橋たちと顔を見合わせた。

「恐竜化石……。それが龍骨の正体だと？」

「あれはフクイティタン・ニッポネンシス。手取層から出てきた竜脚類の尾の骨だというのが、専門家の見立てです」

「西原無量」

　能年が神妙な顔つきになって呟《つぶや》いた。

「まさか彼があの西原無量だったとはね……」

「無量のことを知っていたんですか」

「名前ぐらいはね。恐竜研究の世界で西原無量の名を知らない者は、よほどの不勉強か、化石蒐集《しゅうしゅう》家を名乗るだけのど素人だ」

その能年も無量があんなに若いとは思っていなかった。最初に会った時は素人の学生だと思い込んでいた。

「その彼がそういうなら、恐竜なのかもしれない。だが龍という生き物が実在したかどうかは、大した問題ではない。我々が蘇らせる龍とは、そのような概念のものではないからだ」

「ではどういうものですか」

忍がすかさず切り返した。

「あの〝龍の盃〟はなんなのです。あなたがたは一体」

「西原無量が掘り出した〝九之盃〟は、我が主の嫡男・阿君丸《くまぎみまる》の墓に納められていたはずだ」

忍は息を呑《の》んだ。

あの宝篋印塔《ほうきょういんとう》のことか。

「では、あなたがたの主とは」

そうか、と忍は理解した。阿君丸《くまぎみまる》、聞いたことがある。それは朝倉家の運命を狂わせた事件の被害者の名だ。

ここにいるのは、朝倉義景の家臣たちの子孫か。

腑《ふ》に落ちた。これは遺臣の会なのだ。

「阿君丸《くまぎみまる》の墓のありかはどの記録にも書き残されていなかった。〝九之盃〟は一乗谷のどこかにあるのはわかっていたものの、それがどこかは特定できずにいた。一乗谷の石造物も全て調べた。倒されて土に埋められていたそうだな。どうりで見つからなかったわけだ」

「それを無量が見つけた、と。そういうことだったんですね」

彼らにとって〝九之盃〟は永遠に見つからないかも知れない幻の〝龍の盃〟だったのだ。

「〝二之盃〟は別名『公方盃《くぼうはい》』。のちの公方様（将軍）となる足利義昭公元服のみぎりに、後見人となった義景公が忠誠の証《あかし》として献上した。残りの七盃が朝倉家に残った」

だが、朝倉は戦国の世に翻弄《ほんろう》された。

足利義昭の下知に従い、本願寺（一向宗）と武田《たけだ》信玄《しんげん》、盟友浅井《あざい》らと手を結び、織田包囲網を築いて信長《のぶなが》に対抗し、これを追い詰めたが、ついに実を結ぶことはなかった。朝倉義景は刀《と》禰《ね》坂《ざか》の戦で織田に敗れ、たった数騎で一乗谷に戻り、家臣の前で『天は我らを亡ぼした』と失意を語ったという。

〝やがてこの一乗谷にも信長軍が攻め寄せるだろう。

ここで最後の合戦をして軍門に屍《しかばね》をさらそう。家宝・重器のたぐいは皆、焼き捨て、我が子・愛王丸《あいおうまる》も敵に生け捕られてしまうくらいなら、この手で害し、後顧の憂いを断つべし〟

義景がまさに右手で刀を握り、愛王丸を引き寄せた時、家臣の鳥居兵庫助景近《とりいひょうごのすけかげちか》が思い留《とど》まるよう説得した。ここで諦《あきら》めず、万に一つの戦機にかけて落ち延びようと訴えた。

「義景公はこれを受け容《い》れ、大野にて再起をはかったが、同門の朝倉景鏡《かげあきら》の裏切りに遭われた。ご覚悟を決めた義景公は、当家の家宝〝九頭竜の盃〟を信長にとられるくらいならば、と忠臣たちに分け与えて命じたのだ。——我が志を継ぐ者は、名を伏せ、地下に逃れ、いずれの日にか龍を集めて蘇らせよ、と」

それが朝倉義景の遺言となったという。

「手元に残った七つの〝九頭竜の盃〟を受け継いだのが、あなたがた、なんですね」

「主の遺志を継ぐために、先祖は『蘇龍講《そりゅうこう》』を結成した」

家臣たちは潜伏し、各々の場所でひそかに〝龍の盃〟を守り伝え、「龍を集めて蘇らせる」機会を待ったという。

だが、遂行は容易ではなかった。

年月が過ぎるうちに、家臣たちはそれぞれ紆余《うよ》曲折を経て、中には家が絶えたり、他者の手に譲ったものもあったという。

「これをひとつひとつ探して取り戻してきた。残すところは、あとふたつとなった」

「……それが〝九之盃〟を埋文《まいぶん》から持ち出した理由ですか」

「それが理由だ」

ヘイロンが代わりに答えた。

「本当に〝龍の盃《さかずき》〟なのかどうか、確認する必要があった」

「それなら今でなくてもしかるべき時に、資料の閲覧なり貸し出しの手続きなりをすればいいはずです。それをしなかったのは、その存在が公の記録に残らないうちに手に入れたかったからだ。ちがいますか」

場の空気が張りつめた。

「どこにあるんです。返してください」

忍の鬼気迫る声に反応したように、囲炉裏の薪が崩れて火の粉が舞い上がった。

「君には返せない。〝龍の盃〟は蘇龍講《そりゅうこう》のものだ」

「出土品です。窃盗になりますよ」

「君たちはたまたま土を掘って見つけただけだ。拾得物は真の所有者に返さねばならない。むろん地権者のものでもない。真の所有者は、朝倉義景公だ」

あまりに堂々と言い切られ、さすがの忍も言葉に窮した。

「義景公はとうの昔におられません。あなたがたが義景公から管理を任された証明書でもあるんですか」

「〝龍の盃〟には義景公直筆の箱書きがある。我らに託す旨が記されている」

「待ってください」

忍は自分を落ち着かせるべく間を置いた。

「義景公の箱書きがあったとしても、所有権の証明にするのは難しいと思います。他の盃はともかく、一乗谷の出土品はずっと土の中にあったわけですよね。義景公が誰に譲ると指名したわけでもない。名乗り出た者勝ちになりませんか」

「そうはならない」

能年が代わりに答えた。

「所有者が死亡するなどして継承が十年以上途絶えてしまった盃は、その後、最初に手にした者が所有権を主張できる。それが蘇龍講の決まりだ」

「ということは、発掘で見つけた無量が所有権を主張できると？」

「残念ながら、そういうことだ」

「でも無量は主張しないと思いますけど」

「その場合は、蘇龍講の誰かに譲るよう、指名してもらう」

それはまた面倒な決まりだ、と忍は内心、頭を抱えた。

「このうちの誰かを、ですか」

「譲ってしまえば、君たちはもう今後一切関わらずに済む」

「このうちの誰かでなければならないんですか？」

「そうだ」

「でも出土品なんですよ。誰かに譲ったら返せなくなるじゃないですか」

「だったら西原くんが所有していればいい。彼の所有物である限り、どこに置いておこうが自由だ。それが博物館でも」

あくまで蘇龍講の中の体裁の保ち方が問題のようだ。

「但し、講の掟《おきて》では、盃の所有者は、必ず講に加入せねばならない。だが、この講にはもうひとつ、絶対に必要な加入条件がある」

「なんです」

「朝倉の遺臣でなければならない」

無理難題が飛び出してきた。忍は天を仰ぎそうになった。

「遺臣になるにはどうしたらいいんですか。会員権でも買えばいいんですか。会員証でマイルとかポイントとか貯めればいいんですか？」

「養子だ」

と蘇龍斎《そりゅうさい》が答えた。

「婿養子になってもらう」

忍は意表をつかれた。は？　と思わず聞き返した。

「婿、といま言いましたか」

入ってきなさい、と蘇龍斎が戸襖《とぶすま》の向こうに声をかけると、隣の部屋から現れたのは、先ほど高橋家で会った冬子の娘ではないか。きちんと正座して、一礼した。

「愛子《あいこ》と申します」

「高橋家の跡取り娘です」

母の冬子が言った。

「西原さんを高橋家の婿に迎え、朝倉の遺臣として〝九之盃〟を所有していただきます」

忍は頭をかきむしりそうになったが、かろうじてこらえ、

「……無量は拒むと思いますが」

「ならば所有権を放棄してもらいます。講の誰かを指名してもらいます」

「ですから、そもそも無量のものではないし、出土品を勝手に譲渡することはできません」

話が通じない相手に業を煮やして、忍は立ち上がった。

「手前勝手な言い分を延々押しつけられても困ります。警察に通報します」

「君にはできん」

「なぜです」

蘇龍斎はヘイロンを指し、

「君が通報すれば、この男とよく似た人物が、二度と家族のもとには戻ってこられなくなるだろう」

忍の表情がさっと青ざめた。

囲炉裏の中で薪が崩れて、一際大きく火の粉が散った。

火を挟んで忍と蘇龍斎が睨《にら》み合う。

煙にいぶされた黒い梁《はり》が、剝《む》き出しになって重々しく横たわっている。

*

とんだ秘密結社だ。

朝倉義景の遺言を四百年以上も守り続けるのはいい。けれど、やり方がまずい。

その後、忍はヘイロンの監視のもと、無量と連絡をとることができた。事情はまだ本人には話せないと思った忍は「調べ物のため郡上《ぐじょう》に来ている。夜遅くなったのでこっちに泊まる」と方便を使った。無量はあっさり信じ、今日判明したことを一通り忍に伝えてきた。

「そうか……。すごい成果があったんだな。こっちのことは心配しないで、明日も作業がんばれよ。おやすみ」

忍の代わりにスマホを持っていたヘイロンが通話を切った。

会話はヘイロンも全部聞いていた。

「……。サハリンにあった化石胎漆器。その主《あるじ》というのはあんたか。ヘイロン」

「〝七之盃〟だ」

「大野藩の誰かが北蝦夷開拓で持ち込んだんだな。でもどういう経緯で？」

ヘイロンは何も言わない。親切に説明してくれるほど、まだ打ち解けあってはいないということか。だが、この白い肌と青い瞳《ひとみ》に銀髪。アジア系の顔立ちをした極東ロシア人だと言われれば納得できる。

「藤ヶ谷さんが蘇龍講《そりゅうこう》に捕まってることと、あんたが藤ヶ谷さんとそっくりなことに、何か関係はあるのか？」

　ヘイロンはスマホの電源を切ると、自分のポケットに収めた。

「洗面道具は洗面所に用意してある。好きに使え」

　言い残して部屋から出ていく。とりつく島がない。

　ここは蘇龍講が持つ「道場」だ。秘密結社は真宗道場を隠れ蓑《みの》にして活動してきたのだろう。部屋も与え、一応は忍を「人質」ではなく「交渉人」として扱うつもりのようだ。

　蘇龍斎《そりゅうさい》と高橋親子は帰っていったらしい。

「……無量の婿入り、か。永倉さんが暴れだしそうだなぁ」

　誓いのキスの直前に、教会の扉がバァンと開いて無量を奪い去っていく力強い萌絵の姿が目に浮かんだ。

「いや三三九度の最中かな。……ん？　もしかして、盃を飲み干すな、というのは三三九度のこと？」

　婚姻の盃を飲み干すな。という警告だったとしたら。

　藤ヶ谷は無量の婿入りを阻止しようとしたのでは。

「……いやいや。藤ヶ谷さんが警告したのは無量が『九之盃』を見つける前夜だし、関係ないか」

　忍は途方にくれながら、打開策に頭を悩ませることになってしまった。

そこへ「失礼します」と戸襖が開き、現れたのは高橋の娘・愛子だ。

「寝間着をお持ちしました」

無量の「結婚相手」だ。

母親とともに帰ったものと思ったが、まだ残っていたらしい。

部屋に入ってきて、寝具を調える愛子の背中に、忍は問いかけた。

「結婚相手をこんな形で決められてしまって、あなたはいいんですか」

「………。そういう家に生まれたんです。仕方ありません」

淡々と答える。そんな時代でもないだろうに。

「お母さんが怖いんですか」

「母は女手ひとつで私を育ててくれました。母に従うのが娘の役目です」

「その言葉からはあなたの本音が見えません。会ったこともない人間を伴侶《はんりょ》にするなんて、それで本当にいいんですか。あなたの人生でしょう？」

「昔のひとはそうやって結婚していたんでしょう？　私も同じことをするだけです」

百年前の人間と話しているようだ、と忍は思った。

「結婚相手を自分で選びたいとは思わないんですか」

「思いません。選びたくないのではありません。選ぶという行為がわからないんです。大事なことはいつも母が決めてきましたから」

背を向けたまま、枕を整えている。左手の小指の内側にマメのようなものが見えた。

店を継ぐために和菓子作りの修業をしているというから、日々すりこぎを握ったりしてこさえたものだろうか。

　幼い頃から「選んでこなかった」人間特有の、意志の薄さとあきらめのようなものが、言葉には滲《にじ》んでいた。

「わからないなら今日から始めてみればいいじゃないですか。自分が良いと思ったものを口に出してみるだけでもいいんです。嫌なものは嫌だとお母さんに」

「……言えません」

「どうして」

「言ったことがないから」

振り返った愛子の目は、人形のようだった。

「私はこういう人生でいいと思っているんですから放っておいてください」

枕元の水差しを取り替えて、愛子は出ていった。こちらもまた、とりつく島もない。

びくともしない心のシャッターを開けさせるのは、容易ではなさそうだ。当人が抵抗もしないとなると、ますますこの状況を変えにくい。

「どうしたものかな」

洗面所に向かった忍を廊下で待ち受けていた者がいる。

　能年だ。

その目元に彼独特の人懐っこい笑みはない。

「……少し外で話さないか」

表に出ると、建物のすぐ背後には山林が迫っている。民家も見えず、細い道路が一本、谷沿いに通っているだけだ。高い木立の上は満天の星だ。

庭の隅に石塔が建っている。宝篋印塔《ほうきょういんとう》だった。

塔身に青墓と同じ紋が刻まれている。

「これは誰の墓ですか」

「誰の墓でもない。後世建てた供養塔だ。朝倉義景公のための」

強いて言うなら、と能年は答えた。

「……龍《りゅう》の墓、かな」

数日前とはまるで別人だ。屈託のない笑顔で朗らかに語り合ったのが嘘のように、能年は硬質な表情を崩さない。

一抹の淋《さび》しさを感じながら、忍は言った。

「能年さん。あなたには訊《き》きたいことが山ほどある」

とぼけるでもなく開き直るでもなく、能年は落ち着いていた。

「何から話そうか」

「ヘイロンが……〝七之盃〟の男が埋文から化石胎漆器を盗み出したのは、僕があなたにあれの出土を教えたからだったんですね」

能年とヘイロンは繋《つな》がっていた。

まさかこんな秘密結社の一員だったとは、夢にも思わなかったが。

「やはり鹿殿道場の厨子《ずし》にあった〝龍の尾〟が〝龍の盃《さかずき》〟だったんですね。青墓に納められていた龍骨ですね」

さっき、能年は自らを〝三之盃〟の主だと名乗った。なぜ能年なのか。

「どうして墓守の後藤《ごとう》さんでなく、あなたみたいなよそ者が？」

「〝龍の尾〟はあくまで鹿殿道場の宝だ。つまり〝三之盃〟は集落の所有物だ。隆文《たかふみ》さんが高齢だから僕がかわりに鹿殿の代表を請け負った。あくまで代理だ」

「本当にそれだけですか」

「なんでそこまで首を突っ込む。君は青墓の正体を知るためにきたんじゃないのか」

「青墓の正体は、おおよそ見当がつきました」

ほう？　と意外そうな顔をした。

「もう読めたのかい」

「一乗谷の宝篋印塔が阿君丸《くまぎみまる》のものだったと聞いて、ぴんときました」

青墓の宝篋印塔には同じ紋が刻まれていた。二つの「龍の墓」には共通するモチーフがある。

「あなたがたの先祖は朝倉義景の遺臣で〝九頭竜の盃〟は義景公自刃の前夜、形見として分けられた。おそらくその場には、義景公のもうひとりの息子もいたはずだ」

　忍は義景の墓所で見た。そこにも墓があった。

「名は愛王丸。阿君丸《くまぎみまる》の死後、側室に迎えた小少将《こしょうしょう》という女性の子だ。確か、義景自刃の後、織田軍に捕らえられて殺害された」

「……」

「だが、それは事実だろうか」

　忍の異議申し立てに、能年はじっと聞き入っている。

「鹿殿集落は美濃と越前の国境で山深く、あなたが前に言った通り、平家の落人《おちゅうど》伝説もあるほどだ。落ち延びた愛王丸が身を隠すには最適な場所ではありませんか」

「では織田に殺害された子供は」

「身代わりかもしれません。影武者は当時珍しくはなかったはず」

　となると、答えはひとつだ。

「あの青墓の宝篋印塔は、鹿殿に潜伏した愛王丸の墓だったのではありませんか。そして、そばにあった石塔は愛王丸に付き従った家臣たちの墓」

「……」

「おそらく愛王丸は名を伏せて生き延びた。穴馬郷の一向宗門徒が匿《かくま》ったんでしょう。あれだけ朝倉を苦しめた一向宗も、本願寺との同盟で最後は味方になっていたから不自然ではない」

生き残った愛王丸は、成長し、朝倉宗家の血をつないだ。

「その愛王丸の墓にも〝龍の盃〟が納められた。鹿殿道場の厨子にある〝龍の尾〟がそれだ」

後藤家は「愛王丸の墓」の墓守だったのだ。

愛王丸の真の享年は不明だが、あえて無縁仏の墓と称して周りの目を欺いたのは、潜伏の身だったこともあるが、朝倉宗家再興を阻む勢力から守るためでもあっただろう。

能年は夜の静寂に心を浸すようにして、梢《こずえ》の先を見上げている。

忍は注意深くその表情を見つめている。

「あなたがたの目的は『龍を蘇《よみがえ》らせること』だと言ってましたね。その『龍』とは……川の神でも化石の恐竜のことでもない。『龍』とは『朝倉家』そのもの。義景公の遺言の、真の意味とは『朝倉家を再興せよ』ということだったのではありませんか」

能年は曖昧《あいまい》に微笑んだ。

否定しないのは的外れではないからだろう。

「……もし僕の読み通り、朝倉家の再興をもくろんでいたならば、おそらく愛王丸の子孫が鹿殿の周辺にはいたはずです。〝一之盃〟はその子孫が継承していったはず。だが、不思議なことにこの秘密講には〝一之盃〟の継承者がいない」

能年の口元から笑みが消えた。

「どうしてですか。なぜ、〝一之盃〟の主《あるじ》がいないのですか」

「……。主がいないのではない。その盃自体が、もう、ないのだ」

　能年は遠い目をして山の向こうを仰いだ。

「ないものの主が、存在するはずもない」

　眼差《まなざ》しにこめられた思いを読み取ろうと忍は目をこらした。彼の捉《とら》えどころのない横顔のわけが知りたいと思った。

「盃を集めるのは、各地に潜伏した重臣たちが主家再興のために集結することを意味しているんですよね」

「そうとも言える」

「……でも義景公の遺言を果たすには時間が経ちすぎた。龍を蘇らせるとは、戦国大名としての再興を意味するなら、とうに不可能な話です。なのに、あなたがたはなんのためになおも〝九頭竜の盃〟を集めようとしているんです」

「君の言う通りだね。実は蘇龍講も少し前までは、朝倉の遺臣の子孫が義景公を偲《しの》んで、供養するためだけの講だったんだよ」

　単なる遺臣の会だった。年に数回集まって先人を崇敬するための。

「〝公方盃《くぼうはい》〟こと〝一之盃〟が見つかるまではね」

　忍はぴんときた。さっき無量が電話で伝えてきた話だ。

　熊本で見つかった化石胎漆器。

　細川家の菩提寺《ぼだいじ》にあった『おたま盃《さかずき》』のことだ。

「蘇龍斎さんは、朝倉義景が足利義昭に献上したと言ってましたね」

細川家には、帝《みかど》から明智光秀に下賜されたと伝わっていた。将軍から帝へ、帝から光秀へと巡り巡った〝二之盃〟は、朝倉の遺臣の間では、幻の盃とされていた。

「その存在を知ったのは熊本の大野屋にいた旧大野藩士だった。名は、藤ヶ谷与之助《よのすけ》」

忍は「あっ」と小さく声を発した。

「まさか、藤ヶ谷さんの！」

「藤ヶ谷は高橋の分家だ。朝倉の遺臣には、大野の殿様・土井家に取り立てられた者も多かった」

幕末、全国に派遣された大野藩士の中にはそのまま大野には戻らず、現地に留《とど》まって商いを続ける者もいた。藤ヶ谷家は明治以降も九州で商いをしていたが、ある時、細川家ゆかりの寺にあった〝龍の盃〟と再会を果たしたという。

「藤ヶ谷家は戦後の混乱にまぎれて〝二之盃〟を手に入れた。それが藤ヶ谷氏の祖父、恒夫《つねお》氏だ」

「まさか。それじゃあ」

「藤ヶ谷氏の祖父は〝二之盃〟の主として、晴れて蘇龍講に加入した。この講には階級があってね。講のトップに立てるのは、より上位の盃の主なんだよ」

〝一之盃〟の継承者は、代々の朝倉家当主。愛王丸の直系の子孫だ。

〝二之盃〟の継承者は、二番手にあたる。

「だが〝一之盃〟の継承者は不在だった。そのため〝二之盃〟の継承者・藤ヶ谷恒夫が、講の長である蘇龍斎の座についた。だが」

今から三十年前のことだ。藤ヶ谷恒夫が不審死を遂げたのは。

九頭竜ダムに遺体が浮かんでいた。溺死《できし》だった。

彼がなぜそんな場所に向かったのかはわからず、事故とも自殺とも言われたが、真実は闇の中だった。

「主が死んだ〝二之盃〟を遺族から引き取ったのが、いまの第二十一代・蘇龍斎。鳥居達雄《たつお》だ」

「さっきの、あの男……」

「だが、遺族は『預けた覚えはない』と」

ごくり、と忍が唾《つば》を呑《の》んだ。

まさか〝二之盃〟を手に入れるため、藤ヶ谷恒夫を手にかけた……？

「鳥居家は元々〝四之盃〟の主だった。朝倉の重臣筆頭だった」

藤ヶ谷が名乗りをあげるまでは、愛王丸の墓守・後藤家が〝三之盃〟の主として先代・蘇龍斎を務めていた。が、鳥居はそれを飛び越して講のトップに躍り出た。

忍は黙り込んだ。

重い空気が漂った。

沈黙してしまうと、夜の山林は音もしない。宝篋印塔《ほうきょういんとう》の後ろには深い闇が広がっているだけで、頭上には満天の星が埋め尽くすように密集している。

「もちろん、証拠は何もない。ただ、そういう過去があったと言いたかっただけだ」

「いったい何があるんですか。盃を集める、という行為に」

忍はどうしても答えが知りたかった。

「明智光秀の書状にも〝九頭竜の盃を集めて奉れ〟という文面があったそうです。朝倉を再興させろ、という意味にもとれるが、それだけではないようだ」

「……」

「人ひとりを死なせて講を牛耳って……っ。いままた藤ヶ谷さんを人質にとるような真似をして。そうまでして〝九頭竜の盃〟を集める理由はなんなんです！」

能年は冷たい鉱石のような目になっている。

「自分の手で龍《りゅう》を出現させるためだろうな」

「なんですって」

「鳥居は君たちが音を上げるのを待っている。無理難題をふっかけて、君たちが泣きを入れてくるのを待って交渉をしかけるつもりだ。結婚を拒むなら〝九之盃〟を自分に譲れ、と。多少の謝礼金はもらえるかもな。高橋親子とヴォロコフは子飼いみたいなもんだから〝五〟と〝七〟は手に入れたも同然だ。つまり九つあるうちの七つまでが奴の手に渡ってしまう」

「……。そうなると何が起きますか」

「龍が奴の手に渡る」

夜気に緊張感がみなぎった。

もしかして……と忍はちらりと思った。その龍の正体を光秀は知っていたのだろうか。九頭竜の盃《さかずき》を集めようとしていたのは、その『龍』が何かを知っていたからか。

「……。婿入りすればいいのか?」

能年は意表を突かれた。

「なにを言い出すんだ。相良くん」

「つまり最終的に〝九之盃〟の主が蘇龍講《そりゅうこう》に加入していればいいんだろう。その間に多少の紆余《うよ》曲折があってもいいはずだ。無量が僕に譲ると言ってくれれば、今度は僕に資格が回ってくる。……僕が〝九之盃〟の主になる」

「おい相良くん、なにを言ってるんだ」

「いいんです。もう決めました」

忍は顔色ひとつ変えなかった。

「無量の代わりに、僕が高橋家の婿になります」

能年は絶句した。

「なにを言ってるんだ……。相良くん」

第六章　その婚姻を阻止せよ

「ヘイロンの正体がわかった？　マジか」

翌朝、ホテルの朝食会場で落ち合った無量《むりょう》に、萌絵《もえ》は興奮気味にスマホを差し出して見せた。

「まちがいない。この左フックだったよ。このひとだよ！」

ボクシングの国際試合の動画だった。黒トランクスに黒シューズ、黒いグローブが印象的な中背の選手は、大きく隆起した肩からしなる鞭《むち》のようなフックを何度も繰り出し、最後はテンプルに一発、鮮やかに相手をKOした。

「ゲオルギー・ヴォロコフ。元WBCウェルター級の世界王者」

「う……っそだろ……」

無量は口に入れていた里芋の煮っ転がしを飲み下し、あらためてゾッとした。

動画はだいぶ若い頃のものだが、確かに顔立ちはアジア系で、藤ヶ谷《ふじがや》に似ている。

「ヴォロコフはこの鞭みたいな左フックが特徴で、あだなが〝黒い龍〟だったの」

「〝黒い龍〟……ヘイロン」

ヴォロコフは三度の防衛を果たすが、肘《ひじ》の怪我が原因でベルトを逃し、七年ほど前に引退している。その後の消息はどこにも載っていなかった。

「元世界王者のパンチくらってたなんて。俺よく死ななかったわ……」

無量は心の底から震えあがった。ほんの数回のフックを目に焼き付けて、正体を突き止めた萌絵も恐るべしだ。

「出身はユジノサハリンスク。もしかしたら先祖が大野藩と関係あるのかも」

「確かに。顔立ちがアイヌというより、和人ぽいんだよな」

「そうだ、あと……」

「とりあえずメシ食ってからにしなよ」

萌絵は素直に従った。大盛りごはんに生卵をかけて、朝から食欲旺盛《おうせい》だ。珈琲《コーヒー》を部屋に持ち帰って、そこで続きと相成った。

「なんだって。能年《のうねん》さんの奥さんの実家が……？」

タブレットには資料がある。無量が覗《のぞ》き込むと、萌絵はうなずき、

「実家の安坂《あさか》家は鯖江にあるんだけど、昭和三十一年までは戸籍の住所が。みて」

そこに記された戸籍の文字を見て、無量は眉《まゆ》をよせた。

「上穴馬《かみあなま》村……？　訂正されてるけどこれって」

「今でいう九頭竜湖のあたり。昔は上穴馬村と下穴馬《しもあなま》村とがあって、昭和三十一年に合併して旧和泉村になったんだって」

「九頭竜湖のあたり……ということは」

「うん。上穴馬村域は九頭竜ダムに沈んだの」

無量も珈琲を飲みかけた手を止めた。

あの巨大なダムだ。昭和四十年に建設が始まった。水没した住宅が五百四十二戸、水没はしないがダムによる交通断絶等で生活ができなくなった住宅が八十八戸、計六百三十戸が移住していった。安坂家もそのひとつだった。

「一度は岐阜に移住するんだけど、その後、福井に戻ってきて鯖江に落ち着いたみたい」

能年の妻・安坂美優《みゆ》は鯖江で生まれている。

「その安坂家はどんな家だったか、わかる……？」

「上穴馬にあった鉱山を経営していたみたい。お寺とか調べれば記録が残ってたりするかもなんだけど、なにぶん全部ダムに沈んでしまってるから」

安坂家に押しかけて訊《たず》ねでもしない限り、なかなか摑《つか》めそうにない。

「あさかさん、か……」

無量は顎《あご》に手をかけた。

「なに？　聞き覚えでもある？」

「いや。ちょっと〝あさくら〟と響きが似てるなって」

そうかな？　と萌絵は口の中で繰り返している。

「能年さんの奥さんの実家が、鹿殿集落の近くだったこと。能年さんが移住してきた理由とも関係あるのかな」

「本人は化石が目的だったって言ってたけど……」

そもそも、美優が生まれる前の話だ。ダムの底にある村がどんなところだったかも知らなかったろう。だが、こうも場所が近いと無関係と言いきるのも……。

「おっと！　もうこんな時間。遅刻しちゃう」

今日は試掘の最終日だ。萌絵と無量は慌てて支度を始めた。

*

試掘現場では今日も織田《おだ》たちが作業をしていた。

無量たちを見ると、びっくりしている。

「律儀だなあ。今日はもう測量だけだから、ふたりでのんびり一乗谷観光でもしてくればいいのに」

「いや。せっかくなんで最後までつきあいますよ」

「私も手伝います」

作業靴に履き替えて仕事モードになろうとしていた時だった。スマホにメッセージが着信したのは。

「忍《しのぶ》からだ」

ゆうべは「調べ物のため郡上に泊まる」と言ってホテルには帰ってこなかった。「おはよう」に続く文面を読んだ無量が突然、静止した。

「なんじゃこりゃあああ」

と大きな声をあげたものだから、萌絵は思わず飛び跳ねてしまった。

「なにいきなり！　殉職する刑事みたいな声あげて」

「………。忍が乱心した」

無量は茫然《ぼうぜん》としてスマホを見せた。文面を読んだ萌絵は静止した。

「なにこれ」

「ね？」

もう一度読み直し、野太い声で「なんじゃこりゃあああ」と叫んだ。

「けっこん？　なにこれ、けっこんてなに相良《さがら》さん結婚てなに！」

「わからん。俺にもさっぱりわからん」

メッセージにはこう書いてある。

〝おはよう、無量。突然だが、俺は結婚することにした。

式はこっちであげるから無量は先に東京に帰ってくれ。

あと、おまえが一乗谷で見つけた龍《りゅう》の盃《さかずき》は俺がもらっておくよ〟

「イミが……イミが全くわからない……。この唐突感は何？　式はこっちでって、なにがあったの？　誰と結婚するの？　ねえ教えて。教えてったら西原《さいばら》くん！」

萌絵に胸ぐらをつかまれて激しく揺さぶられたが、無量だってさっぱりわからない。すぐに疑問をありったけ羅列して返信した。しかしスマホは沈黙したままだ。

「やっぱり乱心だ。郡上で誰かによっぽど一目《ひとめ》惚《ぼ》れして乱心してるんだ。それかめちゃめちゃ酒飲んで暴走してるとしか」

「嫌！　相良さんが結婚するなんて、いやだよ！　どうしよう！」

頭を抱えてうろたえまくる萌絵のいかり肩を無量が掴んだ。

「永倉《ながくら》、忍を取り返すんだ。教会に押しかけて忍をかっさらってくるんだ」

「教会なの？　式は教会なの？」

「おまえならできる。新郎を横からかっさらってこい」

「なんで私？」

「おまえの腕力なら忍を小脇に抱えて猛ダッシュするくらいわけない」

「でもどこの教会だかわかんないよ」

「ちょっと待って、いま訊《き》くから」

無量は電話をかけた。あっさりと電話はつながった。無量は勢い込んで、

「ちょ忍！　式はどこであげんの！」

すっかり混乱して確認するべき内容を見失っている。

だが、電話に出たのは忍ではなかった。返ってきたのは別の男の声だ。

『西原無量か』

聞き覚えのある声だった。発音に少し外国語なまりがある。

この声は、と無量は冷静に戻った。

「ヘイロン？ あんた、こないだ俺を襲ったヘイロンだろ。元世界王者のゲオルギー・ヴォロコフ」

言い当てられたヘイロンは言葉に詰まった。無量がすでに経歴まで把握していることに肝を冷やしたにちがいない。

「あんた忍といっしょにいるのか？ 忍が結婚する相手って誰なんだ。なんでいきなりそんなことになってんだ？ あんたのしわざか！」

『相良忍はおまえの代わりに婿入りすると言っている』

今度は無量が言葉に詰まる番だった。ヘイロンは苛立《いらだ》ったように、

『だがおまえが相良に〝九之盃〟を譲ることが前提だ。譲るのか。譲らないのか』

「それ、俺が掘り当てた〝龍の盃〟のこと？」

『……。後でまた連絡する』

電話は一方的に切れた。

「俺の代わり？ 俺が婿入りするはずだったってこと？ 意味不明なんだけど……」

無量は動揺を隠せない。

忍はおそらく〝龍の盃〟を嗅《か》ぎ回っていたのがばれて、ヘイロンに理不尽な取引を持ちかけられたに違いない。そのせいで「結婚するはめ」になってしまったのでは。

「相良さんは昨日、鹿殿集落の史料がある家に行くって言ってたよね。それってどこのおうちかわかる？」

「確か、高橋《たかはし》とかいう、大野にある和菓子屋さんて言ってたような……」

右往左往する無量たちのもとに織田が近付いてきた。

「さっきから、なにを騒いでいるんだい？」

事情を説明すると織田は「なんて厚かましいやつだ！」と憤慨した。

「盗人猛々《ぬすっとたけだけ》しいとはこのことだ。大体そのヘイロンってやつが恐竜漆器を盗んだ張本人かもしれないんだろ？　そいつを棚に上げて譲るも譲らないもない！　それに『俺に譲れ』ってんならまだわかる。なんで友達に、なんだ？　というか、とっとと返せ」

　無量と萌絵は顔を見合わせた。

「忍はヘイロンから取り返そうとしたのかも。その条件が『婿入り』？」

「わけがわからんが、だとしたら、その相良くんとやらを救いださないとまずいんじゃないのか？」

　結婚相手が誰かすら不明だが、このままでは本当に誰かの婿にさせられてしまうのではないか。まともに説明できないくらいピンチに陥っているのかもしれない。

「でもどうやって」

方策が見当たらない。

ぬるい春風が無量たちの頬を撫《な》でていく。心境は五里霧中だ。

忍がどこの誰と結婚するのかもわからないまま、時間ばかりがすぎていく。

*

事が進むのは異様に早かった。

その日のうちに、忍と高橋愛子《あいこ》は結納《ゆいのう》をかわすことになった。

「親族の立ち会いはなくてかまいません。僕は天涯孤独の身ですから」

忍の申し出に蘇龍斎《そりゅうさい》は多少、複雑な顔をしてみせた。〝九之盃〟持ち出しの罪を無量と忍に着せた上で「譲る」と言わせるつもりだったが、予想に反して忍が結婚を受け容《い》れてしまったからだ。

が、高橋家の婿になるなら掌中に入ったも同じだと思ったのだろう。まあ、よし、となった。

高橋冬子《ふゆこ》は喜んだ。京大出身で元文化庁職員という忍の経歴を見て、婿にふさわしいと思ったのだろう。話してみれば聡明《そうめい》で、見目も良い。有り体に言えば「気に入った」ようだった。

愛子は抵抗する素振りすら見せなかった。

能面のような顔で、黙って受け容れた。

蘇龍講の道場では「受盃《じゅはい》の儀」が行われた。

朝倉義景《あさくらよしかげ》の仏前で〝龍の盃〟の継承者になることを宣言する儀式だ。

阿弥陀如来の絵像の後ろには「義景の位牌《いはい》」が隠されている。

位牌と向き合った忍の前に、白木の三方に載せられた〝九之盃〟が運ばれてきて、膝《ひざ》元《もと》に置かれた。

無量が一乗谷で出土させた化石胎漆器だった。小さく注記も入っている。まちがいない。やはり、ここに持ち込まれていたのだ。

椎骨《ついこつ》のくぼみに酒が注がれる。

蘇龍斎がうながす。忍は両手で化石胎漆器を捧《ささ》げ持った。

──〝龍の盃〟は飲み干すな。

藤ヶ谷が言っていたのは、やはりこの儀式のことか。

飲み干してはいけない盃とは、継承してはいけない盃の意だった？

あれは「間違っても盃の主《あるじ》にはなるな」という意味だったのか。

これ以上にまずい状況が待っているというのか。藤ヶ谷はどこまでこの事態を読んでいたのだろう。だが──。

忍は迷いもなく、注がれた酒をぐーっと飲み干した。

カラになった盃を三方に返し、義景の位牌に伏した。

「おめでとう。これで君は正式に〝九之盃〟の主だ」

あとは婚礼を執り行い、講の一員として認められるのを待つのみだ。

蘇龍講《そりゅうこう》という集団は合議制で成り立っているという。

講員には庄屋《しょうや》クラスも多く、近代に入るとメンバーであることが密《ひそ》かなステータスともなった。地元に影響力を持ち、仕事の融通や選挙での票のとりまとめ、公共事業への口出しから争いごとの調停まで。中には口利きの対価で懐を肥やすメンバーもいて、一族郎党もその恩恵に与《あずか》ったという。

能年によれば、鳥居《とりい》達雄《たつお》の家は代々、地元で金融業を営んで、建設会社や不動産会社まで持つ。いわば地元コンツェルンだ。

そこまで力をもてたのも〝龍の盃〟のおかげだと、もっぱらの噂だった。

戦後の混乱期には「龍の恩恵」を求めて盃を手に入れようとする者が後を絶たず、過去には盃をめぐって抗争に発展したこともあったらしい。

それを四つも所有する鳥居には、黒い噂も多い。盃を集めるごとに権力が膨れあがっていくのは快感だったろう、と能年は揶揄《やゆ》していた。

――盃を全部集めれば、龍が蘇《よみがえ》る。

その「蘇る龍」にはただならぬ力がある。

それが権威の源のようだった。

今日の儀式をひと通り終わらせて、蘇龍斎と高橋親子は婚礼の準備のため一旦《いったん》帰宅していった。

「これで君は婚約者だな」

礼服姿の能年が、宝篋印塔《ほうきょういんとう》の前に佇《たたず》んでいた忍へと声をかけてきた。

「和菓子屋の若旦那《わかだんな》のできあがりだ」

「和菓子か。一度作ってみたいと思ってたんですよ」

真面目に聞け！　と能年が叱りつけた。

「本当に結納まで交わしてしまうとは……。人生の一大事をこんなにあっさりと！」

「かまいませんよ」

忍はネクタイを緩めた。

「結婚なんて単なる契約だし、僕には相続でとられて困るような財産もない。これで無量が巻き込まれずに済むなら、いくらでもハンコをおしますよ」

「君は壊れてるのか？　自分の人生に関わることだぞ！」

「僕の将来を心配してくれるなら、何を企《たくら》んでるのか教えてください。あの蘇龍斎という男、藤ヶ谷さんのおじいさんを手に掛けたかもしれないんでしょう？　盃《さかずき》を集めて何をするつもりなんです」

能年は何か言いたげにしていたが、嚙《か》みつぶしてしまう。

「……。龍を蘇らせるため、としか言えない」

「今日の結納、あまり喜んでないひとがいましたね」

儀式の間中、ヘイロンが物凄《ものすご》い目でこちらを睨《にら》んでいたことに忍は気づいていた。

「君の腹の底を警戒してるんじゃないかな」

「彼はおととい、誰もいない発掘現場で無量を襲ったんだ。『おまえが九杯目か』『飲み干す前に失《う》せろ』と言ってね」

能年には寝耳に水だった。

「それは本当か⁉ 鳥居は『発見者を連れてこい』とは言ったが『痛めつけろ』などとは命じていない」

「能年さんはタッチしてなかったんですか」

「当たり前だ！ 知ってたら止めていた。あいつは元プロボクサーなんだぞ。どういうつもりだ。まさかあいつ自分が〝九之盃〟の主になるつもりで」

あの時ヘイロンを援護して無量たちに矢を射かけてきたのは能年にちがいない、と思い込んでいた忍は、読みを覆された。

「そう、か……」

思い違いだとわかると、いささか拍子抜けした。

と同時に、ふと別の記憶がよみがえり、一連の流れと符合した。

「――……僕は、殺されるわけだ」

能年はギョッとした。

「ばかいうな。そんなことあるか！」

「とりあえず藤ヶ谷さんは解放してもらえますか」

忍の表情は冷徹さを取り戻した。

「僕はあなたがたに従った。藤ヶ谷さんを拘束しているなら、すぐに自由にしてやってください。そうでないなら、こうなった経緯を教えてください」

道場の庭でふたりはにらみ合ってしまう。

長い沈黙を破るように、能年のスマホに着信があった。発信者名を見て驚き、すぐに電話に出た。

「お義父《とう》さん、お久しぶりです。突然どうしたんですか。……はい？　なんですって？　永倉さんから？」

忍もハッとした。

電話の相手は能年の妻・安坂美優の父だった。能年の友人を名乗る者から「ダムに沈んだ安坂家について話を聞きたい」と連絡があったという。怪しんだ義父が能年に確認の電話をよこしたのだ。

「そうですか……。あ、いえ、ご心配には及びません。友人にはこちらから連絡して話をします」

電話を切ると、能年は一点を見つめ、考え込むような目になった。やりとりを聞いていた忍が横から、

「永倉さんがご実家に何か？」

「妻の実家まで嗅《か》ぎ回っているのか、君たちは……。いったい何なんだ！　青墓を探ったり〝九之盃〟を掘り当てたり、いちいち余計なことに首を突っ込んだりするからこんな目に遭うんだろう！」

声を荒らげた能年と忍の様子に気づいたのか、玄関先にいたヘイロンが不審そうな顔をして近づいてきた。

「なにを騒いでる」

なんでもない、と能年はしらを切った。

「預けていた子供が熱を出したらしい。呼び出されたから一回、家に戻る」

「明日の婚礼は十三時からだ。それまでには必ず戻ってこいよ」

「わかってる」

能年は車に乗り込むと、道場を後にした。

残されたのは忍とヘイロンだけだ。ヘイロンは忍をここに軟禁するための見張りなのだろう。部屋に戻れ、とうながしてくる。

冷たい風が首筋をわななかせた。

ふと忍は誰かに呼ばれたような気がして、後ろを振り返った。そこには笏谷石の宝篋印塔がしんと佇《たたず》んでいる。

――龍の墓だ……。

寒気《かんき》が入ってきたのか。

雲が出てきて日が翳《かげ》り、杉林が風に吹かれてざわざわと騒ぎ始めていた。

*

「お店も休業中。おうちも留守みたいだね」

萌絵と無量が訪れたのは大野にある和菓子屋だ。「高橋屋」と記された重厚な看板が下《げ》屋《や》庇《びさし》に載っかっている。「忍、結婚」の報を受け、いてもたってもいられず忍の足取りを追って大野までやってきた。

「本当にここなの？」

「和菓子屋は何軒かあるけど、忍が行くって言ってた高橋さんちはここだけみたいだ」

どうしようかとウロウロしていると、通りかかった近所のひとが声をかけてきた。和菓子を買いに来た客と間違えられたらしい。

「おうちの方も留守みたいなんですが、いつごろ帰られるか、わかりますか」

「今朝方、奥さんとばったり会《お》うたが、なんでも娘さんの結婚が決まったとかゆうて、せわしそうにしとったなあ」

萌絵と無量は顔を見合わせた。

「お付き合いしとるひとがおったとも聞かんし。こういうのは突然決まるもんかねえ。

お見合いかねえ……」

　ふたりは真っ青になった。まさか忍の婿入り先とはこの店なのか？　史料を見に来ただけなのに何がどうなったら「結婚」という話になるのか。その「娘さん」に本当に一《ひと》目《め》惚《ぼ》れしたのならともかく、婿入りは「無量の身代わり」だとヘイロンは言うのだ。

「……い、いちおう念のため、他の和菓子屋もあたってみようか」

　その途中、通り掛かったコインパーキングで無量が見つけたのは、忍が乗っていたレンタカーだ。近所の者によると、昨日から駐《と》まっていたという。郡上に行ったのが本当ならこんなところに車を置いていくはずがない。

「やっぱり高橋屋で何かあったんだ。そこでヘイロンに連れて行かれたんじゃ……」

「あいつ！　相良さんにまで手ぇ出すなんて！」

　萌絵は怒り心頭だ。

「もう我慢ならん。元世界王者だかなんだか知らないけど、ぶっつぶす！」

　いきりたっているところに電話がかかってきた。能年からだ。先ほど、妻の実家に萌絵たちが電話をかけたのが義父から伝わったのだろう。

「能年さん。すみません。どうしても知りたいことがあって奥さんのご実家に」

『話がある』

　能年は自分からそう切りだしてきた。

『相良くんの件だ』

無量たちは多くは聞かず、能年と落ち合うために指定された場所へと急行した。

＊

恐竜博物館の広い駐車場には、巨大なモニュメントが佇立《ちょりつ》している。

折り紙の白い恐竜を思わせるモニュメントの足元で、無量たちは能年と落ち合った。

修学旅行生たちがぞろぞろと博物館に吸い込まれていく。適度にざわざわしている中、落ち合った能年はなぜか半ギレしていた。

「なんなんだ、相良忍という男は！　結婚だぞ結婚！　あんな軽々しくＯＫするなんて、逆に相手に失礼じゃないか」

娘をもつ父親として許せない、とまくしたてる能年に、無量と萌絵はあっけにとられた。

「よ……よくわからないけど、うちの相良がすみません」

「大体、相良くんは君とつきあってたんじゃないのか。彼女になんの断りもなしにこんなことしでかすか、ふつう！」

「あ、あの、そのことでしたら……」

「忍が俺の身代わりに結婚するって話ですよね。つか、どうして能年さんが知ってるんすか。やっぱりヘイロンの仲間だったんすか」

能年は大きく溜息《ためいき》をついてベンチに腰掛けた。

覚悟を決めたようにニット帽を外し、手に握った。

「ここまで来るともう僕の手には負えない。君たちの力を借りた方がよさそうだ。少し長くなるがよく聞いてくれ。君が掘り当てた遺物のことだ」

能年が語り出した話に、無量も萌絵も固唾《かたず》を呑《の》んで耳を傾けた。あの一連の恐竜化石胎漆器は、戦国大名・朝倉家が造らせたものだったこと。全部で九盃《はい》存在し、無量が一乗谷で掘り当てたのは、阿君丸《くまぎみまる》の墓に納めた〝九之盃〟であること。義景の遺言により、朝倉家再興を期して愛王丸《あいおうまる》と重臣たちに配られたこと。四百年を経た今も、それらの主《あるじ》が「蘇龍講《そりゅうこう》」という秘密講を守り伝えていること……。そして今、忍が〝九之盃〟の主となって高橋家の婿に入り、講の一員になろうとしている。

聞いているうちに無量の胸には怒りがこみあげてきた。うつむいて、握りしめた拳《こぶし》が白くなっていくのを、隣にいる萌絵は見た。

「これだから……忍は……」

「西原くん」

「俺を関わらせないために結婚を決めるなんて度が過ぎてる。あいつはずっと勘違いしてるんだ。家族の仇討《かたきう》ちを果たしたからもう自分には何もないだなんて、そんなことあるわけないのに……。いつもニコニコして……自分は空っぽみたいな顔をして……忍の人生にだっていくらでも未来はあるのに。ひとのことは大事にするくせに、自分を大事にすることを忘れてる……っ」

拳がぶるぶると震えている。無量はまなじりをつりあげて能年を睨《にら》み、

「こんなのおかしいでしょう！　わけのわからない理屈で盃《さかずき》の持ち主を勝手に決めて。藤ヶ谷さんを人質にとるような真似してんのも意味不明でしょ。藤ヶ谷さんはあの日、やっぱりあんたに会ったんすか。玄関前のタイヤ痕《こん》は藤ヶ谷さんのだったんすか」

「……。彼と会ったのは、僕だ」

能年はあっさりと白状した。

「彼のほうから僕に会いに来た。彼のおじいさんの遺言を確かめるために」

「それじゃ……藤ヶ谷さんは」

無量は愕然《がくぜん》とした。

「はじめからそのために。補償うんぬんは口実だったっていうんすか」

「彼はおじいさんの死の真相を知りたがっていた。蘇龍講から〝二之盃〟を取り返そうとしていた。……それを奪った鳥居達雄から」

ふたりは絶句している。

「つまり……藤ヶ谷さんは俺たちに、あの宝篋印塔《ほうきょういんとう》が愛王丸の墓だと確かめさせるためにわざわざ……」

「鹿殿の道場そのものが蘇龍講だと思いこんでいたようだった。祖父の遺言から、そう推測したんだろう」

能年はあの夜、藤ヶ谷から「蘇龍斎というひとと話がしたい」と迫られて連れだした

という。蘇龍講の道場にやってきたところで、鳥居の部下に拘束されてしまったという。

「なら少なくとも藤ヶ谷さんは生きてるんですよね」

「ああ、だが相手は鳥居だ」

藤ヶ谷の祖父を手にかけて蘇龍斎の座を奪った疑惑がある。

「あの男は〝龍《りゅう》の盃〟を全て集めることに執念を燃やしていた。〝八之盃〟のときも。全く関係ない会社経営者のもとにあったんだが、鳥居の金融会社が罠《わな》にはめて、融資するかどうかで脅して、取り上げたって話だ」

「ひどい。公私混同じゃないですか」

「そこまでして集めることに、どんな意味があるんですか」

わからない、と能年はニット帽を握りしめた。

「我々にも伝わっていない。ただ〝全部集めきった時に龍は姿を現す〟と〝三之盃〟の箱書きにあった。もしかしたら鳥居のもとにある〝二之盃〟や他の箱書きにはさらに何か書いてあったのかもしれない」

「〝二之盃〟って〝おたま盃〟のことですよね。一度は帝《みかど》のもとにもあったという……」

足利《あしかが》幕府最後の将軍・足利義昭《よしあき》から正親町《おおぎまち》天皇に献上され、そこから今度は明智《あけち》光秀《みつひで》に下賜された。本当なら〝二之盃〟はそれひとつだけでも、歴史的にとても重要な逸話をもつ文化財なのだ。

「当然骨董《こっとう》品としての価値も高いから、どうしても手に入れたかった、というのは理解できるが」

「そこに加えて〝九之盃〟まで出土してしまったわけっすね」

　無量はあの化石胎漆器を掘り当てたことを心の底から後悔した。

「俺のせいっすよね……」

「〝九之盃〟は特別なんだ。どこにあるかもわからない阿君丸《くまぎみまる》の墓に埋められて、永久欠番扱いされていた。箱だけが残って蘇龍講に伝わっていた」

　朝倉義景の嫡男のものだ。

　本来、朝倉を継ぐはずだった正統継承者の盃には、特別の意味があった。

「特別とは？」

「おそらく龍の居所がわかる」

「居所」

「龍を蘇《よみがえ》らせる最後の決め手だ。だが『阿君丸《くまぎみまる》の墓』がまさか織田に壊され、埋められるとは義景公も思っていなかったんだろう。だから今まで蘇らせられなかった」

　その影響力にただならぬものを感じた。

「俺たちはどうすれば」

「あの講においては蘇龍斎の権限は絶大なんだ。合議制で、より多くの盃を持つ者が議決権も多く有利だ。あの男が講の元締めでいる限り、我々には発言権がないも同然だ。鳥居を黙らせるには、蘇龍斎の座から引きずり下ろすしかない。この結婚を破談にさせるためにも」

「でもどうやって」

しばし黙りこんだ能年は、意を決したように顔をあげた。

「〝一之盃〟を見つける」

え！　と無量たちは声をあげた。

「でも〝一之盃〟はもうないって、さっき……」

「今はない。だが、君なら見つけられるかもしれない。西原くん」

無量は激しく動揺した。

「そんな、困りますよ。大体どこにあるか見当もつかないじゃないですか！」

「見当ならついてる」

能年は覚悟を決めていた。

「このままでは藤ヶ谷さんの身の安全も保障できない。相良くんだって邪魔とみなされれば、何をされるかわかったもんじゃない。……鳥居は地元の名士で森林組合の顔役でもあるから、隆文《たかふみ》さんからは『絶対逆らうな』ときつく言い含められてきたが、もう我慢の限界だ。目をつぶってはいられない。俺が〝一之盃〟を継承して蘇龍斎になる。蘇龍斎の座を鳥居から取り上げて、この結婚を破談にさせる」

「そんなことできるんですか！」

「〝一之盃〟は朝倉宗家そのものだ。一か八か、王手をかける」

行こう、と能年は告げた。

どこへ、と訊《き》いた無量にこう答えた。

「九頭竜ダムだ」

＊

その夜、忍に用意されたのは、紋付きの裃《かみしも》だった。

結婚式の装束だという。

丈合わせをすませた忍を、部屋の片隅でじっと見ていたのはヘイロンだった。

忍は一瞥《いちべつ》して、囲炉裏端に腰掛けた。

「そんなに四六時中監視しなくても、どこにも逃げやしない」

「……。本当に結婚する気か」

忍は急須《きゅうす》に入っていた出がらしの茶葉に、雑な手つきで湯を足した。

「するよ。しろって言われたから」

「会ったばかりの見ず知らずの女と夫婦になんてなれるのか」

「なれるさ。昔の人は、結婚式当日に初めて会った人と夫婦になった。珍しいことじゃない。結婚は恋人たちのゴール地点なんかじゃない。目的のための手段だ」

ヘイロンはまたあの凄《すさ》まじい目つきで睨《にら》んでくる。

忍はうるさそうにぬるい茶を飲んだ。

「それより能年さんから聞いたよ。ボクシングの世界王者だったんだって？　そんなすごいひとがなんでこんなところで用心棒じみたことをしてるんだ」

　ヘイロンは苦々しい顔つきになった。

「引退後、ウラジオストクでジムを経営したが、パートナーに金を持ち逃げされて閉鎖に追い込まれた。職を失ってやさぐれていたところにあのひとがやってきた」

「鳥居氏か」

「先祖は大野藩士だった」

　北蝦夷開拓のために大野から乗り込んできたうちのひとりだったのだ。

「俺の本名は、ゲオルギー・フジガヤ・ヴォロコフ。高橋家の分家筋にあたる。その昔は朝倉家の家臣だった」

　忍は驚いた。藤ヶ谷と同じ一族の出だったのだ。

「先祖フジガヤ・キンノスケはサハリンで北蝦夷開拓に励み、ロシア人を相手に越前漆器を売る商売を始めたそうだ。やがてロシア商人の娘と恋仲になり、当地で結婚した」

「大野藩は明治維新の後、ウショロから引き揚げたはずだ。戻らなかったのか」

「ああ。キンノスケは大野には戻らず、妻の家でロシア商人となった」

　商才があったキンノスケはロシアのみならず中国北東部にまで商売を広げ、財を成したという。明治政府との間に立って交易もした。日本が日露《にちろ》戦争で勝ち、満州《まんしゅう》を勢力下に置くと、大陸で手を広げてきた日本人相手に商売を始めた。

「満州では黒龍公司《ヘイロンコンス》という名の企業を立ち上げた。国際貿易商として名を馳《は》せ、財を成したが、日本の敗戦後、当家は日本のスパイとみなされてソ連軍に全ての財産を没収された」

栄華は一転、財産を失ったヴォロコフ家はサハリンに戻り、貧しい生活を余儀なくされたという。

「ソ連が崩壊した後も、生活はいっこうによくならなかった。俺は拳《こぶし》ひとつでのしあがろうと決めた。王座を手に入れるために血の汗を流した」

火の粉を散らす囲炉裏の薪に、ヘイロンは若かりし頃の熱狂を重ねているようだった。

「〝龍《りゅう》の盃《さかずき》〟はキンノスケが守り神として越前から持ち込んだものだと聞いた。北蝦夷開拓の成功と安全を、龍神に祈ったのだ。当家の守り神だった。繁栄をもたらした龍神だ。俺は龍に守られている。漆をまとう黒い龍だ。俺は肩に黒い龍のタトゥーを彫り、リングに立った。それがリングネームになった」

ゲオルギー・「ヘイロン」・ヴォロコフ。

ヘイロンの名はロシアボクシング界を席巻《せっけん》した。そのしなる鞭《むち》のような左フックは龍のごとし、ドラゴンフックと恐れられた。アメリカにも進出し、階級を超えていくつものベルトを獲得した。

「三十六まで戦い続けた……」

すべてのベルトを失って、やがて勝つことができなくなり、過去の栄光を取り戻すべくリングに立ち続けたが、年齢による肉体の衰えには勝てなかった。

「目の前のやつに過去の人間として持ち上げられる悔しさが、わかるか……」

ヘイロンは古い拳《けん》ダコをさすっている。

「君は強かった、素晴らしい左フックだった、見事なファイトスタイルだった。すべて過去形で語られる惨めさを……。俺は過去じゃない。いま生きて戦っているのに」

忍はじっと聞き入っている。

「俺は肉体の衰えに負けたんじゃない。俺を過去の人間にしようとする世間の目に、負けたんだ……」

揺らぐ炎を見つめている。やがてハッと我にかえった。

語るつもりのなかったことまで語ってしまった。

「鳥居氏は『七之盃』を探してサハリンまで来たのか？」

「最初は買い取るつもりだったようだが、あれは当家の神だ。俺の守り神だ。売るわけにはいかん。だから一緒に日本について来た」

「日本語が堪能《たんのう》なのは？」

「祖父母が時々話していたのを聞いていた。語学学校にも通った。こっちでは高橋家で働かせてもらった。愛子が教えてくれた」

忍は驚いた。和菓子屋で働いていたということか。体を張ったボクシングの世界から繊細な和菓子職人の世界へとは。

「意外ですね……」

ヘイロンは掌《てのひら》を見つめている。拳ダコの残る手の甲とはうって変わって、白いきれいな掌だ。

「最近、餡《あん》作りを任されるようになったんだが、難しい作業だ。その日の気温や湿度で小豆《あずき》を火に掛ける時間も温度も変わってくる。機械だけには任せられない。難しいが面白いとも感じる。ボクシング同様、奥が深い」

そう、と言って、忍は火に照らされるヘイロンの横顔を見た。目元が柔らかいと感じた。

「日本の和菓子は美しく繊細だな。四季を小さな菓子に閉じ込めて表現するなんて、まるでアートじゃないか。柔らかくデリケートな、微笑みをつめた箱庭のような世界だ」

薪の弾《はじ》ける音を聞きながら、忍はじっと見つめている。

「いまもチャンピオンに返り咲きたいと思ってるんですか」

「……。俺の拳から、黒い龍は去ってしまった」

ヘイロンは険しい顔になり、拳を固めた。

「だが取り戻せるものなら」

思いつめたように黙りこんでから、また我にかえった。取り繕うように仏頂面に戻ると、ヘイロンは囲炉裏端から立ち上がった。

「いい加減な気持ちで高橋の婿になるなら、俺が許さん。いいな」

言って去っていく。

忍は溜息《ためいき》をついた。

「――……龍を蘇《よみがえ》らせる、か」

道場は静まりかえっている。

ヘイロンが外で薪割りを始めたのを確認し、忍は奥座敷に忍び込んだ。

大きな古いダイアル式の金庫がある。実は儀式の後、高橋冬子が〝九之盃〟をこの中にしまったのを、忍は物陰から覗《のぞ》き見ていた。

目に焼き付けた番号の通りにダイアルを回す。金庫は開いた。

中には四段の棚があり、古い桐箱が八つ、並んでいる。

「これが〝龍の盃〟か」

明日《あした》の婚礼のために運び込んでいたらしい。

〝一之盃〟と〝一之箱〟を除いて全て揃っている。

ヘイロンが戻ってくる気配に注意しながら、忍は八つの桐箱を出して目の前に順番に並べてみた。

「盃を集めて龍を蘇らせる、か……。どうやって蘇らせるんだ？　椎骨《ついこつ》を並べて恐竜の尾を復元しろと？」

それで何がわかるというのだろう？

明智光秀の形見でもある通称〝おたま盃〟〝公方盃〟こと〝二之盃〟の箱を手に取っ

た。

「これか。箱書きというのは」

底に記された花押。おそらくこれが朝倉義景の花押なのだろう。

かたわらに謎の一筆が添えられている。

「〝九頭竜集めし者の前に龍は顕現す〟……？」

そう読める。

蓋《ふた》を開けて〝龍の盃〟を取りだした。

箱の内側の底部分にも何か墨で記してあることに気づいた。

「なんだこれは」

覗き込むと、中央に円が描かれ、真ん中に漢数字が書かれている。

円の周囲には配線図のような線が描き巡らされ、上下左右に小さく別の数字が記されている。

「〝二之盃〟の箱なのに、円の中には八って書いてある。何を意味してるんだ？」

念のため、他の箱も開けてみた。同様の図形が描かれているが、漢数字や配線図のような線も微妙に違っているようだ。忍は考え込んだ。なんなのだろう。これは。

「もしかして、こうか？」

上下左右の数字は、箱の並べ方を示しているのかもしれないと思い、〝二之箱〟の底に書かれた通り、右側に〝三之箱〟を置いてみたら、配線図のような線がぴたりと一致した。

「そうか。パズルだ」

　上下左右の数字は盃の数字を示している。道路地図でページの上下左右に、そこから繋《つな》がるページ番号が記されるように、その数字に該当する盃の箱を並べよ、ということのようだ。そのとおりに箱を全て並べると、配線図もどきは見事きれいに繋がって、八つの桐箱がサイコロの展開図のようになった。

「とすると、真ん中の円にある数字はなんだ？」

　化石胎漆器を手にとって裏返してみると、盃の底に金泥で模様が描かれている。よくみれば、ひとつひとつ模様が違う。忍は閃《ひらめ》いた。

「そうか。真ん中の円の数字は、この数字に該当する盃をここに置けってことじゃないのか？」

　記された通り〝二之箱〟の中に〝八之盃〟をひっくり返して置いた。すると、底板に記された配線図もどきの線とぴったりとあって、空白部分をきれいに埋めた。

「そういうことか」

　忍は次々と指示通りに盃を置いていった。面白いようにぴったりと合う。

　そうやってできあがったのは――。

「これはなんだ……」

　大きな線画だ。

巨大な樹木の枝のようにも見える。いや、この枝分かれの仕方は……。

「道、か？」

ところどころに小さく文字が記してある。これは何かの地図かもしれない。

おそらく〝一之箱〟がスタートで〝九之箱〟がゴールだ。だが。

「ない……」

スタートを埋める〝九之盃〟はあるが、それを置くべき〝一之箱〟がない。

ゴール地点を示す〝九之箱〟はあるが、そこを埋める〝一之盃〟がない。

「肝心のものが欠けているのか……」

箱と盃《さかずき》で作られた周到なパズルだ。盃を集めるというのは、どうやら、このパズルを完成させることを意味していたらしい。

とはいえ、肝心の目的が謎だ。いったいこれは何を示しているのか。

「そこで何をしている」

忍は驚いて、振り返った。パズルに集中しすぎて、背後への注意を怠っていた。

殺気をまとうヘイロンが、鉈《なた》を握って立っている。

「きさま、やはり婚礼の前に殺されたいようだな」

鉈の刃が裸電球に鈍く光る。

忍は観念したように目をつぶって、天をあおいだ。

＊

なみなみと水を湛《たた》えた九頭竜ダムに、雪がちらつき始めていた。

かつて穴馬郷と呼ばれたここは里よりも季節の巡りが遅いのか、まだ冬山の様相だ。

風に水面《みなも》が波立っている。九頭竜湖にかかる吊《つ》り橋が見渡せる展望所で、無量と萌絵は白い息を吐きながら、車を降りた。

「あの橋、なんかどっかで見覚えあるな」

「瀬戸《せと》大橋《おおはし》のモデルになった橋みたい。箱ヶ《はこが》瀬《せ》橋《ばし》っていうんだって」

ついこの間まで瀬戸大橋を望む現場で発掘していた無量にはどうりで懐かしいわけだ。

先着していた能年も車から降りてきた。

「でかいダム湖っすね」

「これでもこの季節は総貯水率の半分くらいだ。来る途中に見えたと思うが、日本最大級のロックフィルダムで岩石を積み上げて水を堰《せ》き止めるタイプだから、コンクリート式とはだいぶ印象がちがったろ」

「なんか黒くて迫力ありましたね」

昭和四十年に着工した発電と洪水対策の巨大な多目的ダムだ。下流の治水に貢献し、崩れ川と呼ばれた九頭竜川は、洪水を引き起こしにくい河川になったという。

「ただこのダムは、時の首相を巻き込んだ入札を巡る汚職疑惑のほうで有名になってしまったのが残念だが」

「つか、どういうことすか、能年さん。〝一之盃〟がダムにあるっていうのは」

能年はマフラーを巻き直して、水面を指さした。

「〝一之盃〟を継承してきた家は、この旧穴馬郷にあった。ちょうどあの対岸のあたりだ。今はもう余程ダムが涸《か》れない限り、ここからは見えない」

今もダムは満々と水を湛えている。

水面を覗き込んでも、かつての村の痕跡《こんせき》のようなものは見ることができない。

能年が古い写真を無量たちに渡した。白黒写真は貯水する直前のものらしい。箱ヶ瀬橋のはるか下には川が流れ、道路も見える。橋梁《きょうりょう》近くまで水位のある今の風景とはまるでちがう。

工場のような写真もある。

「このあたりは鉱山が多くてね。銅や鉛、亜鉛の採掘で賑《にぎ》わった。いまのこの風光明媚《めいび》な景色からは想像できないが、夜は大野の街より明るかったらしい。〝一之盃〟の継承家も鉱山を経営していた」

財閥系の鉱山に比べれば小さいものだったが、それなりに儲《もう》かって、村の長者のようだったという。

「だが、不況のあおりをうけて閉山を余儀なくされた。今はダムの底だ。親族もよそに移っていった」

「なら〝一之盃〟はどこに」

能年は三枚目の写真を見せた。

古いかやぶき屋根の家のそばに石塔が立っている。

「宝篋印塔《ほうきょういんとう》……！　ここに埋めてあるんですか」

「今はもうダムの底だ」

対岸の一際大きな枝を伸ばした山桜の下あたりに、その家はあったという。

話が読めた無量は、さーっと青ざめた。

「もしかして……湖に潜って掘り返して来いっていうんじゃ……」

「君のことは相良くんに聞いたよ。水中発掘もやるんだってね」

無量はあからさまに尻込《しりご》みした。

「ちょちょちょ待ってくださいよ。ダムの底まで潜れっていうんすか！」

「水深三十メートルで作業したこともあるんだろ？　この季節なら二十メートルくらいで辿《たど》り着けるかな」

「待って待って！」

うろたえる無量の肩を、萌絵ががしっと摑《つか》んだ。

「潜水道具は私がひとっ走り行って一式借りてくるから」

「そんな簡単に言うな！　大体ドレッジもないのにどうやって掘るんだよ！」

「相良さんが婚姻届にハンコ捺《お》しちゃってもいいの？」

「よくないけど、ダムの底発掘なんてムリムリ」

激しく抵抗して訴えた。

「そもそもダムの水中発掘は勝手にやっちゃいけないんすよ。あちこちに許可取んないと罰せられるんです。安易に潜ったら捕まります」

うん、と能年はうなずいた。

「西原くんの言う通り。それに加え、ダムの潜水は危険なんだ。取水口に取り込まれたり、開閉扉に挟まれたり、潜水士の事故も多い。君にさせるわけにはいかないよ」

無量は胸を撫《な》で下ろした。

「でも、ならどうするんですか」

「実はそこにはもうない」

能年は断言した。

「実は三十年ほど前にひどい渇水の年があって、たまたま数日間、この宝篋印塔と継承者の家が水面上に顔を出した時があった。それに気づいて掘り返しにきた者がいた」

まさか、と萌絵は言った。

「それ藤ヶ谷さんのお祖父《じい》さんなんじゃありませんか。藤ヶ谷恒夫《つねお》さん」

能年はうなずいた。

柵《さく》にもたれ、対岸の少し入江のようになったあたりを眺めながら、

「藤ヶ谷恒夫さんは〝一之盃〟継承家の許可も得ず、宝篋印塔に納められていた実物を取りだしてしまったんだ。そして彼はその数日後、このダムに水死体となって浮かんだ……」

あのあたりだ、と箱ヶ瀬橋の下あたりを指さした。

「それから三日ほど経って継承家にハガキが届いた。差出人の名は藤ヶ谷恒夫。消印は亡くなった当日」

「遺書ですか。なんて書いてあったんですか」

「〝一之盃は黒龍神社が見える桜の大きな数珠《じゅず》のもとに埋めた〟――ろくにハガキのていをなさない、走り書きのような文面だったそうだ」

それは遺書というよりも、まるでダイイングメッセージのようだったという。

「警察は事故死扱いした。ばちがあたったと眉《まゆ》をひそめる者もいたみたいだが、そうじゃなかったと俺は思う」

「〝一之盃〟を取りだしたせいで誰かに命を狙われたということですか」

あの、と萌絵がおそるおそる問いかけた。

「もしかして……なんですけど、〝一之盃〟の継承家というのは、奥さんの……美優さんのご実家なんじゃないですか。鯖江におられる安坂家では」

能年はこちらに向き直った。

「ああ、そうだ。美優の実家は〝一之盃〟の継承家だったんだ」

無量は目を瞠《みは》った。

旧上穴馬村出身というのは、そういうことだったのか！　と。

「愛王丸の子孫だと伝わっていたらしい。だが鉱山経営に失敗して以来、暮らし向きはよくなかったとか。世が世なら朝倉の姫だったかもしれないのに」

無量は娘の真子《まこ》が集落のひとたちから「姫」と呼ばれて可愛がられていたのを思い出した。

「鹿殿に移住したのは、そのこともあって……？」

「うん。なにより俺に化石のおもしろさを教えてくれたのは、美優だったからね」

化石収集に最初にはまっていたのは美優のほうだったという。

「実を言うと、俺は永平寺にいたとき、修行生活のあまりのつらさに耐えきれず、脱走をやらかしてしまってね」

「ええっ。能年さんが」

「根性なしだったんだよ。先輩雲水の隙をついて、後先考えずに逃げ出した。脱走はしたものの、金も食うものも着替えもなくて、林の中を彷徨《さまよ》っていた僕を見つけてくれたのが美優だった。彼女は当時、門前のみやげ屋で住み込みのバイトをしてた」

能年を下宿先に連れていき、温かい食事を与え、着替えの服を用意し、実家までの交通費まで出してくれた。

昔から修行に耐えられず山から脱走する雲水は珍しくなく、近所のひとが保護することもあり、その場合はたいてい永平寺に連絡がいくのだが、彼女は誰にも告げなかったらしい。心の弱さを黙って受け容《い》れてくれた美優の情けに触れた能年は、思い直し、心を入れ替えて、永平寺に戻って再び修行を始めたのだ。

「全てやり遂げて山を下りた時、真っ先に彼女に会いにいった。それは恋心とかそんなんじゃない。ただ礼がしたかった。あの時助けてくれた彼女に、やり遂げた自分を見て欲しかったんだ」

　ゆっくりと始まったやりとりの中で、彼女が化石発掘をしていることを知った。

化石の掘り方も知識も、最初に教えてくれたのは美優だった。

化石を通して絆《きずな》を深めた。

　そうして知り合ったのが、鹿殿集落の人々だったのだ。

「みんなは彼女を姫様と呼んでいた。安坂の娘だと知っていたし、ここに来る度、愛王丸の墓に詣《もう》でていたから」

継承家が〝一之盃〟を穴馬の里から持ち出さなかったのは、暴れ川だった九頭竜川を、このダムが鎮めると理解したからだ。大きなダムの水底に龍神を眠らせ、ダムの守り神となし、流域に住む人々の平穏と安全を願った。

「人間の手で作ったこの巨大なダムこそが、現代の龍神となるように、と……。そういう願いを龍《りゅう》の骨にこめていたんだろう」

　雲間から差し込んだ陽光に、風の起こすさざ波が輝いている。

「なのに、欲を掻《か》いて取り出してしまった者がいた。藤ヶ谷氏だけじゃない。鳥居もめざとく〃一之盃〃を狙って探しに来たらしい。そこで醜い争いが起きた。あれはやはりダムの底に眠らせておくべきだった」

「………。もともとは、九頭竜川の神を祀《まつ》る盃《さかずき》だったんですものね」

こくり、と能年はうなずいた。

「〃九頭竜の盃〃はこの土地を守る龍神そのものだ。連中の好きにはさせない」

対岸の尾根のあたりを指さした。

「あそこに黒龍神社から分祀《ぶんし》した小さな祠《ほこら》がある。藤ヶ谷氏が埋めたのはその近くだと思うが、それ以上は手がかりがない。いっしょに探してくれるか。西原くん」

無量はうなずいた。

「ダムの上なら、いくらでも」

「ありがとう。では明日だ。装備がいる。明朝ここで会おう」

山は日が暮れるのも早い。

雪がちらつくダム湖は暗く水を湛《たた》えて、静まりかえっている。

無量は右手の革手袋をはめなおした。

第七章　ダムに沈んだ神

早朝の九頭竜湖にはうすく靄《もや》がかかっていた。

昨日ちらついていた雪が夜の間に積もっていたら厄介だとは思っていたが、幸い、まもなく晴れたらしい。だが雲がとれた分、真冬に逆戻りしたような寒さだ。

箱ヶ瀬橋を渡り、対岸に向かう。

湖沿いの細い県道は荒れていて車同士がすれ違うのも難しい。湖側は申し訳程度にワイヤーロープが張ってあるだけで、少し運転を誤れば、簡単に湖に突っ込めそうだ。

面谷《おもだに》橋を渡って小さな入江のようになっている場所に出た。標識には「持穴《もちあな》」と地区名がある。道路脇を広くとった場所に車を駐《と》めて、無量《むりょう》と能年《のうねん》が降りた。

「じゃあ、何かあったらすぐ呼ぶから、永倉《ながくら》さんはここで待機を」

「了解です。気をつけて。西原《さいばら》くんも」

「おう」

無量と能年は準備万端だ。残雪の北側斜面を歩くため、靴にはアイゼンもつけている。

基本、化石発掘用の装備だが、ジョレンやスコップも織田《おだ》から借りてきた。

道路沿いの法面《のりめん》はほぼコンクリートキャンバスで覆われていて、山林に入れる場所はごく限られている。

「こっちからあがれる。行こう」

山は暗く鬱蒼《うっそう》としている。ふたりとも化石発掘で山に入るのには慣れているが、ダム建設による集落移転でこのあたりの山林はすっかり人の手が入らなくなったためか、道もほとんど残っていない。道とも言えない獣道を探してあがっていく。

「よくルートがわかりますね」

「九頭竜湖の南岸もあちこちに露頭があってね。時々歩きにくるんだ。実は〝一之盃〟を探しにきたこともある」

「まじすか」

「とりあえず黒龍神社までの道はわかる。足場が悪いから気をつけて」

ふたりは残雪の固まった陽も差し込まない山林を進んでいった。

二十分ほどあがった頃だった。

「見えたぞ。あそこだ」

雪に埋もれるようにしてガタガタの石段がある。その上に朽ちかけた木の鳥居があった。村がダムに沈んでお詣《まい》りする者もいなくなった小さな神社だ。

扉は朽ちかけて金具も錆《さ》びている。ふたりは手を合わせた。

「藤ヶ谷《ふじがや》恒夫《つねお》氏が〝一之盃〟を埋めたのは、鳥居《とりい》氏から隠すためだったんすよね。追っかけられてこんなとこまであがってきたんすかね」

「当時の鳥居は血気盛んでアゴで使える手下も大勢いたそうだから、きっと山狩りで囲まれたんだろう」

しかし、と無量は辺りを見回した。

木々の枝に葉がない分、多少は見通しもいいが、視界が開けているとは言いがたい。

「〝黒龍神社が見える桜、大きな数珠《じゅず》〟って、何を意味してるんすかね」

「埋めた場所の目印に数珠を置いてきたんじゃないかな」

祠が見えるくらいだから、そう離れてはいないはずだ。

だが、何度訪れても桜らしき木はいっこうに見当たらなかったという。

「何かで枯れて倒れちゃったんすかね」

「でも数珠は残ってるはず」

「こんな山んなかだし、数珠なんて葉とか土に埋もれたら、もう探し出せないすよ」

「大きな数珠とあるから、もっと目についてくれてもよさそうなもんだが」

とりあえず、祠が見える範囲を歩き回った。

「熊にでも持っていかれたのかな……」

埋まっている物体が石棺のような大きなものなら、地形の特徴をみれば、ある程度、予測が立てられる。だが、恐竜の尾の椎骨《ついこつ》だ。しかもたったひとつ。

いくら無量でもこの状況で短時間に探し当てられる自信はない。

「手当たり次第掘り返してみるしかなさそうっすね……」

とはいえ、ここは山林だ。雪が消えた所も下草や木の根が張り巡らされて、整地された遺跡発掘現場のようにスムーズにはいくまい。何日かかるかわかったものではない。

「相良《さがら》くんの結婚式は六時間後だぞ」

「それ絶望的じゃないすか。人海戦術にしたほうがいいんじゃないすか。やっぱ永倉呼びましょうか」

「集落の人達は高齢だしなあ……。耕耘機《こううんき》でもあればなあ」

途方に暮れて、祠のそばに座り込んだ無量はふと、木と木の隙間から、湖に張り出している隣の尾根がよく見えることに気がついた。ちょうど湖岸が入江のように山側に抉《えぐ》りこんでいるため、紙を折り畳んだように、隣の尾根が驚くほど近いのだ。

「あそこ、露頭っぽくないすか」

無量が指さした先を能年も見た。ああ、とうなずき、

「このへん、ちょこちょこと蛇紋岩《じゃもんがん》の露頭がある。鹿殿集落のあたりと同じ九頭竜亜層群の地層だ」

「鹿殿といっしょ？」

何を思ったのか。無量が立ち上がって歩き出した。能年も慌てて後を追う。谷にはおりずに多少遠回りして、さっき祠《ほこら》から見えた露頭のあたりにたどり着いた。

「こりゃ立派だな」

砂とレキと頁岩《けつがん》がきれいな層になっている。色の違いも美しく見《み》応《ごた》えがある地層だ。

その表面にはところどころに丸い漬け物石のようなものがぼこぼこと顔を出している。

無量と能年は顔を見合わせた。

「ノジュールだ」

化石や鉱物を包み込んでいる「卵」のようなかたまりだった。

無量がハンマーを取りだし、そのひとつを掘り出した。

「大きな数珠……。まさか」

無量は「これだ」と能年に叫んだ。

「道場にあった『懲龍《ちょうりゅう》の数珠』っすよ！」

蓮如《れんにょ》上人が悪い龍の首にまきつけたという伝説の数珠石だ。

能年も「あっ」と声をあげた。

「数珠っていうのは、ノジュールのことか！」

灯台もと暗しだ。盲点だったと能年は顔を覆った。

「なんてこった。道場で毎日見てるのに結びつかなかったなんて」

「つか、鹿殿の道場、藤ヶ谷恒夫氏は来たことあるんすか」

「ある。隆文《たかふみ》さんが蘇龍講に出てた頃、案内したことがあるはずだ」

それでこのノジュールを見て咄嗟《とっさ》に「数珠」を思い浮かべたのだとしたら。

「だとしたら、このあたりに」

無量は桜の木を探した。

露頭の周りは傾斜の緩い土の斜面になっている。陽あたりがよく残雪も少ない。とはいえ、木々はまだ芽吹いておらず、一口に桜と言っても種類は多様で、ソメイヨシノのように一目でそれとわかるものばかりでもない。無量も石には強いが、木には疎い。

「樹皮に横縞《よこじま》が入ってる木を探すんだ。どこかにあるはずだ」

桜を探して斜面をうろつく。

不意に右手がビリッと疼《うず》いた。誰かに強く手を引かれたような感じがした。

はっとした無量の目に飛び込んできたのは、残雪に埋もれるようにして建っている小さな石塔だった。宝篋印塔《ほうきょういんとう》などではない。苔むした笏谷石のかわいい五輪塔が三基、身を寄せ合うように佇《たたず》んでいる。

一乗谷で見た風景を思い出して、無量は近づいていった。

まるで親子のような五輪塔は、表面がすり減って刻まれた文字もよくわからない。

その石塔が何か自分に囁《ささや》いているような気がして、無量は背後を振り返った。

斜面に、ごくわずかな平坦《へいたん》地がある。

「ここだ」

その場所におりてしゃがみこみ、固い残雪を掘っていくと野球ボール大の丸い石がお供え物のように顔を覗《のぞ》かせた。石だと思ったそれはやはりノジュールだった。数珠石のひとつだと無量にはわかった。

無量はノジュールをどけると、その下を掘り始めた。

「おい。西原くん？　そこには桜なんてないぞ」

能年の言葉も無視して、ジョレンを動かす。まるで土の中が透視できているかのように手に迷いがない。その姿に気迫を感じて、能年は「手伝う」とも言えず見ているしかできない。土を掘り返し、草の根を断ち、さらに掘り、五十センチほど掘り下げた時、ジョレンの先がなにか硬いものに当たった。

石ではない。

化石だ。

鼓を思わせる奇妙な形をした化石だ。把手《とって》のようなものがついている。漆はだいぶ剝《は》げて石胎が剝《む》き出しになっているが、間違いなくそれは生き物の椎骨化石だった。

「恐竜の尾椎……」

丁寧に持ち上げた無量は能年を振り返った。

能年は驚きを隠せない。呆然《ぼうぜん》と立ち尽くして、うなずいた。

「それだ。まちがいない。〝一之盃〟だ……」

無量が周囲を見回すと、少し離れたところに、幹から折れた木の痕跡《こんせき》が残雪から顔を覗かせていることに気づいた。雪の重みで折れた古い山桜のようだった。

「よく見つけられたもんだな……。君には土の中が見えるのか？」

「そんなわけないでしょ。石が呼んでたんすよ」

能年は舌を巻いた。……どっちにしても常人の感覚ではない。

化石胎漆器は箱にも袋にも入れず、裸のまま無造作に埋められていた。藤ヶ谷恒夫は鳥居の手下に追われて逃げられないと悟り、急いで土に埋めて隠したようだ。目印を探し、手近に転がっていた石を載せるので精一杯だったのだろう。

無量は能年に〝一之盃〟を渡した。

「これが安坂《あさか》家の……朝倉《あさくら》宗家の〝龍の盃《さかずき》〟か。本当にここに埋まっていたとは……」

「こいつがあれば。忍の結婚を阻止できるんすね。なら急いで戻りま……っ」

がり、と残雪を踏む音が聞こえた。

ふたりはぎくりと振り返った。

斜面の上の木陰に男が立っている。こちらを冷たく見下ろしている。

「……それが〝一之盃〟か」

銀髪の中年男だ。

ヘイロンではないか。

無量と能年は警戒をむき出しにして身構えた。

「……。なんでここにいる。俺たちをずっと尾行してたのか」

ヘイロンが取りだしたのは、発信器だ。

「あんたの車に取り付けておいた。動くなら今日だと思った。安坂の娘婿」

能年が「よそ者」だなんてとんでもない。安坂美優《みゆ》の夫だ。その娘である真子《まこ》はまぎれもなく愛王丸《あいおうまる》の子孫である。能年は「後藤の代理」どころか「朝倉の姫の父親」だ。〝一之盃〟の継承家は蘇龍講からは完全に身を引いていたが、鳥居は安坂家がなにか手がかりを持っていると踏んで、以前から能年をマークしていたようだった。

「〝一之盃〟こちらに渡してもらおうか」

　ヘイロンの手にはバンテージが巻いてある。先日は素手だったから拳《こぶし》を壊さないよう手加減したようだが、本気を出したボクサーの拳は人を殺せる。

「下には永倉がいたはずだ。あいつが見逃すわけがない」

「女用心棒なら湖に沈めた」

「！」

「……と言いたいが、倒すまでもない。警察に不審車両がいると通報しておいた。今頃、いい具合に足止めしてくれてることだろう」

　萌絵に助けを求めても無駄だということか。

　無量は能年を背中にかばい、退路を確保した。

「そいつをもって先に逃げてください」

「しかし西原くん……っ」

「今日はこっちも丸腰じゃないんで」

　無量はジョレンを握って構える。

「発掘屋の度胸みせてやりますよ」

ヘイロンが能年につかみかかろうとした。無量はとっさにジョレンで通せんぼする。ヘイロンを牽制《けんせい》している隙に能年は谷に向かって斜面を走り出した。

「Отойди!（どけ）」

怒鳴って殴りかかってくる。無量はジョレンの柄で防ぐ。

——振り回しちゃ駄目！

萌絵からは対ヘイロン防御を叩《たた》き込まれていた。

——懐に入られたらオワるから間合いとって。槍《やり》みたいに突いてすぐ引く！

足場が悪い斜面ではヘイロンも得意のステップは使えない。飛び込んでこようとするところを狙って鋭く突く。それを繰り返す。

ヘイロンが攻めあぐねている間にも、能年は逃げていく。

「Вернись!（戻れ）」

無量は果敢にもジョレンの先でヘイロンの肩口を狙った。ヘイロンはぎりぎりかわして逆に柄を握り返す。無量も取られまいと抵抗する。

「く！」

体勢が崩れた。斜面に転がった無量を尻目《しりめ》にヘイロンが能年の後を追おうとする。無量は咄嗟に足元にあったノジュールを持ち上げ、投げつけた。これが頭部にヒットした。

「西原くん！」

そこに駆けつけたのは、足止めされていたはずの萌絵だ。すぐにヘイロンの前に立ちはだかった。ヘイロンは側頭部を押さえている。血が流れている。

「おまえらどこまでも邪魔を……っ」

手負いの獣だ。だが萌絵は怯《ひる》まない。

「今度は倒す！」

ヘイロンが獰猛《どうもう》に殴りかかってきた。パンチの速さに萌絵も猛烈な反射神経で反応する。昔の試合動画を見てヘイロンの癖も把握した。ヘイロンは殺人的な速さで追い詰めてくるが、斜面でのバランス感覚は萌絵が上だ。不安定な足場が萌絵に味方をしてくれる。

得意の左フックを深く沈み込んでかわし、足払いをかけた。ヘイロンが体勢を崩して斜面でたたらを踏んだところに、上から勢いをつけて飛び込んだ。高低差を利用した足技は重力も味方につけて見事にヘイロンを地面に沈ませた。

「っしゃ！」

無量もガッツポーズだ。痛恨の一撃をくらって地面にへばりついているヘイロンの両腕ごと、萌絵は用意してきた粘着テープでぐるぐる巻きにした。腕の自由さえ奪ってしまえば、ボクサーは武器をとり上げられたも同じ。こっちのものだ。

「つか永倉、警察に捕まってたんじゃ」

「織田さんがこれを」

萌絵が差しだした書類を見て、無量はびっくりした。「試掘調査申請書」とある。

「昨日事情を話したらこれを渡してくれて。誰かに不審に思われたら、これを見せれば、試掘調査のための立ち入りだってことにできるからって」

「ノブナガさん……。いいひとすぎる」

萌絵はヘイロンの側頭部の傷をみて、ハンカチで止血しようとしたが、ヘイロンは振り払って拒んだ。

「すぐ病院に行きましょう。手当しないと」

「触るな。このくらいの流血には慣れてる」

「でも」

「忍《しのぶ》は無事なの？ おまえたちんとこにいるんだろ」

無量から訊《き》かれて、ヘイロンは悔しまぎれに笑った。

「どうせ盃《さかずき》を得るためだけの婿養子だ。盃が揃った途端、せいぜい事故か病に見せかけて、いいように始末されるのがオチだろうなあ」

無量たちの顔が強《こわ》ばった。

「どういうことだ」

「本気で婿になどなれると思ったのか？ あんなものは口実だ。蘇龍講《そりゅうこう》の秘密を知ったよそ者は、みんなダムに浮かぶと決まっているんだ」

無量が胸ぐらを乱暴に摑《つか》んだ。

「鳥居は忍を殺す気なのか……!? 藤ヶ谷さんのおじいさんを殺したように！」

「殺されたくなかったら〝一之盃〟をこちらに渡せ。さもないと」

ヘイロンは際どい笑みを浮かべて言い放った。

「おまえらは相良忍の水死体を見ることになる」

ここに及んで、ようやく無量たちは気がついた。

忍はすでに花婿などではない。蘇龍斎《そりゅうさい》たちの、人質なのだ。

*

ヘイロンをつれて山から下りてきた無量たちを、能年は車の前で待っていた。取り押さえたことはスマホで報《しら》せていたので、逃げるのをやめたらしい。能年は冷静だった。

「もう一度、警察をここに呼ぼうか。ヴォロコフ」

無様な姿をさらしたヘイロンは開き直っていた。

「そんなことより〝一之盃〟は蘇龍斎に献上したほうが身のためだぞ。人質の命がかかっているのだから」

無量たちは焦っていたが、能年は落ち着いている。

「この化石胎漆器のことか。これだけ手に入れても箱がなければ意味ないはずだが」

その通りだ。〝龍の盃〟と箱書きは、ふたつでひとつ。「龍を蘇《よみがえ》らせる」パズルを完成させるには箱書きこそが重要なのだ。

「箱はどこだ」

「さあ。それこそあのダムの底に沈んでいるんじゃないのか」

ヘイロンは歯がみした。能年は冷ややかにそれを見て、

「……なあ、ヴォロコフ。おまえと最初に会ってからもう五年経った。鹿殿道場で愛王丸の法要に参列して以来だ。鳥居に連れてこられたあの時のあんたは、やさぐれたチンピラ同然だった」

「なにが言いたい」

「高橋《たかはし》屋に雇われて和菓子職人を目指すようになってからは、みるみるいい顔になっていった、と美優も病床で喜んでいたんだよ。美優のもとにも好物だったきんつばを持参して何度も見舞いに来てくれた。本当は情の深いやつなんだ。あんたは蘇龍斎に恩義を感じて忠誠を尽くしてるようだが、それよりも先にやるべきことがあるんじゃないのか」

「なに」

「この結婚を止めることだよ。誰よりもこの結婚に反対しているのは、おまえさんのはずだ。ちがうか？」

あきらかに動揺し始めたヘイロンを見て、無量と萌絵は怪《け》訝《げん》に思った。

「どういうことすか、それ」

「君は発掘現場でこの男に襲われたそうだね、西原くん。だが蘇龍斎は西原くんを襲え、などとは指示しなかった。連れてこい、と指示したんだ」

「え？　そうなの？　ならなんで？」

「余計なことを言うな、ショウユウ！」

「まさか俺が婿入りするのを邪魔するため？」

ちがう、とヘイロンはムキになって取り繕おうとしたが、無量と萌絵は口々に、

「なんで邪魔したの？　俺が婿じゃまずいの？　俺を守ってくれたの？」

「まさかまさか。その理由って西原くんが」

「高橋家のお嬢さんが好きなんだろ」

能年の指摘に意表をつかれた無量と萌絵は「あっ」と顔をほころばせた。図星だったのか、ヘイロンは白い顔を真っ赤にして怒り出し、

「ばかをいうな。そんなことじゃない」

「隠してもバレバレだよ。あんたと愛子《あいこ》さんはとても親しげだし、愛子さんもあんたにはなついてる。何より表情が柔らかい。愛子さんのことが好きなんだろ？」

「そんなわけあるか。十六も年が離れているんだぞ。こんな親ほど離れた四十男になど……！」

になど？　と無量と萌絵が顔を覗《のぞ》き込んだ。ヘイロンはうろたえて、

「……相手に……するわけが……」

「年の差なんて関係ないと思いますよ。お相手が二十代後半ならもう充分大人だし」

「冬子《ふゆこ》さんが許してくれるわけがない」

「親の許可は二の次でしょ。大事なのは当人たちがどう思ってるかですよ」

「なついていても恋愛感情じゃない。父親のように慕ってくれているだけだ」

「でもあんたのは恋愛感情なんでしょ」

無量に核心を突かれて、ヘイロンは黙ってしまう。

「愛子さんとの結婚をぶち壊すために俺を襲ったんでしょ。俺を脅したのも三三九度の盃をあげられたくなかったからだ。だったら、利害一致したんじゃないの？　俺たちは忍の結婚をぶち壊したい。あんたは愛子さんの結婚をぶち壊したい。だったらいっそここは手を組んだほうが」

「馬鹿なこと言うな！　俺に鳥居さんを裏切れというのか！」

「裏切ってもいいんじゃないすかね。少なくとも、だれかを殺すとか人質にするとか平気で口にする卑劣なやつに、恩も忠誠も感じるだけ損すよ」

無量に真顔で言われて、心が揺らいだようだった。

能年も背中を押した。

「愛子さんが無理矢理結婚させられるせいで、あんたが思い詰めて相良くんを憎むくらいなら、今ここで全部ぶち壊したほうがみんなのためだ。本当はあんただってリングの外で誰かを傷つけたりなんかしたくないだろう」

手を組もう、と能年は言った。

「いっしょにこの結婚をぶち壊すんだ」

「そうですよ！　花嫁をかっさらいましょう。手伝いますよ！」

でも、とヘイロンは迷い、

「そんなことをすれば、私は冬子さんから追い出されてしまう。高橋屋にいられなくなる」

「それがなんだっていうんだ。追い出されたら駆け落ちでもなんでもすればいい！」

能年の臆面《おくめん》もない一言に無量と萌絵も感心した。

「さすが。既婚者の説得力」

「……愛子さんだって本当は呪縛《じゅばく》を解かれることを願ってるんじゃないのか」

元僧侶《そうりょ》である能年は優れた観察力の持ち主でもあった。高橋親子の過干渉ぶりを誰よりも身近で見ていたのは、他でもないヘイロンだ。子によかれと思う母心が子から本音を奪ってきた。よい子という仮面の下で本心を受け止められることもなく、母親の言いなりになって抵抗もできず、無力感から人生を諦《あきら》めかけている愛子の姿は、はたから見ていても痛々しかった。地味な服を着て目立たぬようにしながら、ひたすら母を怒らせないように顔色ばかりを窺《うかが》って生きてきた娘の、悲しい姿だ。

「だったら、あんたが愛子さんの手を引いて、あの母親のもとから連れ出してみたらどうだ」

　ヘイロンは思いもよらない言葉を聞いたというように目を見開いた。

「俺が彼女を連れ出す、だと？」

「そうだ、そのためにあんたの挫折《ざせつ》と苦しみもあったんだとは思わないか。仏はあらゆる過去から縁をつなぐ。彼女を呪縛から解放してやることこそが、あんたの本当の使命だったんじゃないのか」

「愛子を呪縛から解放する？　俺が？」

「そうだ。チャンピオン。あなたの拳《こぶし》はきっと守りたい者のためにあるんだ」

能年の一言に、隣でなぜか萌絵が感動している。ヘイロンの石膏《せっこう》で固めたような冷たい表情が徐々に崩れて、生身の心を取り戻していくのがわかった。

「……もしかして、黒い龍はそれを伝えるために俺をここにつれてきたのか」

龍がこの拳から去ったのも、そのためか？　彼女が自分を救う人間を求めていたから。

愛子の願いを黒い龍は聞き届けた、だから自分を連れてきた。そうなのだとしたら。

「……だとしたら。俺は今こそ自分の心に従うべき時かもしれない。俺は愛子を幸せにしたい。俺が愛子をあの母親から解き放つ」

　それが自分の仕事だとわかったら、覚悟が決まったのだろう。

「俺は何をすればいい」

無量と萌絵の表情にも光が射した。忍を救える道が開けた気がしたからだ。

「まずは婚儀をやめさせる」

能年は言った。

「というのも、蘇龍講の婚儀では、夫婦の証《あかし》として掌《てのひら》に互いの名を刻んだ焼印を捺《お》すことになってるからだ」

「焼印？　なんですか、それ」

「〝龍《りゅう》の盃《さかずき》〟の縁で夫婦になった者は死ぬまで添い遂げなければならない。相良くんは生涯、高橋の家で添い遂げる覚悟を皆に示さなければならない」

無量は憤慨した。

「なんなんだそれは！　焼印なんて家畜じゃないんだぞ！」

「小指の先ほどの焼印だ。しかし一生、手に残る」

そんな、と真っ青になった。

手は日常的に目にする部位だ。日々何かをするごとに好きでもない相手の名前を見なければならないのは苦痛でしかない。消えない傷と向き合うのが何よりつらいことは無量が一番よくわかっている。

「相良くんはそのへんが壊れてるから無頓着《むとんちゃく》に済ますかもしれないが、問題は愛子さんだ。好きでもない男の刺青《いれずみ》を強要されるようなもんだからな」

「愛子の手に、だと……」

ヘイロンの目がみるみるつり上がった。

「愛子の手は求肥《ぎゅうひ》のように白くて柔らかくて、とても美しいんだ。手先が器用で、和菓子の繊細な作業が得意で……。そんな愛子の手に焼印だと⁉」

「そりゃこっちの台詞《せりふ》です！　相良さんのあの優雅に受話器とって華麗にキーボード打つピアニストっぽくてギリシャ彫刻みたいな手に焼印なんて！」

「……なんか似てんね、あんたたち」

　絶対ゆるさん！

　意見は完全に一致を見た。

「大暴れしてでも阻止してみせます！」

「そのためには鳥居から蘇龍斎の座を剝奪《はくだつ》し、この婚儀の開催自体を無効にしなければならない。俺が〝一之盃〟の主《あるじ》になって、やつを罷免する」

「でも箱がないと本物だと認めてもらえないんすよね。どうしたら」

　目算はある、と能年は答えた。

「ただ全部間に合わせるには時間が足りない。急ごう」

　忍と愛子の結婚式は、五時間後には始まる。

　冷たい朝の風が九頭竜湖にさざ波を起こす。日は徐々に高くなり始めていた。

＊

蘇龍講の道場には高橋家の親族が続々と集まってきた。

座敷は全ての襖《ふすま》を取り払い、座布団が並べられている。阿弥陀如来の絵姿を挟んで、左右に新郎新婦が座り、両脇に媒酌人となる鳥居夫妻がつく。

本来ならそれぞれの親族が向き合うように並ぶのだが、忍の親類縁者はいないので、そこに蘇龍講のメンバーがつくことになった。

昔ながらの仏前式だ。仏の前で祝言《しゅうげん》をあげる。

鴨居には武家の子孫らしく、朝倉の家紋「三つ盛木瓜《もっこう》」が入った幕と槍《やり》が飾られている。

台所からは炊事の煙があがっている。

祝いの花や酒が運ばれ、ふだんは人影もない山里がにぎやかになってきた。

「おめでとうございます」

「おめでとうございます」

蘇龍講は一部の者だけが列席を許される秘密講だが、道場自体は開かれていて、昔から一族の冠婚葬祭や寄合の場として使われていた。

それでも「急を要する」結婚式ということで、参列者もどこか落ち着きがない。急ぎの婚儀の理由は「新郎の都合」ということにされてしまった。

「さっきお話しさせてもらったけど、えらい素敵な花婿さんやね。愛子さんもよい殿方をお婿に迎えられて幸せやわ」

さっそく挨拶《あいさつ》を済ませてきた親族が、冬子に次々と話しかけてきた。

「ほほ。ありがとうございます」

「賢そうで礼儀正しゅうて落ち着いとって、今時の若者とも思えんわ」

「文化庁に勤めておりますの。長い海外出張が入ってしまって、急な挙式に」

「そりゃまた優秀なんやねえ。さぞ福井の伝統文化にもお詳しいんやろうね」

「和菓子屋の若旦那《わかだんな》にはぴったりやの」

「ほほ。おかげさまで高橋屋は安泰です」

「お孫さんの顔を見るのが楽しみやねえ」

支度がととのい、太鼓が鳴らされた。参列者が続々と玄関をくぐっていく。

そこへようやくヘイロンもやってきた。無量と萌絵をつれている。

「遅かったね、ゴーシャ、そちらの方々は？」

ゴーシャとはヘイロンの名・ゲオルギーの略称だ。

「新郎の親族代わりに知り合いをつれてきました。新郎の関係者がゼロでは世間体が悪かろうと思い」

無量は申し訳程度に頭を下げた。冬子は一瞥《いちべつ》して愛想笑いをした。

すぐに呼ばれて、行ってしまったが。

「……『婿』になるはずだった男に対して、ぞんざいな扱いだこと」

「君が〝九之盃〟の発見者だというのはふせておこう。話がややこしくなる」

ヘイロンから数珠《じゅず》を渡された。仏前式には必要だという。

「しかしショウユウは何をやってるんだ……。もう始まってしまうぞ」

能年がまだ来ていない。そうこうするうちに開始時間になってしまい、やむなく三人は中に入らねばならなくなった。参列者がすべて着座したのを見計らって、まもなく鐘が鳴らされる。新郎新婦入場の合図だ。

太鼓が鳴らされる中、厳かに、新郎新婦が入ってきた。

白無垢《しろむく》に身を包んだ愛子と、紋付きの裃《かみしも》を着た忍だ。

ヘイロンは白無垢姿の愛子の美しさに見とれてしまっている。白粉《おしろい》に紅を差し、伏し目がちな横顔は清楚《せいそ》ながらも妖艶《ようえん》で、越前竹人形のように美しい。

が、瞳《ひとみ》に生気がなく、無表情で、まるで心をなくしてしまったかのようだ。

黒い紋付きの裃姿の忍も同じだ。端整な横顔はセルロイドのようで、実際、何も感じてはいないのだろう。まぎれこんだ無量たちにも気づいていない。朗らかな忍とはまるで別人だ。昔、龍禅寺《りゅうぜんじ》の家にいた十代の頃も、ずっとこんな無表情の青白い顔をしていたのだろうか、と無量は思った。

ふたりは仏前に着座した。司婚者を務めるのは蘇龍斎の息子だ。きらびやかな袈裟《けさ》に身を包んだ司婚者によって開式の言葉が述べられる。いつも質素な道場も今日ばかりはきらびやかに荘厳《しょうごん》され、須弥壇《しゅみだん》は輝き、花の香りでむせかえるようだ。

笙《しょう》が鳴り響き、雅楽の音色が焼香の煙とともに道場の太い梁《はり》や古い天井に染みこんでいく。厳粛な空気に包まれる中、司婚者が阿弥陀仏に焼香し、新郎新婦と列席者一同、合掌礼拝し、勤行が始まった。

「……始まっちゃったよ。能年さん、まだなの？」

萌絵がたまらず無量に囁《ささや》いた。いくら〝一之盃〟があっても箱がなければ主にはなれない。その「箱」を持ってくると言って別れたきり、連絡がない。無量も気が気でない。

「間に合うよな……」

列席者が声を合わせて讃仏のうたを唱える。堂々とした声明《しょうみょう》には力があって無量たちを圧倒した。これが蘇龍講の力だというように。見ればヘイロンの顔も強《こわ》ばっている。

――司婚者の祝辞のあと、数珠の交換が行われる。焼印之儀はそのあとだ。

能年は式次第を説明していった。焼印之儀は蘇龍講でしかやらない特殊な習わしだ。

――それまでには必ず駆けつけるが、もし間に合わなかったら、そのときには。

滞りなく勤行が終わり、司婚者による「表白《ひょうびゃく》之儀」へと進んでいる。

「……敬って、大慈大悲の阿弥陀如来の御前に申《もう》し白さく、本日ここに恭しく、如来の尊前において、新郎・相良忍と新婦・高橋愛子、厳かに夫婦《めおと》の契りを結び……」

忍と愛子は列席者には背を向けているのでその表情は見えないが、ふたりとも人形のように動かない。違和感しかない結婚の表白に、無量も萌絵も動悸《どうき》がおさまらない。早く止めなければならないが、能年が戻ってこない限り、騒ぎを起こしてもただの妨害にしかならない。みだりには動けない。

　そうこうしているうちに、もう数珠の交換が始まってしまう。

　白木の台に載せられた美しい数珠がふたつ、運ばれてきた。大きいものが新郎、小さいものが新婦。司婚者が粛々とそれらをふたりに授与する。数珠の交換が済んだら、次はもう焼印之儀だ。

「もう待てない……」

　ヘイロンが苛立《いらだ》ちながら小声で呟《つぶや》いた。

「待てないぞ。西原」

　焦った無量は極度の緊張の中、何度もスマホを確かめるが能年からは連絡がない。

「箱の用意」に失敗したのか。それとも何か不測の事態でも起きてしまったのか。

　数珠の交換が始まった。指輪の交換にあたる儀式だ。忍と愛子は向かい合って、うやうやしく数珠を互いの手首にかけあった。

　そこに焼香台が運ばれてきた。

　焼香台の中に差し込まれているのは「焼印」だ。

「それでは新郎新婦は互いの手を取り、契りの印を」

　忍と愛子が焼香台の前に立ち、手と手を取りあった。

　もうこれ以上待てない。

「Прекрати!（やめろ）」

　突然立ち上がって叫んだのはヘイロンだった。

驚いた一同がギョッと振り返った。厳かな空気が途端に弾《はじ》け飛んだ。

「突然なんですか。ゴーシャ。大声などあげて！」

冬子が叱りつけたが、ヘイロンは耳を貸さず、列席者をかきわけて焼香台へと近づいていく。驚いて茫然《ぼうぜん》としている花嫁に近づくと、物も言わずに手を握った。

「……ゴーシャさん……？」

「こんなところにいては駄目になる。行こう」

言うと、愛子を無理矢理引っ張って出ていこうとするではないか。

騒然となった。

「おい、なにをやってる！　そいつを止めろ！」

男の親族が次々と立ち上がり、ヘイロンと愛子の前に立ちはだかった。

「どけ！」

雷鳴のような一喝に、全員、雷に打たれたように竦《すく》み上がった。

「どくのは貴様だ。ヴォロコフ！」

はっと振り返ると、蘇龍斎が仁王のような顔で立っている。鴨居から槍《やり》を摑《つか》んで、鞘《さや》を取り払うと、よく研がれた穂先がむき出しになった。

「何の真似だか知らないが、心臓を突かれたくなければ新婦を放せ」

これには萌絵が立ち上がり、ふたりをかばうように穂先の前に立ちはだかった。

「なんだ小娘。そこをどけ！」

「西原くん。相良さんを連れて逃げて」

「え？　俺？」

そうだよ、と萌絵は槍から目をそらさずに言った。

「ここは私が食い止めるから！　早くいって！」

忍はあぜんとしている。厳粛な式は台なしになり、冬子は呆然《ぼうぜん》と座りこんでいる。突然の暴挙に憤慨した蘇龍斎が「ふざけるな！」と槍を振り上げた。

「くだらん真似をしおって！　ふたりまとめて串刺《くしざ》しに……！」

「この結婚に異議あり！」

一際大きな声があがった。

振り返ると、玄関のほうから足を踏みならして入ってきた男がいる。

「能年……。なんの真似だ！」

能年は礼服も着ておらず、九頭竜湖から戻ってきた時のままの格好だった。遅くなってすまない、と無量たちに言い、萌絵を後ろに下がらせて蘇龍斎と向き合った。

「鳥居さん。あなたをたった今、蘇龍斎の地位から解任します。それにともない蘇龍斎の媒酌によって成立するこの婚儀を無効とします」

ますます騒然となった。列席者たちは口々に説明を求めて騒ぎたてる。蘇龍斎は怒りをあらわにし、

「きさま何の権利があってそんな寝言を！」

「寝言を言ってるのはどちらでしょう。朝倉の権威を盾にして若い人たちを言いなりにして。こんな三文芝居じみた結婚が本当に成立するとでも思っていたんですか」

「黙れ！　たかが〝三之盃〟の分際で私に楯突《たてつ》く気か！」

「黙れ！　たかが〝二之盃〟の分際で僕に楯突く気か！」

そっくり台詞《せりふ》を返されて鳥居は息を呑《の》んだ。

「……この私に向かって、たかがとは何事だ」

能年はその腕に抱えていた風呂敷《ふろしき》包みを開いた。取りだしたのは抹茶茶碗《ちゃわん》ほどの四角い桐箱だ。能年は蓋《ふた》を開けて、中身を鳥居に突きつけた。

「〝一之盃〟です。朝倉宗家が継承してきた〝九頭竜の盃《さかずき》〟です」

ばかな！　と鳥居は怒鳴った。

「こんなものは偽物だ。本物はダムの底に！」

「いいえ、ちがいます。これは藤ヶ谷恒夫さんが三十年前、九頭竜湖が干上がった時、露出した宝篋印塔《ほうきょういんとう》から取りだした本物の〝一之盃〟です」

鳥居は顔面蒼白《そうはく》になった。

「嘘をつくな……っ。ここにあるわけがない」

「あの日、あなたも確認したはずですよ。ダム底の宝篋印塔から〝一之盃〟がなくなっていることを」

「藤ヶ谷は『石塔の中には何も入っていなかった』と言っていたぞ！　はじめからなに

もなかったと！」

「……それで逆上して祖父を突き落としたんですか」

能年の後ろから別の男の声があがった。

立っていたのはヘイロンによく似た黒髪の男だ。

「藤ヶ谷さん……！」

能年が連れてきたのは、行方不明だった藤ヶ谷恒《わたる》だった。

「無事だったんすか！」

藤ヶ谷は「心配かけてすまない」と無量たちに頭を下げた。能年は、鳥居を引きずり下ろすにはやはり藤ヶ谷の証言がなくては駄目だと思ったのだろう。到着が遅れたのは、軟禁先から連れ出そうとして手間取ってしまったためだった。

「経緯は全部、能年さんから聞いたよ。僕はあの日、祖父の話を確かめようと鳥居氏に会いに行ったんだが、脅しをくらって、帰れなくなってしまったんだよ」

藤ヶ谷は憤りを抑え、鳥居の前へと臆《おく》せず進み出た。

「祖父は三十年前のあの日、ダム湖の干上がりを知って駆けつけて、安坂家の宝篋印塔を開けました。そこで〝一之盃〟を手に入れたんです。だがその後、何者かに命を狙われ、身の危険を感じた祖父は、湖岸の山に埋めたそうです。そう家族に電話で伝えてきてそれが最後になりました。祖父は〝一之盃〟のある特徴を言い残しました。蘇龍《そりゅう》の印です。その盃が本物ならば、盃の底には青墓と同じ印が刻まれているはずです！」

能年は盃を取りだして、底を見た。

「蘇龍の印だ」

阿君丸《くまぎみまる》と愛王丸の墓に刻まれていた、あの太極図によく似た紋だった。

鳥居は息を呑んで、絶句してしまった。

「……なぜだ。なぜここに……」

「九頭竜湖岸の黒龍神社近くに埋まっていたのを、今朝、僕たちが掘り当てました。そこにいる西原無量くんと一緒に」

その名を聞いて冬子たちもギョッとした。

目の前の小柄な若者が一乗谷で〝九之盃〟を掘り当てた張本人だったとやっと気づいたのだ。忍も思いもかけない展開にあっけにとられている。

「無量……、いつのまに」

「印ごときが証拠になるか！　証拠を見せろ！　藤ヶ谷がそう証言した証拠を！」

「ここにある」

能年が古いハガキを取りだした。色褪《いろあ》せて茶色くなったハガキだ。

「恒夫さんの遺体があがった三日後、安坂家に届いたハガキだ。〝一之盃は黒龍神社が見える桜の大きな数珠《じゅず》のもとに埋めた〟とある。その通りの場所から出た」

再び列席者が騒然となった。鳥居はうろたえ、

「そんなものはでっちあげだ！」

「祖父は常々、何者かから脅されていたようでした」

藤ヶ谷が駄目押しで訴えた。

「自分の身に何かあった後、〝おたま盃〟の主《あるじ》を名乗る者が現れたら、その者こそが私を殺した犯人だと」

皆が口々に騒ぎ立てて収拾がつかない。鳥居は平静を失い、

「言いがかりもいい加減にしろ。私は関係ない。そっちこそでっちあげだ。手の込んだ偽物だ。箱書きがなければ〝一之盃〟とは言えん！」

「ええ、この箱は急遽《きゅうきょ》用意したものですから。本物は」

能年は「こちらです」と言って、越前織で作られた巾着《きんちゃく》袋を取りだした。中に入っているのは、棒状の古い桐板《きりいた》の束だ。

「なんだそれは」

「箱です。箱をバラバラにして棒状にしたものを束ねてある」

能年は突きつけるように見せた。

「安坂家が長らく保管していたものです。〝九頭竜の盃〟をめぐって心得違いをする者が後を絶たなかったため、〝一之盃〟の箱を割ってこのように。そうとわからないよう保管してきたが、もちろん元通りに組み直すことができる」

「能年、きさま！」

おかまいなしに能年は前に進み出た。三三九度の式杯のために用意されていた酒があ

る。その御神酒《おみき》徳利を手にとったのは、忍だった。

「どうぞ」

能年が〝一之盃〟を差し出した。忍が酒を注ぐ。鳥居が止める間もなく、能年は一気に飲み干した。

「——……たった今、私、能年照雄《てるお》は〝一之盃〟の主となった。第二十二代・蘇龍斎としてこの結婚を無効とし、〝二之盃〟を鳥居達雄から剝奪《はくだつ》し、本来の主・藤ヶ谷恒夫氏の孫である藤ヶ谷恒《わたる》氏へと継承する」

鳥居が激昂《げっこう》した。勢いよく槍を振り上げたが、萌絵が素早い足刀で鳥居の肩口を蹴《け》り飛ばした。鳥居は焼香台ごとひっくりかえり、焼香の灰を頭からかぶってしまう。

「この決定に異議があるなら、多数決だ。賛成の主は挙手を！」

すかさず忍が手を挙げた。

鳥居は嘲笑《あざわら》った。

「蘇龍講の議決権は所持する盃の数で決まる。私のもとには〝二〟〝四〟〝六〟〝八〟がある。高橋家とヴォロコフ家のものを合わせれば、六だ。反対多数で否決する！」

ヘイロンが手を挙げた。

「私は能年を支持する」

なんだと、と鳥居が目を剝《む》いた。

「きさま裏切る気か！」

「私はフジガヤ・キンノスヶの子孫で〝七之盃〟の主だ」

世界王者に戻ったような眼で威圧した。

「私は私の意志に従う」

鳥居はうろたえ「それでも五だ。過半数だ」とあがいたが、次の瞬間、高橋冬子も手を挙げたのを見て、凍りついた。

「欲に駆られた卑劣漢に、九頭竜の主を名乗る資格はありません」

鳥居はへたりこんだ。

忍が議長のように指さし確認をして、

「〝一〟〝三〟〝五〟〝七〟〝九〟の主が賛成しました。過半数と認めます。おめでとうございます。第二十二代・蘇龍斎。そして〝二之盃〟の新たな主は藤ヶ谷さん。あなたですよ」

藤ヶ谷は安堵《あんど》したのか、泣きそうな顔になった。

「ああ……。これでやっと家に帰れる」

めまぐるしい展開についていけず、あっけにとられているのは白無垢《しろむく》姿の花嫁・愛子だ。

「つまり、私は結婚しないでいいの？」

「それとこれとは別や、愛子。この結婚は無効にはならん。そうでないと忍さんは蘇龍講にいられんやろ！」

冬子は押し切ろうとしたが、忍はあっさりと、

「いえ。〝九之盃〟は埋蔵文化財調査センターに返して、僕は蘇龍講を抜けます」

「なんやって」

「だって、九頭竜の盃《さかずき》はもう全部揃ってしまいましたから。一度揃ってしまったなら、それでもう充分なんでしょう？　能年さん」

忍が「盃集め」の意味を読み解いてそう言うと、能年も我に返り、

「ああ、そうだね。揃ってしまったね」

「あの、説明してくれます？　結局、盃集める意味ってなんなんです？」

無量が訊《たず》ねた。騒動にまきこまれた列席者たちも納得がいかない様子だ。

お見苦しいところをさらし、と忍はその場に正座して、行儀良く土下座した。

「大変失礼いたしました。お忙しいところ集まってくださった皆様には、お詫《わ》びかたがた、心ゆくまで飲み食いしていただいて、今日のことは御破算で願いますれば、と」

＊

その後、通報で駆けつけた警察官が、鳥居達雄を藤ヶ谷監禁容疑で連行していった。

列席者にはお詫びのごちそうが振る舞われ、宴席は盛り上がり、親類縁者も最後には皆、機嫌を直して帰っていった。……だが、それでめでたしめでたし、とはいかない。

「今回ばかりは言わせてもらう」

　無量が真顔で忍に言った。今まで見たことがないほど怖い顔をしている。堰《せき》を切ったように、

「なんでそんなに勝手に突っ走っちゃうの？　俺だって当事者でしょ？　一言の相談もなくこんな無茶されても困る！　はったりだか、よかれと思ったんだか知らないけど、俺のせいで結婚なんてやらかされて喜ぶとでも思うの⁉　報復モードで暴走されるのも困るけど、こういう暴走もほんとサイアクだから！」

　忍は小さくなって「すまん」と頭を下げるばかりだ。

「ただ盃を取り返すには蘇龍講に入ったほうが物事動かしやすいかと……」

「黙れ、馬鹿忍！　おまえ俺がどんな気持ちでいたかわかる？　おまえがそうやって全然自分大事にしないから……！　自分なんてどうでもいいみたいに思ってんの？　そういうおまえみて傷ついてるやつの気持ちわかる？」

　涙目になって訴える無量を見て、忍ははっと胸を衝《つ》かれた。

「自分の人生なんだと思ってんの？　仇討《かたきう》ちも終わってやっとおまえらしく生きられるようになったんだろ？　おまえは空っぽなんかじゃない！　これからなんだよ！」

　最後には人目も憚《はばか》らず涙を流している。

「おまえなんか……もうおまえなんか……！」

「許してくれ、無量。本当にすまなかった。……永倉さんにも心配かけてしまったね」

「そうですよ。うんと反省してもらいますよ」

萌絵が言いたいことは無量が全部ぶちまけてしまったので、説教をする気も失《う》せてしまった。

「私よりも西原くんの気持ち、汲《く》んであげてください。西原くんは相良さんが人生投げ出してるみたいに見えるのが一番つらいんです。お願いだから自分を大事にして」

胸に刻むよ、と忍は言った。無量にあんな顔をさせた自分に心の底から懲りていた。

「でも、さっきのハイキックはブルース・リーみたいでかっこよかったよ」

「ほらまた。褒めたってその手は食いません」

だけど、と萌絵は遠い目になった。

「政略結婚で相良忍の妻になれるなんて……。愛子さんは前世でどんだけ徳を積んだんだか」

「そんなにショック受けんなら、さっさと忍と結婚しちゃえばいいじゃん」

萌絵はびっくりして「なにいってんの！」と髪を逆立てた。涙で目を腫《は》らした無量は拗《す》ねたようにそっぽをむいて、

「忍と愛子さんが並んでるのみて、心ん中じゃ嫉妬《しっと》で大暴れしてたんでしょ」

「してません！　嫉妬なんてしてませんてば！」

「ショックで涙目になってたくせに」

「そういう意味じゃない！　てか推しの結婚にダメージ受けないひとなんか、いる!?」

萌絵は言い訳を並べ立ててるが、無量のこじらせも止まらない。だんだん夫婦《めおと》漫才の域

に近づいてきたふたりの言い争いを、忍は微笑ましく見守っている。

「結婚か……」

自分の生涯にはどう考えてみても、縁がなさそうな二文字だが。

伴侶《はんりょ》のある生活というものには特別な感慨を持たない自分でも、そういう「ふたり」を見守る立場なら、悪くない。そう忍は思った。

その日は事情聴取などで慌ただしかったが、ようやく落ち着いたところで、翌日、藤ヶ谷が無量たちの泊まるホテルを訪ねてきた。

「君たちを巻き込んでしまって、本当に申し訳なかった」

以下は、藤ヶ谷が語ったことだ。

彼が補償コンサルタントとして鹿殿集落を担当することになったのは、たまたまだったという。和泉地区の担当になり、そこが九頭竜湖のそばだと知った時も、まだそこが祖父の亡くなった場所だとは気づかなかった。

当時、藤ヶ谷はまだ小学生だった。大好きな祖父の急死にショックを受けたが、親や親類の様子が変だったことも覚えていた。

補償コンサルタントとして初めて後藤《ごとう》家を訪れた時、後藤は異様な反応をみせた。藤ヶ谷は若い頃の恒夫とよく似ており、名刺の名前でさらに動揺したのだろう。その時は単に土地を買収されることに抵抗しているのだと思っていたが。

集落の人々も自分を見るたびギョッとして、陰で何かひそひそ話をしていた。おかしな空気だった。

その後も後藤は自分に警戒して一切交渉に応じようとしなかったが、何度目かに訪問した時、とうとう我慢できなくなったのか、こう言い放ったという。

――私たちはあの事件には関係ないぞ。〝龍《りゅう》の盃〟を返して欲しいなら蘇龍斎のもとに行け！

「後藤さんは僕が祖父の盃の返却を求めていると勘違いしたようです。補償交渉は口実で、僕が脅迫していると思い込んだようで」

高齢の後藤は、蘇龍講への復讐《ふくしゅう》を恐れたのだろう。

不審に思った藤ヶ谷は、九頭竜湖が祖父の遺体が見つかった場所であることを思い出し、「あの事件」が祖父の死を指していることに気づいたのだ。

「僕はすぐに実家に戻って、祖父の遺品の中に『蓮如上人の数珠《じゅず》』だという奇妙な石を見つけました。由来書に鹿殿道場の名が」

蘇龍講の名もそこで知った。〝青墓〟のことも。

祖父がそこで蘇龍斎と呼ばれていたことも。

〝龍の盃〟と呼ばれる奇妙な漆器が家にあったことも親から知らされた。

「それで思い出したんです。祖父の葬式で、親類たちが『恒夫さんが亡くなったのは〝龍の盃〟を飲み干したからだ』と言っていたことを」

事実を確かめようと集落の人々に尋ねたが、藤ヶ谷を警戒して何も語らず、それどころか追い払おうとする始末だ。

「どうにか真相を知りたいと思い、あなたがたの力を借りようと思ったわけです」

「それでカメケンに」

「博物館に勤める知人に『蓮如上人の数珠』も鑑定してもらい、ノジュールと呼ばれる石だということも知りました。あのあたり一帯が化石の宝庫であることも。その知人から、西原さんに相談してみては、と提案されたんです」

無量は驚いた。

「その知人って誰ですか」

「恐竜博物館の黒鉄《くろがね》栄介《えいすけ》さんです。ご存知ですか」

無量は顔を押さえた。……やられた、というように。

「もう、いやがらせとしか……」

「西原さんは遺跡も化石も、両方の知識が豊富だから、きっと頼りになると言ってましたよ。どちらの分野においても一流の発掘者だからって」

無量は再び驚いた。

意外な評価だった。

「黒鉄《くろがね》さんがそんなことを……」

「西原さんに調査をお願いしたおかげで予想以上の成果を得られました。祖父の死の真相があの集落にあると確信した僕は、あの日の夕方、あらためて鹿殿を訪れたのです」

そこで声をかけてきたのが、能年だった。

蘇龍斎と会わせて欲しい、と藤ヶ谷は頼み込んだ。

「能年さんは祖父のことも知っていたようで、思い留《とど》まるよう、説得もされたんですが」

死の真相を知らねば、祖父が浮かばれない、と思いこんでいた藤ヶ谷は、無理を押して会わせてもらった。

「そのまま、監禁されてしまったんですか」

「はい。逃げればネットに会社の悪い噂を広めると言われて逆らえず……。信用第一の職場なので」

鳥居は藤ヶ谷の孫がどこまで真相を知っているのか、確かめるつもりのようだった。柄の悪い連中に見張られ、帰るに帰れなかったというわけだ。

「〝龍の盃《さかずき》〟を飲み干すなって俺に言ったのは、なぜです？」

無量が一番知りたかったことだ。

それを言われた夜は発掘前日で、無量はまだ掘り当ててもいなかったからだ。

「鳥居氏が電話で話しているのを聞いたんです。一乗谷で発掘が行われることを」

「発掘のことを鳥居が？」

「鳥居氏は〝九之盃〟を納めた阿君丸《くまぎみまる》の墓を長年探しているようでした。それで埋蔵文化財調査センターの職員とも繋《つな》がりを持っていたようで」

やりとりの中で「西原無量という凄腕《すごうで》発掘員が参加する」と話しているのを聞いたという。

その後、鳥居は高橋冬子に「〝龍の盃〟が見つかるかもしれない」と伝えていた。それを盗み聞きした藤ヶ谷は、咄嗟《とっさ》に思った。まずい、と。

祖父は〝龍の盃〟を飲み干して死んだ。

すぐに西原さんに伝えなくては……！

「それであの電話になったと」

――〝龍の盃〟だけは飲み干してはいけない。いいか、絶対に飲み干すなよ！

伝えたところで鳥居に見つかり、スマホも取り上げられてしまったという。

「てっきり毒か何かのことだと思い込んでました……」

「そういう経緯だったんですね」

忍と萌絵も納得した。

無量が出土させてしまったせいで、物事が大きく動いてしまったというわけだ。

「なんか、すいません……」

「いや。こっちこそすまん。心配かけて」

なにはともあれ、九頭竜の盃が揃ったのは、怪我の功名だ。

朝倉義景の時代から、四百年以上も経て、ついに全て揃ったのだから。

「ただ祖父の死に関しては、もし鳥居氏が関わっていたとしても、とうに時効が成立してます。罪を問うとしても民事裁判になると思いますが」

どう進めるかは家族と相談するという。

「それでも一歩踏み出したことで、祖父の死の真相に近づけたのはよかったと思っているんだ。本当にありがとうございました」

藤ヶ谷は深々と頭を下げた。

無量たちからしてみれば、藤ヶ谷が無事でよかった、の一言に尽きる。

「それはともかく青墓はどうなるんですか。やっぱりインターチェンジの工事で壊されてしまうんですか」

「その件なのですが、県の教育委員会が改めて調査に入ることになりました」

能年が後藤を説得してくれたという。青墓が忌み場なことには変わらないが、文化財としての価値がわかることで、うまくいけば工事計画を変更することもあるかもしれない。それがだめでも移転保存されることにはなるだろう。

後藤が調査に反対していたのも、藤ヶ谷への警戒によるところが大きかったから、それが解消されれば、補償交渉も進展するだろう。

「よかったです。あの青墓、装飾古墳を二次利用してる可能性もなくはないので、できれば現地保存されるといいっすね」

愛王丸の墓ならば、なおさら、知られざる歴史解明のためにも研究が必要となるだろう。

「ところで、九頭竜の盃のほうはどうなったんだい？」

無量は萌絵たちと顔を見合わせた。

そのことでしたら……と。

＊

「はじめまして。埋蔵文化財調査センターの織田憲子《のりこ》と申します」

その日、無量たちが織田と細谷《ほそや》を連れて訪れたのは、蘇龍講の道場だった。

出迎えたのは能年と高橋親子とヘイロンだ。

「はじめまして。蘇龍講のまとめ役をしております能年照雄です」

山奥の道場を訪れるのは、あの結婚式騒動の日以来だ。

雪に強そうな昔ながらの建て構えは、心なしか陰鬱《いんうつ》さが消えて明るくなったようだ。

織田たちが呼ばれたのは、あれから講の面々で話し合いをして、ある大きな決定を下したからだという。

――県に預ける？　〝九頭竜の盃〟をですか？

能年たちは、朝倉氏が残した貴重な文化財として福井県の博物館に寄贈することを決めたという。

――これ以上、心得違いを起こす者が出ないよう、耳を揃えて県に寄贈して、研究に役立ててもらうことに決めたんだ。

戦国大名朝倉家の遺物というだけではない。

それそのものが恐竜化石でできているのだ。

古生物学的にも非常に貴重で、その価値ははかりしれない。

それぞれ家宝だったので異論がないわけでもなかったが、四百年以上かけてやっと全部揃ったのだ。所有権のいざこざを防いで、二度と散逸しないようにするには、やはり公的機関での全保管に頼ったほうがいい。

――むろん寄贈者の名はそれぞれ残るし、主《あるじ》の名誉が消えるわけじゃない。盃が辿《たど》ってきた波瀾《はらん》万丈の経歴は記録に残るし、研究もされる。そういう形で残されたほうがいいと、みんなの意見が一致した。

そのほうが安心でもある。

今日は全部揃った「盃合わせ」の儀式のために集まった。

「箱と盃を組み合わせるのだと聞きました」

「はい。龍《りゅう》を甦《よみがえ》らせるというのが、何を意味しているのか。知るための儀式です。ぜひオブザーバーになっていただきたく」

織田たちは立会人として呼ばれたのだ。

「これが一乗谷から出土した『龍の盃』です」

細谷が差し出した。

あの後、無事返却された〝九之盃〟はすぐに整理作業にまわされ、すっかりきれいになっていた。

「この貴重な化石胎漆器が九つも伝わっていたなんてすばらしいことです！　ぜひ拝見させてください！」

「もちろんです。どうぞ」

能年に案内されて織田たちは中に入っていった。

庭に残った忍たちのもとに高橋愛子がやってきた。

「先日はいろいろご迷惑をおかけしました」

「お互い様です。あれ？　なんか雰囲気が変わりました？」

愛子はひとつ結びにしていた長い髪をおろし、少し明るく染めていた。

変わったのは髪型だけではない。表情も。

「実は、あの結婚式の後、母と大げんかしたんです」

「大げんか？　君が？」

はい、と愛子は誇らしげに言った。

「母が結婚を台無しにしたゴーシャさんの振る舞いを、あまりにひどく罵《ののし》るものだから、私、がまんできなくなって。生まれて初めて逆らいました。ゴーシャさんは悪くない、悪いのはお母さんや。お母さんが鳥居さんの言いなりになるからだって」

「それで大げんかに……？」

「けんかというか、私が一方的にまくしたてたものだから、びっくりしちゃったみたい。最後はお互い泣きながら言い合いです。一週間口をきいてくれなかったけど、私、謝りませんでした。絶対折れるもんかって。そしたら母のほうから謝ってきたんです」

あんな母、初めて見ました、と愛子は言った。

「……母は私が思っているほど、大きくも強くもなかったことにやっと気づいたんです。私を思い通りにすることで母が何を満たしていたのかはわからないけど、私は私の気持ちを飲み込まないでいいんだ、私にもできるんだって」

忍は目を細めて、殻を破った愛子の目の輝きを見つめた。

「ぶち壊せたんだね。君も」

「ゴーシャさんがあの時、私の手を引っぱってくれたから」

「……ヴォロコフさんが一乗谷で無量を襲った時、弓矢で援護したというのは、君だったんでしょう。愛子さん」

愛子は驚いて固まった。

「な、なんでわかったの？」

「その小指のとこのマメ」

忍は自分の小指をさして言った。

「弓道をやってるひとのマメだ。僕も少しだけかじったことがあるから」

ごめんなさい！　と愛子が土下座しそうな勢いで頭を下げた。

「謝るなら無量と永倉さんに。結婚させられると思って彼と抵抗したんだよね。やり方はまずかったけど」

「ごめんなさい、ほんとうにごめんなさい」

「君は闘える人だよ。大丈夫。自分で選んだ道をきっと歩いていけるよ」

愛子は母を振り返り、ヘイロンを振り返った。

そのヘイロンのもとには、藤ヶ谷がいる。無量たちが改めて引き合わせた。

「いやあ。本当にそっくりだ。まるで目と髪の色だけが違う兄弟みたいだ……」

お互いにまじまじと見合って感心している。

「遠い親戚《しんせき》とは言え……。遺伝子って本当にあるんだな」

「西原無量。本当にすまなかった」

ヘイロンは菓子折を差し出して、頭を下げた。蘇龍講が〝九頭竜の盃《さかずき》〟の寄贈と研究への全面協力を約束したため、織田は寛大なところを見せて遺物無断持ち出しの件を不問に付したが、ヘイロンは自分の所行を悔いていた。

「元ボクサーとして本当に恥ずかしいことをした。なぜ警察に通報しなかった」

「……うん。痛かったけど、人生で一度くらい世界王者のボディーブロー味わっておきたいじゃない。それより愛子さんに告白はできたんすか。結局」

無量に訊《き》かれてヘイロンは溜息《ためいき》をついた。

「いや。告白どころか、もっとややこしいことになった」

「ややこしいとは？」

こそっとヘイロンが小声で打ち明けた。

「えーっ！　冬子さんから告白されたー？」

しーっと人差し指を立てられて無量と萌絵は口を塞《ふさ》いだ。

そう。ヘイロンが愛子との交際を許可してもらえるか聞きにいったところ、逆に冬子から告白されてしまい、それどころではなくなってしまったのだ。

「待って、愛子さんはどうなの？　ヘイロンさんとは」

「いや。愛子はひとりで家を出るそうだ」

「なんで！」

「ベルギーのチョコレート職人のもとに修業に行くと言っている」

自我を押し通すことを覚えた愛子は子供の頃の夢を果たすべく決意したらしい。

止めるに止められず、冬子からは求愛され、駆け落ちなど吹っ飛んでしまった。

「ややこしいって、そういうこと……」

どうしたものか、とヘイロンは思い悩んでしまっている。

「それはともかく、俺もひとつ夢を叶《かな》えることにした。和菓子修業をしながら子供向けボクシング教室でトレーナーをすることになった」

「まじすか」

「ああ。日本で後進を育ててみようと思う。黒い龍を継ぐ者を」

ヘイロンは拳《こぶし》を固めてみせた。

「君のようなパワーボクサーを育てるよ。ミス永倉」

「はは。私のは中国拳法《けんぽう》ですけどね」

こうして「盃《さかずき》合わせ」の儀式は始まった。

いつものように本尊の前で勤行をしてから、儀式をとりおこなう。記録に残っていた式次第の通りに進行する。

座敷には、九個の化石胎漆器と九個の箱が並べてある。

箱と盃とを組み合わせて並べていく。

すでに一度、忍が完成間際まで組んだ後だったので再現は早かった。

「これは……っ」

できあがった「パズル」の全貌《ぜんぼう》を見て、一同は息を呑《の》んだ。

「これが龍の地図か」

箱底と盃底とを組み合わせてできあがったのは、古地図だ。

残りふたつの「空欄」に〝九之盃〟を置いた。

その底に記されていたのは、カタカナだ。箱底と合わせると「モチアナ」と読める。

無量が身を乗り出した。〝持穴〟だ……！

「こないだまさに〝一之盃〟を見つけたとこの地名っすよ。黒龍神社があった」

「九頭竜湖の南岸か。これはそこの地図だっていうのか！」

どうやら〝持穴〟はスタート地点の地名だ。

ゴールは〝一之盃〟の裏に記されている。すでに判明している。

「……『蘇龍の印』」

「ここに『龍を蘇《よみがえ》らせる』何かが眠っているっていうことか」

明智《あけち》光秀《みつひで》も探そうとしていたようだった。

手に入れていたなら天下人になれたかもしれない。

だが、それが何、とはここには記されていない。

「行ってみるしかないな。この場所に」

織田が言った。異論はない。

「調査だ。正式に実地踏査をとりおこなう」

終章　龍が見た夢

九頭竜湖のほとりに無量《むりょう》たちが再集結したのは、それから一ヶ月後のことだった。

山深い水源の廃村にもようやく春が訪れて、残雪も消え、若葉の淡い色彩のあちらこちらに山桜が咲いている。

「久しぶりだな。無量くん」

織田《おだ》が責任者として名乗りをあげた実地踏査に加わるメンバーは、細谷《ほそや》と無量、道案内役として能年《のうねん》、それに記録係として忍《しのぶ》と萌絵《もえ》も同行することになった。

「能年さんもお久しぶりです。例のノジュールのクリーニングは終わりました？」

無量たちはここで見つかったノジュールをしっかり持ち帰っていた。

化石採取には自治体の許可がいるので、もちろんそれを済ませてからだ。

「恐竜発見、とはいかなそうだが、この機会に『懲龍《ちょうりゅう》の数珠《じゅず》』もいくつかクリーニングしてみることにしたよ」

「中に何が入ってるか楽しみっすね」

ガチャガチャを開ける子供の気分だ。

「はい皆さん、こっち向いて。ひとりずつ探検開始のコメントをどうぞ」

萌絵は動画担当だ。ハンディカメラを手にメンバーの様子を撮っている。

「探検じゃないから。フィールドワークだから」

「よし。GPSも感度良好」

忍は計測担当で、実際の距離と「龍《りゅう》の地図」を照合する係だ。

全員、本格的な山岳装備だ。

「龍を蘇らせる地図、か……。さて。鬼が出るか、蛇が出るか」

織田たちが手がかりを詳細に検討してみたところ、九頭竜湖の南、平家岳《へいけがだけ》という標高千メートル超の山のどこかにゴール地点があると予想された。

ただ記された道は古地図にも載っておらず、そもそも道がもう残っていない可能性もあり、ゴールにたどり着ける可能性ははなはだ低い。

「なに。照合のためのフィールドワークだ。たどれるところまでたどってみよう」

一行は、先日無量たちがあがった道から山に入った。

大きな手がかりとなったのは、箱書きの地図に「黒龍神社」が記されていたことだ。

「ここは古道だと聞きますので、この道を指してるとみてまちがいないと思います」

能年は化石発掘で歩いているので地元の古老からの情報に詳しい。

やがて先日も来た大きな露頭にたどり着いた。

「ここっすよ。藤ヶ谷《ふじがや》氏が〝一之盃〟を埋めたところ」

三基の五輪塔が建っている。

「ん？　この五輪塔じゃないか？」

織田が「龍の地図」を指さした。

分かれ道に朝倉《あさくら》家の家紋とそっくりな三つのマークが並んでいる。五輪塔の並べ方も「三つ盛木瓜《もっこう》紋」とそっくりだ。

しかもそれは地図のところどころに記してあるのだ。

「もしかして、これが道しるべなんじゃないすか？」

石造物の専門家・細谷がさっそく地面に突っ伏して、石塔を調べ始めた。

「笏谷石ですね。ずいぶん古い……。なにか彫ってるな……」

用意してきた霧吹きとスポンジで表面を軽く洗い、彫刻部分に土をこすりつけて、文字を読み取る。

「〝此之先、三町〟と読めそうです」

「やはり、道しるべか」

織田の目が輝いた。

「五輪塔と地図の位置で照合できるかもしれない。三町だから三百メートルくらいか。ここから三町行った先にまた何かあるかもしれない。相良《さがら》くん、計測を頼むよ」

「まかせてください」

一行はさらに山に分け入っていく。道なりに進んで、五分ほど経った。

「この付近が三町です」

「五輪塔はあるか」

「あります！　同じ笏谷石の五輪塔です！」

にわかにテンションがあがってきた。

「よし、これでたどれるぞ！　その先の分岐は右だ。距離はいくつと書いてある？」

まちがいない。この五輪塔はただの古道の道しるべともちがう。地図に合致してどこかに誘《いざな》おうとしている。

一行は「龍の地図」に従って山道をさらに奥へ奥へと進んでいく。道がないように見える場所もあったが、そこは無量と能年が判別した。その後も道しるべの五輪塔は驚くほど正確に現れ、そうだとわかると、今度は道を間違えても修正がきくようになっていった。

芽吹き始めた梢《こずえ》から、春の陽差しが差し込む。

歩き出してから二時間ほど、経った。

「ついに最後の五輪塔っすよ」

いやが上にも期待が高まる。標高も高くなってきた。岩の間から染み出る清水で喉《のど》を潤しながら、六人は歩き続ける。

そして、ついに——。

「これか……」

無量たちは思わず立ち尽くした。

「これが龍を蘇らせる場所……？」

崖《がけ》が立ちはだかっている。

険しい崖は大きくえぐれて、その中に宝篋印塔《ほうきょういんとう》が建っている。沁《し》みだした水が足元を濡《ぬ》らしている。宝篋印塔の周りは青い石の板に囲まれている。

「これは……」

どこかで見覚えがあると思ったら、鹿殿の青墓ではないか。

青墓のもの以上に苔《こけ》むして、ほとんど苔の塊のように見える。すぐに細谷が近づいていって確認した。

「笏谷石ですね。蘇龍の印も刻まれているようです」

「やっぱりここなのか。これが龍の墓なのか？　今度は誰の墓だ。どこに龍が」

記録をしてまわる織田たちを尻目《しりめ》に、無量は立ち尽くし、そびえ立つ岩の崖をまるで何かに吸い寄せられるように見つめている。

「龍だ」

「なに？」

「龍がいる」

無量は説明もせず、洞穴のようになっている入口に、身をかがめて入っていく。

「おい、危険だぞ！」

「風が吹いてる」

無量はヘルメットをかぶって一行を振り返った。

「道が続いてる」

忍と萌絵も顔を見合わせた。青墓とは違って奥から風が吹いている。風穴のようになっている。奥には岩と岩がせり出しているが、人が通れない狭さではない。

「おいなにやってる、引き返せ！」

織田の制止も聞かず、無量は体を押し込むと中を懐中電灯で照らした。途端に黒い無数の塊が激しい羽ばたき音をあげて外に飛び出してきた。細谷が悲鳴をあげ、織田にしがみついた。黒い煙を吐き出したようなその群れは、

「コウモリ！」

「鍾乳洞《しょうにゅうどう》です」

無量には石灰岩の匂いでわかった。

「奥が広い。鍾乳洞っすよ」

「白馬洞だ」

能年がすぐに理解して、皆を振り返った。

「九頭竜湖を挟んでちょうど対岸にも白馬洞っていう鍾乳洞があるんです。施設の老朽化でもう閉鎖されてしまったんだが、少し前までは福井で唯一の鍾乳洞って触れ込みでにぎわってた。位置的にも同じ地層の延長上にあるかもしれない」

「中に進める」

　無量はもうスイッチが入ってしまった。

「行きましょう」

「だめだ！　許可できない！」

「風量が多いから、この先に大きな開口部があるはずです。大丈夫、装備は揃ってる。能年さん！　いっしょに来てください」

　わかった、と能年がロープを取りだし、ザイル代わりに縛りはじめた。慌てふためく織田たちを尻目に、無量と能年の化石発掘組は準備を済ませてしまう。

「おい駄目だっていうのが聞こえないのか！」

　すかさず萌絵が「大丈夫です」と織田を説得した。

「西原《さいばら》くんは以前、尖閣《せんかく》諸島の未踏の鍾乳洞に入って採掘遺跡を発見したこともあるんです」

「せ……せんかくぅ……？」

「彼はああいう場所、熟知してます。クライミング技術もあるし無茶はしません」

「大丈夫っす。無理そうならすぐに引き返しますんで！」

　鍾乳洞の入口から無量も叫んだ。

　萌絵といっしょに織田を説得した忍が、代弁するように叫び返した。

「無量！　無茶はするなよ！」

無量は親指を立て、能年とともに洞穴の闇に消えた。

岩と岩がせり出すクラック状の狭い空間は下に続いているようだ。ふたりは慎重に下っていく。

「どうなってんだ、こりゃ。この鍾乳洞が『龍《りゅう》が蘇《よみがえ》る場所』だっていうのか。まさか龍の巣とか言うんじゃないだろうな」

「そのまさかかもしれないすよ」

「あの尾《び》椎《つい》化石の主が住んでたのは、ここだっていうんじゃ」

ヘルメットにつけたヘッドランプが急に遠くまで届くようになった。圧迫感が消え、突然、広い空間に出た。宮殿のような天井の高さと奥行きだ。足元で水の流れる音がする。滝のように流れている。

「これは」

大きな石灰岩体が目の前に横たわっている。

「蛇紋岩を伴う破砕帯かもしれない。でかいぞ」

壁には石灰岩が付着して葡萄《ぶどう》のようになっている。石柱や石筍《せきじゅん》は見当たらない。無量は丹念に岩壁を見て、時折、ハンマーで削る。

「ウミユリっすね。よく探したら三葉虫も見つかるかもしれないすよ」

「古生代の鍾乳洞か。白馬洞よりでかいかもしれないな」

無量は天井まで丹念に観察して、さらに奥に続く道を見つけた。

「あそこから反対側にあがれますね。風もあそこから来るようだ。行ってみましょう」

ふたりは地下水が流れる場所を越えて、奥の道へと進んだ。あがるにつれて岩の色が変わり、気のせいか広くなっていく。足元も平らな道のようになってきた。

「ここ人の手が入ってますね」

「ああ。のみの痕《あと》がある。坑道かもしれん」

その先に光が差し込んでいるのが見えた。

「あそこが出口か。君の言った通りだな。外に繋《つな》がってる」

「能年さん、ちょっと待って」

先を行く無量がふいに立ち止まった。周りの壁をしげしげと見つめている。

「どうした」

「いや、なんか……。なんか気配が」

無量は右手の軍手を外した。その手の傷痕に能年は驚いた。

「西原くん、その手のヤケドは！」

「昔ちょっと……。じかに触る方がわかりやすいんすよ」

直接、岩壁に手を触れた。まるで医者が触診でもするかのようだ。

「このへんも九頭竜亜層群すかね」

「いや。前期白亜紀あたりの伊月層かもしれないな。陸になり始めた頃の」

陸？　と無量と能年は顔を見合わせた。

そしてまた、石の声に耳を傾けるように無量は壁に手をあてる。その目線が何かを辿《たど》るようにして出口のほうへと向けられる。

「あのへん」

無量は出口に向かって歩き出した。

洞穴の開口部は入口よりも大きくなっていて、窓があるかのように明るい。

出口付近は天井も高い。ちょっとした玄関ホールのようだ。無量はしゃがみこんで、

壁の一部をじっと見つめている。見つめたまま動かない。

「おい西原くん」

「歯だ」

無量は瞬《まばた》きもせず、

「竜脚類の」

「なんだって！」

指さしているところに、親指ほどの大きさの角《つの》のようなものが見える。

「まさか……まさか本当にここが龍の」

「龍の蘇るところ……」

無量は洞穴の外に出た。そこから広がっている風景を見て、息を呑《の》んだ。

巨大な谷だ。眼下には、地肌が剝《む》き出しの急勾配《きゅうこうばい》の斜面が落ち込み、段々畑のように

石垣が何層にもわたって折り重なっている。

草を突き破るように砂礫《されき》の山があちこちにあるが、そこに人の気配はない。荒涼とした風景だ。底の方には何か工場の跡のようなものも見えるが、完全に朽ちていて廃墟《はいきょ》と化している。

「ここは……鉱山の跡？」

廃鉱山だ。

能年は「そうか」と呟《つぶや》いた。

「このへんには昔、たくさんの鉱山があったんだ。銅や亜鉛がたくさん採れて、明治の頃にはあちこちで操業してたらしい。ここから採れる銅が日本の近代化を支えた」

「そういえば、安坂《あさか》さんの家も昔、鉱山を経営してたって……」

「ああ。もしかしたらここじゃないのか？」

いまは廃墟と化しているが、かつては大勢の鉱夫とその家族が住み着いて、大野の町以上に賑《にぎ》やかだったという。

「大野藩が持ってた一番有名な面谷鉱山は、銅だけでなく銀も採れたって話だ」

「銀鉱脈もあったんすか！」

無量は茫然《ぼうぜん》と立ち尽くした。

「そうか……。盃《さかずき》を集めれば、龍が蘇るっていうのは、そういう意味だったのか」

そういう意味とは？　と能年が聞いてくる。

無量は廃鉱の風に吹かれながら、ぼんやりと呟いた。

「能年さん……。俺はこの地域の歴史もよく知らないから、あくまで勝手な想像なんすけど」

「うん」

「ここにはもしかしたら、朝倉の隠し鉱山があったのかもしれない」

「隠し鉱山？」

「はい。それもただの銅山じゃなくて、銀や……もしかしたら金も含む秘密の鉱山が」

能年は「あっ」と驚いた。

「隠し金山か！　金山まであったっていうのか」

「一乗谷からは蛭藻《ひるも》金《きん》ていう小判や獅子の金細工なんかも出てるんすよ。金山があったのは勝山の平泉寺のほうらしいんすけど、朝倉義景《よしかげ》はそれら鉱山の金や銀を使って、朝倉家を再興せよ、と言いたかったんじゃないすかね。龍っていうのは金銀をたくさん蓄えた隠し鉱山の鉱脈のことだったんじゃないですか」

「……。　なら明智《あけち》光秀《みつひで》が盃を集めようとしたのも」

「はい。このあたりの金鉱山・銀鉱山を手に入れて、織田を倒した後の天下を立て直すための資金にしようとしたのかも」

能年は息を呑んだ。

この場所は山深いが、美濃街道からも遠くはない。美濃と越前の国境で要衝のひとつだ。

「そういえば、この近くには確か穴馬城という一向一揆勢が織田と戦って立てこもった砦《とりで》があったそうだ。一向宗は最終的には朝倉と手を結んだから、その勢力が鉱山も持っていた可能性は充分ありえる。朝倉義景も明智光秀も、彼らを味方に引き入れようとしていたのかもしれない」

「全部想像ですけど」

無量は洞穴を振り返った。竜脚類の歯が顔を覗《のぞ》かせていたのを見て、確信した。

「たぶんすけど、あの歯は〝龍の盃〟になった椎骨《ついこつ》の持ち主だと思います」

「やはり、ここから見つかったものだったのか！」

証拠はないですけど、と無量は目を伏せた。

「俺たちは今、あの恐竜の腹を抜けてきたんじゃないかな」

「……フクイティタンの腹を、か」

「龍はやっぱり眠ってたんすよ。ここに」

ここで鉱夫が見つけた「龍の骨」を朝倉義景に献上した。

義景はそれを吉兆だと喜び、〝龍の盃〟を作らせた。

そして、ここは九頭竜川の源流だ。

「龍が眠る山か……」

能年も納得したように、うっすらとガスの漂う尾根を眺めた。

今はもう誰も住まなくなった土地だ。鉱山は閉山して人々の賑わいは去り、ほんの少し残っていた住民も、九頭竜ダムができて去り、このあたりにあった集落も全て廃村になってしまった。

「ひとが去ったのはダムに沈むからだけじゃない。ダムに分断された場所は、道路も断たれ、生活もままならなくなる。ただでさえ不便だった山間《やまあい》の村だ。医療の手も届かない場所に住み続けるのはむずかしい」

ひとの気配が消えた山は、今はひっそりと静まりかえっている。

「鳥居《とりい》さんや藤ヶ谷さんのおじいさんは、〝九頭竜の盃〟を集めて金山・銀山でも手に入れるつもりだったんですかね」

「だとしたら、だいぶ遅かったな。きっともう、とうの昔に掘り尽くされているよ」

目にするものは、この物寂しい廃坑の風景だけだろう。

無量はむしろ晴れ晴れとした気分になった。

「これでよかったんじゃないすかね」

「うん。だが美優《みゆ》には、生きてるうちにこの鍾乳洞《しょうにゅうどう》を見せたかったなあ」

能年は手に握ったハンマーを懐かしそうに見た。

そこには「M.A」のイニシャルがある。美優の形見のハンマーだった。

「一生、化石発掘をしていたいと言っていた。新種の恐竜を見つけるのが夢だって言っていた。見つけさせてやりたかったなあ。いっしょに掘りたかったなあ。俺たちのリュウを……」

能年が美優の死後、鹿殿に移住してきたのは、愛王丸《あいおうまる》のこともあったが、なにより娘の真子《まこ》に母が愛した化石たちのふるさとを見せてやりたかったからだ。いつか家族で恐竜を掘りたいと言っていた美優の夢を叶えてやりたかったからだ。

奥越の山並みを見つめている能年の目にうっすら涙が滲《にじ》んでいるのを見て、無量は少し胸が痛くなった。

「全身骨格、出しましょう。俺たちで」

無量が言うと、能年は目元を拭《ぬぐ》った。

「ああ。ぜひ発掘しよう。俺たちの手で朝倉の龍の全身骨格を出して、美優の夢を叶えよう。真子も、もう少し大きくなったらつれてきてやりたいな。ここに」

「真子なら、いい恐竜発掘師になれますよ。サラブレッドじゃないすか」

「嫁にはやらんぞ」

「婿入りなら、いいすか」

ふたりは顔を見合わせた笑った。

「……さ、忍たちも呼んでこないと。考古学的な大発見はさしてなかったかもしれないけど、古生物学的にはデカい発見がありそうだ」

「黒鉄《くろがね》さんにも連絡しないと」

「げっ。能年さんも知り合いだったんすか」

顔を合わせればまた説教をされそうだ。

「……でもこれで少しは二足のわらじが役に立つってこともわかってもらえるかな」

雲間から陽が差し込んできた。

妙に眩《まぶ》しいものを感じて手をかざした無量に、能年が「あっ」と山の向こうを指さした。

「西原くん！　あれを見てくれ！」

真北に向かって真っ白な龍《りゅう》が空を這《は》っている。

まさか、と思ってよく見ると、それは冠雪した山の稜線《りょうせん》だった。

「白山だ」

霊峰・白山連峰の稜線だった。最高峰・御前峰《ごぜんがみね》を頭にして別山《べつざん》・二ノ峰、三ノ峰……とまるで龍が長い胴をうねらせているかのようだ。

たなびく雲が陽光に輝いて神々しい。実に幻想的な光景だった。

ふたりは言葉も忘れて見とれていた。

「……龍はほんとにいたんだな」

無量は目を閉じた。

「聞こえる」

それははるか昔の生き物の声だ。

朗《ほが》らかに微笑む春の山に、恐竜たちの足音が響き渡る。

主要参考文献

『ふるさと和泉4　いずみ村の地質と化石』和泉村教育委員会 編　和泉村教育委員会

『福井の恐竜新時代』　柴田正輝・薗田哲平　福井県立恐竜博物館

『ザ・パーフェクト―日本初の恐竜全身骨格発掘記　ハドロサウルス発見から進化の謎まで』土屋健　小林快次・櫻井和彦・西村智弘　監修　誠文堂新光社

『真宗民俗史論』蒲池勢至　法藏館

『朝倉氏と戦国村一乗谷』松原信之　吉川弘文館

『戦国城下町の考古学　一乗谷からのメッセージ』小野正敏　講談社選書メチエ

『歴史と史跡　大野』河原哲郎　福井県大野市

『食う寝る坐る　永平寺修行記』野々村馨　新潮文庫

『アイヌの漆器に関する学際的研究』浅倉有子 編　北海道出版企画センター

『白山の金山《かなやま》　大野和泉合併記念特別展：大野市歴史博物館秋季特別展』大野市歴史博物館

なお、作中の発掘方法や手順等につきましては実際の発掘調査と異なる場合がございます。

また考証等内容に関するすべての文責は著者にございます。

執筆に際し、数々のご示唆をくださった皆様に心より感謝申し上げます。

本書は、文庫書き下ろしです。

遺《い》跡《せき》発《はつ》掘《くつ》師《し》は笑《わら》わない

九《く》頭《ず》竜《りゅう》のさかずき

桑《くわ》原《ばら》水《みず》菜《な》

令和３年　５月25日　初版発行
令和６年 12月15日　５版発行

発行者●山下直久

発行●株式会社KADOKAWA
〒102-8177　東京都千代田区富士見2-13-3
電話　0570-002-301(ナビダイヤル)

角川文庫 22677

印刷所●株式会社KADOKAWA
製本所●株式会社KADOKAWA

表紙画●和田三造

●お問い合わせ
https://www.kadokawa.co.jp/（「お問い合わせ」へお進みください）
※内容によっては、お答えできない場合があります。
※サポートは日本国内のみとさせていただきます。
※Japanese text only

ISBN 978-4-04-111231-1　C0193

◆◇◇

角川文庫発刊に際して

角川源義

第二次世界大戦の敗北は、軍事力の敗北であった以上に、私たちの若い文化力の敗退であった。私たちの文化が戦争に対して如何に無力であり、単なるあだ花に過ぎなかったかを、私たちは身を以て体験し痛感した。西洋近代文化の摂取にとって、明治以後八十年の歳月は決して短かすぎたとは言えない。にもかかわらず、近代文化の伝統を確立し、自由な批判と柔軟な良識に富む文化層として自らを形成することに私たちは失敗して来た。そしてこれは、各層への文化の普及滲透を任務とする出版人の責任でもあった。

一九四五年以来、私たちは再び振出しに戻り、第一歩から踏み出すことを余儀なくされた。これは大きな不幸ではあるが、反面、これまでの混沌・未熟・歪曲の中にあった我が国の文化に秩序と確たる基礎を齎らすためには絶好の機会でもある。角川書店は、このような祖国の文化的危機にあたり、微力をも顧みず再建の礎石たるべき抱負と決意とをもって出発したが、ここに創立以来の念願を果すべく角川文庫を発刊する。これまで刊行されたあらゆる全集叢書文庫類の長所と短所とを検討し、古今東西の不朽の典籍を、良心的編集のもとに、廉価に、そして書架にふさわしい美本として、多くのひとびとに提供しようとする。しかし私たちは徒らに百科全書的な知識のジレッタントを作ることを目的とせず、あくまで祖国の文化に秩序と再建への道を示し、この文庫を角川書店の栄ある事業として、今後永久に継続発展せしめ、学芸と教養との殿堂として大成せんことを期したい。多くの読書子の愛情ある忠言と支持とによって、この希望と抱負とを完遂せしめられんことを願う。

一九四九年五月三日